Arena-Taschenbuch

Band 2734

Von Brigitte Blobel sind als Arena-Taschenbuch erschienen:
Falsche Freundschaft. Gefahr aus dem Internet (Band 2962)
Du hast aber Mut! (Band 1996)
Mensch, Pia! (Band 2856)
Die Clique (Band 2641)
Einfach nur glücklich (Band 2289)
Shoppingfalle (Band 2909)
Herzsprung (Band 2544)
Liebe, Lügen und Geheimnisse (Band 2700)
Alessas Schuld. Die Geschichte eines Amoklaufs (Band 2732)
Rote Linien. Ritzen bis aufs Blut (Band 2733)
Meine schöne Schwester. Der Weg in die Magersucht (Band 2735)

Brigitte Blobel,
1942 geboren, studierte Politik und Theaterwissenschaft. Heute arbeitet sie als erfolgreiche Journalistin und schreibt Drehbücher für Film und Fernsehen sowie Romane für Erwachsene und Jugendliche, für die sie bereits mehrfach ausgezeichnet wurde. Sie ist eine der beliebtesten deutschen Autorinnen.

BRIGITTE BLOBEL

Liebe wie die Hölle

Bedroht von einem Stalker

Arena

Zu diesem Buch liegt eine Unterrichtserarbeitung vor.
Informationen darüber erhalten Sie beim Arena Verlag, Würzburg
unter Telefon 09 31/7 96 44-0 oder www.arena-verlag.de

3. Auflage als Arena-Taschenbuch 2010

Umschlaggestaltung: knaus. büro für konzeptionelle und visuelle identitäten, Würzburg, unter Verwendung eines Fotos von Jasper James @ gettyimages
Gesamtherstellung: Westermann Druck Zwickau GmbH
ISSN 0518-4002
ISBN 978-3-401-02734-0

www.arena-verlag.de
Mitreden unter forum.arena-verlag.de

1. Kapitel

Till ist wieder da. Aufgetaucht aus dem Nichts. Einem Geist, einem Alien gleich, nachmittags gegen sechs. Die Sonne steht schon tief und Mücken fliegen dicht über der Wasseroberfläche des Mühlenteichs.
Wie ein Seeungeheuer pflügt er durch das Wasser, mit einer Taucherbrille, extra für ihn angefertigt. Ein Riesending, aus schwarzem Gummi, die geschliffenen Gläser dick wie Panzerglas. Seine Augen sind ums Zehnfache vergrößert. Er hat sich die Haare abrasiert. Sein Schädel glänzt und die Wassertropfen perlen daran ab wie an einem Wasserball.
Marcia wünscht, dass sie sich irrt. Dass es nicht Till ist.
Er prustet beim Schwimmen, spuckt immerzu, weil das Wasser ihm in den offenen Mund läuft. Manchmal streckt er den Kopf weit aus dem Wasser und gibt sich mit den Flossen Auftrieb.
»Marcia!«, schreit und gurgelt und spuckt er. »Hey! Hallo! Warte doch!«
Sie tut, als hätte sie ihn nicht gehört. Sie schwimmt ihm davon, Rückenkraul. Marcia ist eine begabte Schwimmerin. Im Wasser ist sie schneller als auf dem Fahrrad, sagt sie immer. Schneller als zu Fuß sowieso. Wenn sie geht, selbst in bequemen Schuhen mit dicker, federnder Sohle, fühlt sie sich plump. Beim Gehen spürt sie ihre Hüften, die zu fett sind, ihre Oberschenkel, die gegeneinander reiben.

Zu Fuß, zwischen all den langbeinigen, dünnen Gazellen aus ihrer Klasse, fühlt sie sich wie eine Watschelente. Aber im Wasser ist sie unschlagbar. Schneller als alle anderen. Im Wasser kann sie jedem davonschwimmen, kann sie allen entkommen, sogar Flossenschwimmen, sogar Till. Sie pumpt ihre Lungen voll Luft und taucht weg.

Der Mühlenteich ist einen Kilometer lang und fünfhundert Meter breit. An der Nordseite wird der Badestrand jedes Frühjahr neu aufgeschüttet. Darauf ist der Bürgermeister stolz.
»Man muss etwas für die Jugend tun«, sagt er immer, »die Jugend braucht Freiraum, braucht Tummelplätze.« Dass die Jugend sich auch gerne in Discos tummelt, hört er nicht so gerne. Auf dem Ohr ist er taub. Aber für Sport tut er was, das ist eine Tatsache.
Marcia hat ihren Badeplatz immer an der Westseite, in einer der kleinen Buchten, in denen der Sand nicht künstlich ist, also auch nicht weiß, sondern eher braun oder steinig. Manchmal auch schlammig, wenn es heftige Regenfälle gegeben hat so wie in diesem Sommer.
Deshalb nimmt Marcia immer ihre Isomatte mit, breitet sie auf dem Boden aus und legt darüber ihr großes Badehandtuch, auf dem ein Snoopy durch seine Sonnenbrille in den Himmel guckt. Das Badetuch ist ein Geschenk ihrer Tante Ische zum 16. Geburtstag. Tante Ische weiß, dass es Marcias Liebstes ist, im Sommer am Mühlenteich zu baden. In das Handtuch kann sie sich einwickeln, wenn sie aus dem Wasser kommt, das Handtuch kann sie wie eine Umkleidekabine benutzen und wie ein Liegetuch, auf dem man sich ausstrecken und bräunen kann. Das Handtuch ist aber auch ihre Leseliege, denn Marcia nimmt immer ein Buch mit an den See, in ihre Einsam-Bucht zwischen

mannshohem Schilf. Sie hat den Platz keinem aus ihrer Schule verraten, denen aus ihrer Klasse schon gar nicht. Die sind immer alle am Nordstrand, da gibt es den Sprungturm, den Kiosk, den Volleyballplatz, da sind Bänke, Plastikstühle und Tische zum Sitzen und Sonnenschirme, unter denen man hocken und den Regen abwarten kann, wenn er plötzlich über einen hereinbricht.
Marcia ist da nie.
Sie wäre manchmal gern dort, aber es hat sie niemand gefragt. Es hat nie mal einer gesagt: »Hey Marcia, heute Nachmittag wieder bei Frau Meier. Du doch auch?«
Frau Meier ist die Kioskbesitzerin, eine grundgutmütige Frau, die gut mit den jungen Leuten kann. Sie verkauft belegte Brote halb so teuer wie die Läden in der Fußgängerzone, stellt genug Mülleimer auf, dass es immer einigermaßen ordentlich aussieht, drückt ein Auge zu, wenn jemand mal ein Bier zu viel getrunken hat, und gibt jedem den Schlüssel für das DIXI-Klo neben dem Kiosk, das eigentlich nur für sie gedacht war.
Der Bürgermeister lässt zwar Sand anschütten, aber daran, dass man auch mal pinkeln muss, denkt er nicht.
Aber so ist das eben: Nobody is perfect.

Marcia ist in Kurven- und Schlangenlinien zu ihrem Badeplatz zurückgeschwommen. Sie ist ein Stückchen getaucht und hat so versucht ihre Spur zu verwischen und Till abzuschütteln. Sie hofft inständig, dass es ihr auch gelungen ist.
Keuchend liegt sie jetzt auf ihrem Badetuch, vollkommen erschöpft, sie ist zu lange unter Wasser geschwommen. Wenn sie sehr weite Strecken taucht, tut ihr manchmal die Lunge weh.
Ihr Vater, der auch ein guter Schwimmer ist, sagt, das sei

normal. Aber Marcia findet Lungenstiche blöd, deshalb taucht sie sonst nie so lange. Und so oft hintereinander wie heute.

Sie liegt da, ihr Brustkorb hebt und senkt sich und sie spürt das Zittern in den Knien.

Mit offenem Mund ist sie zuletzt einfach untergegangen und das Wasser ist in ihren Hals, ihre Lunge und wer weiß wohin gelaufen, und als sie im letzten Augenblick wieder hochgeschossen kam, ist das Wasser aus ihrem Mund geschossen und sie hat gehustet, als müsste sie kotzen. In der Zeit ist Till unheimlich nah an sie herangekommen, so nah, dass kein Zweifel mehr bestand: Es ist Till. Drei Jahr älter, ohne seine roten Haare, aber ansonsten: kein Zweifel.

Till Kröger, Sohn von Dieter Kröger, Besitzer der Baufirma Kröger & Co., der größten Baufirma von Hanau.

Marcia hat die Augen geschlossen. Das Wasser trocknet auf ihrer Haut, ihrem Gesicht, an den Wimpern. Ein leichtes Kitzeln deutet immer den finalen Trockenprozess an. Es ist ein Jucken. Das kommt, weil ihre Haut so trocken ist. Weil sie jedes Mal vergisst die Bodylotion mitzunehmen. Sie hat sich extra von ihrer Mutter eine Bodylotion gewünscht, weil ihre Haut so trocken ist und zu Juckreiz neigt.

Aber die Flasche hat einen Spender, den man nicht zuschrauben kann. Wie soll man so ein Ding mit den Badesachen verpacken?

Sie würde sich zweifellos wohler fühlen, wenn sie jetzt ihrer Haut ein bisschen weiche, sahnige Creme spendieren könnte.

Die Nase pellt sich schon. Wenn die Stimmung gewittrig ist, brennt die Sonne besonders intensiv und dann juckt ihre Haut noch mehr. Nie ist irgendwas an ihr vollkommen.

Als der Schatten über sie fällt, denkt sie: Ah, die erste Wolke. Sie wartet, bis die Wolke vorbeigezogen ist, aber der Schatten bleibt. Also öffnet sie die Augen und blinzelt. Über ihr steht Till. Till Kröger, mit dem sie mal in einer Klasse war.

Einen Meter neunzig groß, mit krebsroter Haut und Sonnenbrand auf den Schultern, XXL-Badeshorts, nass, die ihm um die Knie schlägt, Flossen und Taucherbrille in der Hand. Das Wasser tropft von seinem Kinn auf ihren Bauch.

»Wolltest du vor mir abhauen oder was?«, fragt er.

Marcia richtet sich auf. Sie schluckt. Sie verzieht ihr Gesicht. Sie legt die Hand über die Augen, weil sie gegen die Sonne gucken muss und sein Gesicht nicht richtig sehen kann.

»Hallo Till«, sagt sie.

Till deutet auf den Platz neben ihrem Handtuch. »Hier noch frei?«, fragt er.

Bevor Marcia sich eine Ausrede ausdenken kann, hat er schon Flossen und Taucherbrille hingeworfen. Jetzt hockt er neben ihr. Und schaut sie an. Macht sonst nichts. Starrt sie bloß an. Und sie versucht so zu tun, als wäre es okay. Sie versucht es jedenfalls. Und denkt gleichzeitig: Wie komm ich hier weg? Ich muss hier weg! Verdammte Scheiße!

»Zuerst habe ich dich gar nicht erkannt.«, sagt Till.

2. Kapitel

Vier Jahre früher hat Marcia noch ganz anders ausgesehen. Sie war so dünn, dass ihr Kleidergröße 36 passte. In den Hosenbund ihrer Jeans konnte sie immer die ganze Hand stecken, da war immer Platz.

Damals waren auch ihre Haare noch lang. Meist hatte sie sie zu einem Pferdeschwanz zusammengebunden, den sie dann mit einer dicken Hornklemme am Hinterkopf feststeckte. Aber im Grunde störten sie die Klemme und das Gummiband. Wenn sie aus der Schule nach Hause kam, zerrte sie das Band aus den Haaren und schüttelte sich wie ein nasser Hund. So kam sie dann an den Mittagstisch, mit völlig aufgelösten Haaren, die ihr wild um den Kopf standen, und ihre Mutter sagte jedes Mal: »Gott, Kind, deine Haare! Binde sie doch mal zusammen. Oder lass sie abschneiden.«

Damals hatte Marcia aber keine Lust auf eine Kurzhaarfrisur, auch wenn sie durchaus in der Mädchenzeitschrift neue Haarfarben und Frisuren studierte. Eine Weile konnte sie sich vorstellen später mal einen Pony zu schneiden. Oder Zöpfe zu tragen wie Pippi Langstrumpf. Eine aus ihrer Schule lief immer so rum, und das sah lustig aus. Jedenfalls war damals alles möglich.

Es ging ihr gut. Und wenn ihr jemand damals gesagt hätte: »Du wirst bald einen Haufen Probleme bekommen«, hätte sie bloß gelacht.

Es war der erste Schultag nach dem Sommerferien gewesen, sie war in die sechste Klasse des Gymnasiums versetzt worden.

Das Gymnasium stammte aus dem vorletzten Jahrhundert, ein alter Kasten aus rotem Klinker mit einem Schulhof, der von einem zwei Meter hohen Maschendrahtzaun umgeben war. Ein trostloser Bau in einer trostlosen Umgebung, aber die Schule hatte einen guten Ruf. Sie lag genau zwischen den vierstöckigen Mietshäusern, wo Marcia wohnte, und der Villengegend, wo Till zu Hause war. Und so mischten sich seit ewigen Zeiten in der Otto-Suhr-Schule

die reichen und die weniger reichen Kids der Stadt. Eigentlich ganz schön, fanden Marcias Eltern. Marcias Eltern waren eingetragene SPD-Mitglieder und kämpften ständig und überall für demokratische Verhältnisse, für soziale Gerechtigkeit und Chancengleichheit. »Bei der Schulbildung«, sagte Marcias Mutter immer, »fängt es schon an.«
»Ihr habt also einen Neuen in der Klasse«, wiederholte Marcias Mutter. Sie hatte die Angewohnheit, immer alle Sätze zu wiederholen, die Marcia sagte, als müsse sie ihr beweisen, dass sie zugehört hatte. Aber genau das bewies Marcia, dass ihre Mutter mit den Gedanken immer ganz woanders war. Aber wo? Das war die Frage.
Sie hatten ein neues Klassenzimmer zugewiesen bekommen, das kleiner war als das letzte und viereckige Fenster hatte, statt der schönen Bogenfenster im alten Klassenraum. Ihre Musiklehrerin war in den Mutterschaftsurlaub gegangen und der Sportplatz hatte einen neuen Belag auf der Laufdecke bekommen. Wie auf einem Tennisplatz.
Ihre Mutter hatte zugehört wie immer und kleine Kommentare abgegeben.
»Ach ja«, hatte Marcia gesagt, »und dann haben wir noch Zuwachs bekommen. Wir haben einen Neuen in der Klasse.«
Sie war mit ihrer Mutter in der Küche und wie immer redeten sie über das, was passiert war. Damals redeten sie noch über alles.
Marcia erzählte, dass sie sich für die Bücherausgabe der Schulbibliothek gemeldet hatte, aber sie war nicht genommen worden.
Und dass die Parallelklasse eine Reise nach London machen darf. Ihr ehemaliger Englischaustauschlehrer hat das organisiert.
»Wir sind natürlich alle total neidisch«, hatte Marcia gesagt. »Wieso passieren solche tollen Sachen immer nur an-

deren? Und nicht uns? Dafür haben wir einen Neuen in der Klasse.«

Marcias Mutter rührte gerade den Kartoffelbrei. Kartoffelbrei war zu der Zeit Marcias Lieblingsspeise. Es schmeckte zu allem: zu Sauerkraut, Leipziger Allerlei, Hühnchen und Frikadellen, sogar zu Pizza. Aber ihre Mutter weigerte sich Kartoffelbrei zu machen, wenn es Pizza gab.

»Und ausgerechnet ich muss neben ihm sitzen«, sagte Marcia, als ihre Mutter die Schüssel auf den Tisch stellte. Sie stand auf, holte die große Kelle – sie liebte es damals, mit der großen Kelle den Kartoffelbrei auf ihren Teller zu häufen – und setzte sich wieder.

»Ist doch schön«, sagte ihre Mutter, »du hast doch lange genug allein gesessen. Ist doch viel netter, wenn man jemanden neben sich hat.«

»Jemanden schon«, sagte Marcia. »Aber nicht ausgerechnet Till Kröger.«

Ihre Mutter schaute sie an und zog eine Augenbraue hoch. »Till Kröger? Du meinst *den* Till Kröger?«

»Wenn du den Till Kröger meinst«, sagte Marcia, »der sitzen geblieben ist, dann ist es genau der.«

Marcias Mutter setzte sich, stützte die Hände auf und schaute ihre Tochter an. Sie lächelte. »Das ist verrückt«, sagte sie.

Marcia seufzte, nickte und aß. Damals konnte sie noch Kartoffelbrei ohne Ende in sich hineinschaufeln, sie wurde überhaupt nicht dicker. Sie war dünn, hatte weder Busen noch Po, sondern Hüftknochen, mit denen sie manchmal gegen Tischkanten und Türgriffe stieß, weil sie so vorragten. Die Knochen machten dann aus den Schmerzen eine Art Musik. Das war grauenvoll.

Deshalb trug Marcia zu der Zeit immer möglichst flauschige Filzjacken. Nur nicht gerade im Sommer.

Till Kröger war nun schon zum zweiten Mal sitzen geblieben. Und Tills Vater, der reiche, mächtige und wichtige Bauunternehmer Dieter Kröger, hielt das irgendwie für eine Schmach, die er nicht auf sich sitzen lassen wollte.
Er warf also Tills Klassenlehrerin vor, dass sie sich nicht genug um Till gekümmert habe. Er behauptete, dass Frau Ludwig Till nicht mochte. Wegen seiner Sehbehinderung. Till war sehr stark kurzsichtig und musste dicke, entstellende Brillengläser tragen. Er war schon zweimal an den Augen operiert worden, einmal sogar in Amerika, aber der richtige Durchbruch war noch nicht geschafft. Tills Eltern meinten, dass Till eben, weil er wegen der Operation mehrfach wochenlang die Schule versäumt hatte, besondere Unterstützung der Lehrer gebraucht hätte.
Die Lehrerin sagte, sie hätte sich immer besonders um Till gekümmert. Aber er habe nie Hausarbeiten gemacht, nie Interesse für irgendein Fach gezeigt und so weiter.
Marcias Mutter wusste davon, denn Daniela Ludwig war eine gute Freundin von ihr. Daniela Ludwig war eine junge und, wie Marcias Mutter meinte, sehr engagierte Lehrerin und es sei einfach eine Unverfrorenheit, einer Lehrerin die Schuld am Versagen des eigenen Kindes zu geben.
Die Lehrerin sagte, sie habe Till immer wieder angeboten nach der Schule mit ihm gewisse Dinge noch einmal durchzusprechen, sie habe ihn eingeladen zu ihr nach Hause zu kommen, um ihm privaten Nachhilfeunterricht zu geben, aber er sei nie gekommen. Da habe sie es aufgegeben.
»Ach«, sagte Marcias Mutter, »und ausgerechnet der sitzt nun neben dir.«
»Ja«, sagte Marcia, »ausgerechnet.«
»Und wie findest du ihn?«
»Ich weiß nicht«, sagte Marcia, »die nennen ihn alle Eule, wegen seiner Brille. Das find ich fies.«

»Hat er was gesagt?«
»Klar.«
»Was denn? Erzähl doch mal! Sei doch nicht so wortkarg!«
Marcia legte ihren Löffel hin. Sie seufzte. »Mami, heute war der erste Schultag. Till ist reingekommen, zusammen mit Herrn Lehmann, und der hat gesagt: ›Hallo, das ist Till, der ist jetzt in unserer Klasse und er wird neben Marcia sitzen.‹ Also ist Till gekommen, hat Hallo gesagt und hat sich neben mich gesetzt. Und Herr Lehmann hat mich gefragt, ob ich Till am Anfang ein bisschen helfen könnte, und ich hab gesagt, wieso nicht. Und das war alles. Mami, kann ich heute Nachmittag zum Schwimmtraining?«
»Nein«, sagte Marcias Mutter. »Du musst Benni vom Kindergarten abholen. Wir haben heute eine Sitzung.«
Marcias Mutter arbeitete bei der Stadtverwaltung. Marcias Vater war Briefträger. Schon seit Ewigkeiten. Er war mehrfach gefragt worden, ob er nicht lieber Schalterdienst machen wollte, aber er hat immer gesagt: »Mich könnt ihr nicht hinter einem Schalter einschließen. Ich muss draußen sein. Frei atmen.«
Marcias Vater findet, dass die Luft in Hanau nicht gerade gut ist, aber auch nicht so schlecht, dass man sie nicht jeden Tag immerzu ein- und wieder ausatmen könnte. Besser als verpestete öffentliche Räume, sagt er immer.
Marcia hat noch einen Bruder, Benni, der damals gerade sechs wurde, im September. Deshalb wurde er noch nicht eingeschult, er war ein Kann-Kind, aber kein Muss-Kind und Marcias Mutter fand, dass er noch zu klein sei. Das bedeutete, dass Marcia ihn weiter jeden Tag vom Kindergarten abholen musste, mit ihm zum Zahnarzt, zum Friseur, zum Computerkurs gehen musste und niemand sie fragte, ob sie eigentlich lieber etwas anderes tun würde.
Aber okay. Sie hatte sich damit abgefunden.

Wenn sie Benni vom Kindergarten abgeholt hatte (bis vier Uhr nachmittags musste er abgeholt sein), ging sie mit ihm manchmal noch in die Fußgängerzone oder in den Supermarkt, um für den Abend einzukaufen, danach nach Hause, wenn sonst nichts anlag. Zu Hause hockte Benni dann entweder vor dem Fernseher oder vor seinem Computer (er war ein Freak und konnte auf dem Computer die tollsten Sachen machen, war damals schon ein Techniker, weshalb Marcia nicht begreifen konnte, warum er noch nicht in die Schule sollte. Andererseits machte er nachts manchmal noch ins Bett und konnte mit der rechten Hand noch nicht hinterm Kopf ans linke Ohr fassen. So was Ähnliches müssen Schulkinder schaffen).
Dann erst hatte Marcia Zeit für sich selbst. Sie war zwölf. Die Schularbeiten versuchte sie immer schon zu machen, bevor sie Benni aus dem Kindergarten holte, danach kam manchmal eine Freundin oder sie schleppte Benni mit zu irgendwelchen Leute, aber dann machte Benni meistens Randale, er hasste es, von Marcia irgendwo hingeschleppt zu werden, wo es keinen Fernseher oder keinen Computer gab.
Also blieb Marcia meistens zu Hause, las, träumte, hörte Musik, oder bestickte irgendwelche Klamotten mit bunten Perlen. Das war damals ihre Lieblingsbeschäftigung: Perlen sticken. Auf Bänder, aus denen man dann Armbänder oder Halsbänder machen konnte, auf Strohtaschen, die auf diese Weise wie Abendtäschchen aussahen, oder auf Jeans, Blusen, irgendwas.
Sie kaufte die kleinen Glasperlen im Kaufhaus, in Schachteln zu je 100 Stück, gleich pfundweise. Es war wie eine Sucht. Sie verschenkte die Bänder, die Taschen an ihre Freunde, an ihre Mutter, Tante Ische bekam die schönste Handtasche zu Weihnachten und schickte ihr später ein Fo-

to, sie im Abendkleid, mit der Tasche, auf dem Weg zu irgendeinem Ball, das war schon toll, da fand ihre Mutter auf einmal, dass Marcia vielleicht sogar für so etwas begabt sei. Aber zu der Zeit hatte Marcia auf einmal keine Lust mehr an der Perlenstickerei.

Sie verlor an den Dingen schnell die Lust.

Nur das Lesen, das war ihre Leidenschaft, seit sie überhaupt die Faszination der Wörter kennen gelernt hatte. Dass man mit Wörtern und Sätzen eine Traumwelt bauen konnte, eine andere Wirklichkeit, in der sich auch Menschen bewegen, etwas tun, etwas sagen, dass man sich also in sein Bett legen, ein Buch aufschlagen und in eine andere Welt eintreten kann, das fand sie faszinierend.

An dem Tag, als Till zu ihnen in die Klasse kam, holte sie Benni nachmittags vom Kindergarten ab, kaufte noch ein und kam gegen fünf Uhr wieder nach Hause. Sie hatte Benni mit dem Fahrrad abgeholt, Benni hinten auf dem Kindersitz, dafür war er eigentlich schon zu alt, aber er fand es irgendwie klasse, von seiner großen Schwester durch die Gegend kutschiert zu werden. Sie stellte das Fahrrad am Kellereingang ab und hantierte noch mit dem Schloss, als Benni angerannt kam und rief: »Da ist jemand! Der will zu dir!«

»Wer denn?«, fragte Marcia.

»Weiß ich doch nicht! Frag ihn doch selbst!«, brüllte Benni und war wieder weg. Benni gehörte nicht zu der Sorte kleiner Bruder, die richtig nett mit ihrer großen Schwester umgehen und dankbar sind, wenn die große Schwester sich immer um alles kümmert. Für Benni war das selbstverständlich, solange er denken konnte.

Marcia nahm also die beiden Lidl-Tüten und ging zum Eingang und da saß Till Kröger auf den Treppen.

Er trug eine Baseballmütze, falsch rum, Jeans und Kapuzenshirt. Und ebendiese Brille. Er grinste ein bisschen verlegen.
»Hallo«, sagte er.
»Hallo«, sagte Marcia. Sie stellte die Tüten ab und suchte nach dem Hausschlüssel. Till stand auf.
»Warst du einkaufen?«, fragte er.
Marcia hob die Schultern. Was soll man antworten, wenn man mit zwei vollen Lidl-Tüten die Haustür aufschließt? Dass man von einer Mondlandung zurückkehrt?
»Okay«, sagte Till, »ich trag dir das Zeug hoch. Ist bestimmt schwer.«
»Es geht«, sagte Marcia. Aber es war schwer. Sie hatte zwei Liter Milch und noch eine Literflasche Limo gekauft, eine Gurke, Brot und so weiter.
Eigentlich waren die Sachen immer schwer.
Till sschleppte ihr also das Zeug hoch, zwei Stockwerke, bis zu ihrer Wohnung. Sie schloss die Tür auf.
Benni war nicht zu sehen.
»Ich hab da ein Problem«, sagte Till, als Marcia die Tür aufschloss.
»Aha«, sagte Marcia, »und was ist das für ein Problem?«
»Ich würde gern mal mit dir über die Lehrer reden. Wie die so drauf sind, weißt du. Was die für Macken haben und so.«
Marcia verdrehte die Augen. »Oh . . . nein«, sagte sie.
Till lachte. Er folgte ihr durch den Flur in die Küche. Er stellte die Sachen auf den Küchentisch.
Marcia begann auszupacken und einzuräumen. »Willst du etwa in unserer Klasse genauso anfangen wie in deiner alten?«, fragte sie.
»Wieso denn?«, sagte Till. »Ich hab doch nichts gemacht!«
»Naaa!«, brummte Marcia. Es war ein ziemlich lang gezo-

genes Naaa und man konnte da einiges hineininterpretieren.
»Das waren meine Eltern«, sagte Till. »Ich hatte nie was gegen die Ludwig. Ich fand die total okay.«
»Ach, auf einmal«, sagte Marcia.
»Nee, nicht auf einmal. War immer schon so.«
»Und wieso hast du dir dann von ihr nicht helfen lassen?«
»Ach«, sagte Till, »das hatte mit ihr nichts zu tun. Das hat eher was mit mir zu tun.«
»Und was?«
»Ich weiß nicht.« Till nahm die Brille ab und rieb sich die Augen. Und als sie ihn wieder ansah, war er irgendwie ein ganz anderer Junge. Da sah er nicht aus wie 13, sondern wie neun. Oder wie überhaupt jemand anderes als Till Kröger. Schüchtern, lieb, nett irgendwie. Marcia sah, dass er schöne Augen hatte.
Aber er konnte mit diesen schönen Augen eben nicht genug sehen. Sie hatte Mitleid mit ihm. Marcia gehörte zu den Mädchen, die immer ganz leicht Mitleid mit jemandem haben.
»Also gut«, sagte sie, »wir können ja in mein Zimmer gehen. Ich kann dir erzählen, was ich weiß. Was ich denke.«
»Gut«, Till lachte. Er setzte seine Brille wieder auf und war wieder Till Kröger. »Ich hab gehofft, dass du das sagst. Ich weiß sonst nicht, zu wem ich gehen kann. Ich glaube, ich mag dich von der ganzen Klasse am liebsten.«
»Das kannst du nach einem Tag nun wirklich nicht beurteilen«, meinte Marcia.
»In so was«, sagte Till, »bin ich schnell. Meine Augen sind zwar nicht besonders fit, aber dafür habe ich einen Instinkt, weißt du, der funktioniert besser als bei manchen anderen. Und mein Instinkt sagt mir, dass wir gut zusammenpassen.«

In diesem Augenblick spürte Marcia eine Gänsehaut auf ihren Armen. Das war komisch. Als wenn ein kalter Windzug von irgendwo herkäme. Dabei waren die Fenster geschlossen.
Es war ein Augusttag. Der erste Schultag Ende August, ein heißer Tag. Sie trug ein ärmelloses T-Shirt und einen Minirock aus Jeansstoff. Ihr erster Minirock.
Sie war zwölf. Im Dezember würde sie dreizehn werden. Sie hatte keinen Po und keinen Busen und ihre Tage hatte sie auch noch nicht. Till schaute sich in ihrem Zimmer um. Er lächelte.
»Klein«, sagte er.
Marcia hob die Schultern. »Bennis ist größer. Aber dieses hat einen Balkon.«
»Und du wolltest lieber einen Balkon«, sagte Till. Er sprang auf und ging zum Balkon, blickte durch das Fenster. Auf dem Balkon hatte Marcia ihr Kaninchen. Das Kaninchen hieß Romeo und hatte rosa Ohren. Damals war Romeo sieben oder acht. Marcia hatte Angst, dass er irgendwann einfach tot in seinem Stall liegen würde. Deshalb stand sie manchmal mitten in der Nacht auf, um nach ihm zu sehen. Und immer hockte Romeo dann in der linken Ecke seines Stalles und knabberte vergnügt an einer Karotte oder einem Stück Gurke. Romeo war verrückt nach Gurken. Deshalb machte Marcia so oft Gurkensalat, damit für Romeo immer ein Stück abfiel.
»He«, sagt Till, »du hast ja ein Kaninchen«.
»Genau.«
Till drehte sich um. »Warum genau«, sagte er, »hält ein Mädchen sich ein Kaninchen?«
Marcia ärgerte sich über die Frage. Sie fand die Frage total blöd, schon deshalb, weil sie eigentlich keine Antwort darauf wusste.

»Weil Kaninchen netter sind als alle anderen Typen, die ich kenne«, schnappte sie zurück und drängte Till von der Tür weg. Sie wollte nicht, dass er Romeo noch länger anschaute. Leute, die Kaninchen nicht mögen, dachte sie, haben kein Recht, meinen Romeo durch ihre blöden Blicke zu belästigen. Schon gar nicht, wenn sie auch noch durch so eine Verstärkerbrille gucken.

Aber als sie das dachte, schämte sie sich schon wieder.

Benni klingelte Sturm. Marcia machte ihm die Wohnungstür auf, er stürmte an ihr vorbei, Ansgar im Schlepptau, die beiden rannten in Bennis Zimmer und schlugen die Tür hinter sich zu.

Marcia wäre ihnen normalerweise gefolgt, weil die beiden immer etwas im Schilde führten, wenn sie so an ihr vorbeiflitzen.

Jetzt aber saß Till in ihrem Zimmer und sie hasste den Gedanken, dass ein wildfremder Junge in ihren Sachen herumschnüffeln konnte, zumal ihr Tagebuch aufgeschlagen auf dem Schreibtisch lag. Niemand, aber auch niemand! hatte das Recht, zu lesen, was sie abends vor dem Schlafengehen in ihr Tagebuch schrieb.

Richtig, als hätte sie es geahnt: Till lehnte über dem Schreibtisch und starrte auf das aufgeschlagene Tagebuch.

»Sag mal, spinnst du?«, schrie Marcia. Sie riss das Buch an sich. Till lächelte.

»Hey«, sagte er sanft, »wieso regst du dich auf? Ich hab überhaupt nichts gelesen.«

»Da hast du aber Glück gehabt«, schnappte Marcia. »Und jetzt darfst du auch schon wieder gehen.« Sie deutete mit dem Kopf zur Tür. »Und tschüss.«

Till seufzte, verdrehte die Augen. »Oh Mann, eingeschnappt oder was?«

»Oder was«, sagte Marcia.
Till ging aber nicht. Er setzte sich wieder auf das Bett und verschränkte die Arme hinter dem Kopf.
»Du hast versprochen, dass wir reden können«, sagte er.
Marcia stand vor ihm, das Tagebuch vor der Brust, und blickte ihn flammend an. »Jetzt nicht.«
»Aber es gibt ein paar Dinge, die ich sofort wissen muss, zum Beispiel der Mathelehrer. Wie heißt der noch mal?«
»Gilganshah«, sagte Marcia.
»Gilga – was? Was ist denn das überhaupt für ein Name?«
»Ich glaube, das ist persisch«, sagte Marcia. »Sein Vater ist aus dem Iran.«
»Oh Mann«, sagte Till, »und solche Leute dürfen bei uns Mathe unterrichten?«
»Das hab ich jetzt nicht gehört«, sagte Marcia. Ihr sträubten sich alle Haare. »Wieso soll er nicht bei uns Mathe unterrichten?«
»Na ja«, Till lächelte, »ich meine, im Iran brauchen die da keine Lehrer?«
»Du bist ein Arsch«, sagte Marcia. Und Till lachte. Er lachte, als könnte er sich gar nicht wieder einkriegen.
»Das war bloß ein Witz, bloß ein Test! Glaubst du im Ernst, ich hab was gegen jemanden, der aus dem Iran ist? Wo liegt das überhaupt?«
Er versuchte dann nett zu sein. Er fand das Poster schön, das über ihrem Schreibtisch hing, und ging die Kassetten durch, die Marcia gesammelt hatte. Marcia fand CDs viel zu teuer. Sie ärgerte sich immer, wenn sie eine CD kaufte, aber wenn sie sie dann zu Hause auf ihrer kleinen Anlage hören konnte, dann war das einfach himmlisch. Es stellte sich heraus, dass sie in puncto Musik praktisch den gleichen Geschmack hatten. Er hatte auch alle Astrid Lindgren-Bücher gelesen. Ronja Räubertochter fand er klasse,

und das gefiel Marcia, dass er ein Buch toll fand, in dem ein Mädchen die Hauptrolle spielt.
Und dann kam auf einmal dieser Schrei, gellend aus Bennis Zimmer. Ein gellender, panischer Schrei: »Maaaciiii!«
Marcia hechtete los. Und Till hinterher. Sie stießen die Tür zu Bennis Zimmer auf und da stand der Vorhang in Flammen. Die beiden Jungen – wie gelähmt – schauten auf die lodernden Flammen. Till reagierte sofort, er riss den Vorhang herunter, schrie: »Weg da!«, und brachte ihn – wie, das verstand Marcia nie – bis in die Küche, wo er ihn auf den Boden warf und die Flammen mit den Schuhen zertrat.
Keiner der anderen rührte sich. Marcia war auch wie gelähmt. Sie fragte sich später, was sie wohl ohne Till getan hätte.
Wäre sie auch auf die schlaue Idee gekommen, den brennenden Vorhang auf dem Fliesenboden in der Küche auszutreten? Oder hätte sie dabei alles andere in der Wohnung in Brand gesetzt?
Andererseits wäre es vielleicht gar nicht zum Abfackeln der Gardine gekommen, wenn Till nicht da gewesen wäre. Dann hätte sie vielleicht Verdacht geschöpft und wäre Benni und Ansgar gefolgt.
Ansgar war nämlich ein kleiner Feuerteufel, der mit Feuerzeugen und Streichhölzern spielte. Seine Eltern hatten ihm das streng verboten. Aber an dem Tag hatte er im Hausflur ein Feuerzeug gefunden, ein Wegwerffeuerzeug, und das hatte er Benni gezeigt, wie eine Trophäe. Und damit waren sie an Marcia vorbei in Bennis Zimmer . . .
Abends war Benni natürlich kleinlaut. Er hatte eine panische Angst, das seinen Eltern zu beichten. Er pinkelte in die Hose. Das machte ihn wütend und er schlug Marcia, als sie ihm die nassen Hosen ausziehen wollte. Er schloss sich im Badezimmer ein.

Also musste Marcia ihren Eltern alles erzählen. Ihr Vater war zuerst zu Hause. Morgens arbeitete er als Briefträger, aber zweimal in der Woche fuhr er nachmittags Taxi, bei einem befreundeten Taxiunternehmer. An diesem Tag hatte er auch Taxidienst gehabt.
Marcia erzählte, was passiert war, und so wurde Till auf einmal der Held.
Till Kröger hatte einen Brand gelöscht. Till Kröger hatte verhindert, dass eine Katastrophe passiert war.
Die ganze Wohnung hätte abbrennen können, das Haus in Flammen stehen, Leute hätten zu Tode kommen können, die Feuerwehr hätte vielleicht alles unter Wasser gesetzt und ein riesiger Schaden, den die Versicherung nicht bezahlt hätte, wäre auf alle zugekommen.
So war es nur eine Baumwollgardine, eine mit Teddybären, eine Kindergardine, die Benni sowieso nicht mehr mochte. Er wollte eine dunkle, mit der man den Raum abdunkeln konnte. Damit der Bildschirm seines Kid-Computers besser leuchtete. So war damals Till also auch für Benni der Held, der ihm zu neuen Gardinen verholfen hatte.

3. Kapitel

»Du hast dich verändert«, sagt Till. Er liegt bäuchlings auf ihrem Snoopy – und mustert sie. »Irgendwie andere Formen gekriegt. Ich hab dich noch ganz dünn in Erinnerung.« Er lächelt dabei ganz freundlich. Möglicherweise fällt ihm nicht einmal auf, wie unhöflich, geradezu gemein diese Bemerkung ist.
Denn es ist ja wahr: Mit zwölf und dreizehn Jahren war Marcia ein Strich in der Landschaft.

Jetzt ist sie sechzehn und wiegt mindestens fünfzehn Kilo mehr als damals. Ihr Busen ist gewachsen, ihr Po, aber alles andere auch.
Marcia findet auch, dass sie früher besser ausgesehen hat. Dabei ist sie nicht wirklich richtig dick, nicht fett, so wie manche Amerikanerinnen fett sind, die sich nur von Fastfood ernähren, von Pommes, Hamburgern und in Fett gebackenen Apfeltaschen. Und jeder Menge Softeis.
So fett ist Marcia noch lange nicht und so fett will sie auch nicht werden. Das Schwimmen hilft ja schon. In diesem Sommer hat sie eisern trainiert, hat sich alles verboten, was dick macht, unter Todesverachtung isst sie mittags nur noch Salat. Früher hätte Romeo ihr dabei Gesellschaft geleistet. Romeo hatten ja auch Karotten ohne Salatsoße geschmeckt und Gurken, Tomaten, ganz natur. Warum soll sie das nicht runterkriegen?
Marcias Taille ist in diesem Sommer schon um zwei Zentimeter geschrumpft. Sie kann den Gürtel ein Loch enger schnallen. Das ist doch schon mal was. Darauf ist sie stolz.
Und ihre Mutter spornt sie an.
»Du schaffst das, Marcia«, sagt sie immer, »du musst nur durchhalten, nicht nachgeben. Hör einfach auf an Schokolade oder so was zu denken!«
Ihre Mutter hat gut reden. Ihre Mutter ist einen Meter zweiundsiebzig groß und wiegt 60 Kilo. Das ist unter dem Idealgewicht, sie trägt Kleidergröße 38, Marcia Kleidergröße 42.
»Deine Mutter hat eine Figur wie ein Mannequin«, sagt ihr Vater oft. Auch so ein Satz, den Marcia nicht mehr hören kann.
Aber jetzt kommt also Till und das Einzige, was ihm einfällt, ist eine Bemerkung über ihre Figur.

Marcia weiß, dass sie sich darüber nicht ärgern soll. Nicht wenn einer wie Till so was sagt.
Aber sie spürt, dass es sie noch mehr ärgert. Noch viel mehr. Weil er nicht das Recht hat, überhaupt eine Bemerkung über ihre Figur zu machen. Eigentlich hat er nicht mal mehr das Recht, sie anzusehen. Er hat nicht das Recht, neben ihr zu liegen, in dieser Badebucht, sich von Mücken stechen zu lassen und in ihrem Buch zu blättern, das aufgeschlagen auf ihrem Handtuch liegt.
Marcia richtet sich auf und angelt nach ihrem T-Shirt. Sie zieht das T-Shirt über ihren nassen Badeanzug. Jetzt klebt es am Hals, am Busen, am Bauch. Sie zupft daran herum.
Ein bisschen weiter weg liegen ihre Bermudas. Gelbe Bermudas. Sie weiß plötzlich nicht mehr, wieso sie ausgerechnet gelbe Bermudas haben wollte. Das macht bestimmt noch dicker.
Aber ist es nicht egal, ob sie dick ist oder nicht? Besonders wenn ein Typ wie Till bei ihr rumhängt?
Kurz entschlossen rollt sie sich zur Seite, schnappt sich die Bermudas und zieht sie im Sitzen an. Sie muss die Füße abstemmen und ein Hohlkreuz machen, um die Hosen über ihre Hüften zu ziehen.
Dann Bauch einziehen, Reißverschluss hoch, Knopf zu – fertig. Erschöpft liegt sie jetzt auf dem Rücken wie ein dicker Käfer.
»So was liest du?« Till wirft das Buch auf das Handtuch.
»Ja«, schnappt Marcia, »so was lese ich.«
In Deutsch behandeln sie gerade »Kabale und Liebe«, ein bürgerliches Trauerspiel von Friedrich von Schiller. Drama in fünf Akten, so steht es auf dem Deckblatt des Reclamheftes, in dem lauter gelbe Post-it-Zettel kleben, für ihr Referat. Ausgerechnet sie muss das Referat halten. Wo sie viel lieber etwas Modernes ausgewählt hätte oder wenigs-

tens Dürrenmatt oder Max Frisch. Aber da hatten die anderen viel schneller den Finger gehoben und für sie war plötzlich irgendwie nur noch Schiller übrig und Kafka. Weil ihre Mutter sagte »Kafka ist schwierig«, hat sie sich dann freiwillig für »Kabale und Liebe« gemeldet. In zehn Tagen muss sie das Referat halten.

»Ein bürgerliches Trauerspiel«, liest Till. Er grinst. »Klingt irgendwie cool. Was genau ist ein bürgerliches Trauerspiel?«

Marcia könnte vieles darauf antworten. Sie könnte zum Beispiel sagen: Das, was zwischen uns gelaufen ist, das ist ein bürgerliches Trauerspiel.

Aber das sagt sie nicht. Denn was zwischen ihnen war, ist tabu. Sie hat sich verboten daran zu denken, verboten überhaupt nur eine Sekunde dieser Szenen damals im Gedächtnis zu halten. Sie hat das ausgelöscht aus ihrem Gedächtnis, so wie man etwas von der Tafel wischt. Oder weggesteckt. In eine Schublade ihres Gehirns oder ihrer Seele . . .

Wo genau im Körper wohnt eigentlich die Erinnerung?

Da, wo es weh tut, jedenfalls. Da, wo Nerven sind und Gefühle. Im Herzen? In der Seele?

»Kabale«, sagt Till, »was ist das eigentlich? Was soll das heißen? Unter Liebe kann ich mir was vorstellen.«

»Ach ja?«, sagt Marcia spöttisch. »Kannst du?«

»Ja, aber Kabale? Was ist das?«

»Das ist ein altmodisches Wort für Intrige.«

»Und was ist eine Intrige?«

Marcia kann nicht glauben, dass Till das nicht weiß.

Till ist siebzehn und besucht seit drei Jahren ein teures Internat in der Nähe von Stuttgart.

»Lernt man so was nicht bei euch im Internat?«, fragt Marcia.

»Keine Ahnung«, sagt Till gleichmütig, »vielleicht war ich an dem Tag gerade nicht da.«

»Schwänzt du im Internat auch immer die Stunden?«, fragt Marcia.

Als Till noch mit ihr eine Klasse auf dem Otto-Suhr-Gymnasium besuchte, fehlte er oft tagelang und trieb sich in der Stadt rum.

Die Lehrer dachten, er sei krank, und warteten immer darauf, dass von den Eltern eine Entschuldigung käme. Dann brachte Till die Entschuldigung und alles war gut, bis zu dem Tag, als Till sein unterschriebenes Zeugnis zurückbrachte und der Klassenlehrer den Verdacht schöpfte, dass die Unterschrift gefälscht war. Da stellte sich heraus, dass auch die Unterschriften unter all den Entschuldigungen gefälscht waren, das fällt Marcia alles in diesem Augenblick wieder ein.

Sie hatte sich gezwungen nicht mehr an ihn zu denken. An das, was gewesen war.

Aber in dem Augenblick, als Till wie ein Seehund mit Glatze und Taucherbrille auf sie zugeschwommen war und ihren Namen bellte, da war alles zurückgekommen, wie ein Blitzschlag hatte es ihr Gedächtnis erhellt.

Seitdem rast ihr Puls und ihr ist übel.

Sie wird jetzt aufstehen, ihre Sachen zusammenpacken, alles auf den Gepäckträger klemmen und nach Hause radeln. Sofort. Auf der Stelle wird sie das machen. Aber Till hockt auf dem Zipfel ihres Handtuchs und bleibt einfach sitzen, wie ein Kloß, obwohl sie daran zieht.

»Hey«, sagt sie, »steh auf.«

»Wieso erzählst du mir nicht, was in dem Drama passiert?«

Till bequemt sich tatsächlich, er steht auf, nimmt das Reclamheft und schlägt eine Seite auf, die Marcia markiert hat.

»Ich bringe ja nichts als meine Unschuld.« Er grinst. »Hey, das klingt spannend.«
»Ist es aber nicht«, sagt Marcia. Sie rollt das feuchte Handtuch zusammen, die Isomatte, klemmt alles hinter ihren Gepäckträger, packt Buch, Sonnencreme und Unterwäsche in ihre Badetasche und hängt sie an den Lenker. Sie wird vielleicht nachher gleich mit dem Referat beginnen. Schon, um diesen blöden Till zu vergessen. Schon, um sich auf etwas anderes zu konzentrieren, wird sie heute Nachmittag am Computer wenigstens die Einleitung versuchen, eine Art Zusammenfassung, damit die Klassenkameraden, die das Stück nicht gelesen haben, wissen, worum es eigentlich geht.
Luise Müllerin, ein Mädchen von einfachem Stand, liebt Ferdinand, einen Major und Sohn des Präsidenten, der ein hoch gestellter Adliger am Hofe ist.
Luise ist die Tochter eines Musikers, aber es gab damals, im 18. Jahrhundert, überhaupt keine Möglichkeit, dass ein Mädchen »von niederem Stand« einen Adligen heiratete. Diese Liebe konnte nur im »Jenseits« Erfüllung finden, also nach ihrem Tod. So hart waren die Zeiten. Darüber will Marcia in ihrem Referat sprechen, über die Veränderungen in dieser Gesellschaft, über die Demokratie und die Aufhebung der Standesunterschiede. Sie hat mit ihren Eltern schon lange Gespräche darüber geführt und das Referat nimmt allmählich schon Form an. Jedenfalls in ihrem Kopf.

»Du bist mit dem Fahrrad gekommen?«
Blöde Frage, denkt Marcia. Sie steigt auf das Rad. Aber Till hält sie am Gepäckträger fest. »Wieso fährst du schon?« Er schaut auf die Uhr. »Ist doch noch früh. Erst halb sieben.«
»Ich muss noch einkaufen«, sagt Marcia.

»Die Läden haben bis acht Uhr offen.«
»Aber dann ist das Brot immer schon weg.«
Ich bin bescheuert, denkt Marcia. Wieso bin ich ihm überhaupt Rechenschaft schuldig über das, was ich tue?
Wieso erklär ich ihm, was ich machen will? Das geht ihn NICHTS an!
»Lass bitte das Rad los«, sagt Marcia ruhig.
Till lächelt. Er steht da, in seinen nassen XXL-Schwimmshorts, die Taucherbrille um den Hals, und schaut sie aus seinen extrem kurzsichtigen Augen an. »Und wenn ich nicht will? Was machst du dann?«
Dann schrei ich, will Marcia sagen. Aber sie sagt es nicht. Sie vertraut auf die Kraft ihres Blickes, auf diesen zornigen, abwehrenden Blick. Ich bin nicht mehr dreizehn, sagt dieser Blick, ich bin nicht mehr so hilflos wie damals. Du kannst mir nichts mehr tun.
Till lässt tatsächlich das Fahrrad los.
Sie tritt sofort in die Pedale.
Ihr Haar ist noch nass und zottelig. Sie kämmt ihre Haare normalerweise aus dem Gesicht zurück und stülpt einen Haarreifen auf, wenn sie vom Schwimmen nach Hause fährt. Der Haarreifen aber liegt zusammen mit dem Kamm auf dem Boden ihrer Basttasche, unter ihrer Wäsche und all dem anderen Kram.
Sie kann das jetzt nicht suchen. Also fallen ihr die verklebten, verknoteten Haare ins Gesicht und sie pustet sie aus der Stirn.
Till versucht ihr zu folgen. Aber er ist barfuß. Er hat seine Schwimmflossen in der Hand, in jeder Hand eine, damit winkt und wedelt er. »Mann! Nimm mich ein Stück mit!«, schreit er.
»Geht nicht! Keine Zeit!«, ruft Marcia zurück. Sie fährt so schnell sie kann. Der Uferweg ist schlammig und fast zuge-

wachsen von Farnen und Brombeersträuchern. Die Ranken schlagen ihr gegen die Beine und reißen ihre Haut auf. Kleine blutige Spuren auf ihrem rechten Knie und jetzt auch am linken Arm.

Sie kurvt und fährt Slalom. Normalerweise schiebt sie das Rad auf diesem engen Stück. Aber heute geht das nicht. Heute muss sie schnell weg, ganz schnell weg.

»Wo wohnst du jetzt überhaupt?«, schreit Till.

Sie lächelt. Sie tut, als höre sie ihn nicht.

»Ich war bei eurer alten Wohnung!«, schreit Till. »In der Bertramstraße. Aber da wusste keiner Bescheid!«

Wie gut, denkt Marcia erleichtert, wie gut.

4. Kapitel

Vielleicht wäre Marcia nie so viel mit Till zusammen gewesen, wenn sie in der Schule nicht nebeneinander gesessen hätten.

Ganz automatisch kam es also, dass sie miteinander redeten, ihre Schularbeiten verglichen, dass Marcia ihm leise Vokabeln zuflüsterte und ihm ihre Mathelösungen bei den Arbeiten unter dem Ellenbogen zuschob.

Marcia konnte einfach nicht anders als nett sein zu Leuten, denen das Lernen nicht so leicht fiel wie ihr. Früher, als sie neben Jana gesessen hatte, die auch keine Leuchte gewesen war – weder in Englisch noch in Mathe oder Biologie –, hatte sie der auch immer geholfen und sich einmal in der Woche mit ihr nachmittags zum Pauken getroffen.

Irgendwie machte sie mit Till so weiter, wie sie mit Jana aufgehört hatte. Und Till war dankbar. Richtig dankbar. Er lächelte sie schon an, wenn sie in den Klassenraum kam.

Er schob ihr den Stuhl hin, half ihr aus dem Mantel, manchmal schleppte er auch ihren Rucksack, wenn sie die Bücher in die Bibliothek zurückbringen musste. Weil er wusste, dass sie die Musik von Chris Rea mochte, brachte er ihr CDs mit oder Kassetten. Und wenn sie die ihm zurückgeben wollte, lachte er nur und sagte: »Wieso? War doch geschenkt.«

Sie wollte das nicht annehmen, aber Till sagte dann Sachen wie »Die hab ich sowieso doppelt« oder »Bei mir verstaubt das Zeug nur«. Sodass sie kein schlechtes Gewissen hatte, wenn sie die Sachen behielt.

Aber zu ihrem Geburtstag hatte sie ihn nicht eingeladen. Ihr Geburtstag sollte eine reine »Weiber-Veranstaltung« werden, wie ihre Mutter das nannte. Marcia hatte drei Mädchen aus ihrer Klasse eingeladen, erst in den Roncalli-Zirkus und danach in eine Pizzeria.

Sie hatte sich schon wochenlang darauf gefreut. Till hatte kein Wort über ihren Geburtstag verloren und so dachte sie: Er weiß es vielleicht nicht.

Wenn er nachmittags zu ihr nach Hause kam, um Mathe zu üben, wurde über ihren Geburtstag nicht geredet. Selbst Benni sagte nichts. So ein Geburtstag, in dem die große Schwester mit irgendwelchen blöden anderen Mädchen ausging und er nicht mitkommen durfte, interessierte ihn sowieso nicht.

Dennoch hatte Marcia so ein komisches Gefühl, als wenn Till irgendwie für ihren Geburtstag etwas plante.

Und als sie auf ihrem Tisch in der Klasse einen Kranz aus Weihnachtssternen sah, da wusste sie, dass ihr Gefühl sie nicht betrogen hatte. Till hatte die Blumen da hingelegt und in die Mitte hinein ein Geschenk: ein superschickes Notizbuch.

Genau das, was sie sich immer selber mal kaufen wollte

von ihrem Taschengeld. Woher er das so genau wusste? Unfassbar.

Es war ihr wahnsinnig peinlich, ihm zu sagen, dass sie am Nachmittag mit ein paar Freundinnen in den Zirkus gehen wollte. Aber er lächelte nur und zuckte mit den Schultern.

»Weiß ich doch«, sagte er. »Macht doch nichts. Viel Spaß übrigens.«

Da fühlte sie sich irgendwie noch mieser. Und um ihn zu versöhnen und sich quasi zu entschuldigen, hatte sie sich dann am darauf folgenden Sonntag mit ihm ins Kino verabredet. Obwohl sie das eigentlich nie gewollt hatte, so viel Zeit mit Till zu verbringen.

Aber dann war es eben auch wieder nett gewesen, wie glücklich Till darüber war. Und wie großzügig er ihr Cola und eine Riesentüte Popcorn ausgegeben hatte und wie er ihr noch ihr Horoskop aus einer Zeitschrift ausgeschnitten hatte, das ihr für dieses Wochenende ganz viel Glück und Liebe versprochen hatte.

»Du liest mein Horoskop?«, hat sie fassungslos gefragt.

Till hat nur gelacht. »Klar, mach ich immer. Ich muss doch wissen, wie es dir geht.«

»Aber Horoskope stimmen doch nie!«

»Manchmal schon«, hat Till gesagt.

»Und liest du auch dein Horoskop?«

Till hat wieder gegrinst. Er hat zuerst nicht antworten wollen, aber als Marcia nachgehakt hat, musste er zugeben, dass er immer ihre beiden Horoskope las. »Um zu sehen, ob sie übereinstimmen. Und wenn sie das tun, geht es mir gut. Für diesen Sonntag steht auch bei mir, dass ich ein Date mit der geliebten Person habe.«

Marcia war das für einen Moment fast unheimlich gewesen. Aber dann hat sie es schnell verdrängt. Till war eben ein bisschen verrückt, der konnte sich in Sachen reinspinnen, die anderen nicht im Traum einfielen. So war das eben. Nicht weiter schlimm.

Aber dann kam Tills Geburtstag. Er wurde schon vierzehn. Und das war für ihn ein wichtiges Datum, davon redete er vorher wochenlang. Und sagte immer geheimnisvoll: »Nimm dir für den Tag bitte nichts vor.«
Und Marcia rechnete damit, dass Till sie ins Kino einladen würde, oder in die neue Jugenddisco, die samstagnachmittags Kids ab zwölf reinließ bis neun Uhr abends.
Doch das war es nicht, was Till geplant hatte: Er lud Marcia zu einer Aufführung von *Cats* ein. Zu einem Musical ins Theater.
Cats wurde nur in Hamburg gespielt, und sie wohnten schließlich alle in Hanau. Also haben Tills Eltern ihr auch noch eine Übernachtung in einem teuren Hamburger Hotel geschenkt. Außerdem die Fahrt in ihrem dicken Mercedes.
Tills Eltern wollten sich auch das Musical angucken. Es war aber Tills Wunsch gewesen, zusammen mit Marcia nach Hamburg in das Musical zu fahren.
Und weil die Eltern Till jeden Wunsch erfüllten, besorgte Dieter Kröger vier Karten in der ersten Reihe. Klar. Nur das Beste war gut genug.
Marcia wollte nicht. Sie wäre zwar gerne in ein Musical gegangen, alle Welt schwärmte davon: vom *Phantom der Oper*, von *Stargate* und *Tabaluga*. Sie hatte noch nie ein Musical auf einer Bühne gesehen, aber sie kannte *Memory* aus *Cats*, den Ohrwurm. Das hatte sie auch auf der CD.
Till überraschte sie mit der Einladung nach Hamburg genau an dem Tag, als sie ihre Mathearbeit schrieben. Marcia und Till hatten eine ganze Woche lang für die Arbeit geübt. Marcia ziemlich konzentriert, Till so, wie er im-

mer übte: mit den Gedanken hier und da, aber selten beim Thema.
Tills Problem war ganz offensichtlich: Er konnte sich nicht konzentrieren. Und er hatte keine Lust. Er interessierte sich einfach nicht für irgendeines der Themen, die in der Schule behandelt wurden. Deshalb war er schlecht und deshalb nützte es auch nicht wirklich viel, dass er die sechste Klasse wiederholte. Für ihn war der ganze Stoff, den sie behandelten, egal, ob in Bio, Mathe oder Englisch, einfach uninteressant.
»Sag mal, hast du überhaupt nicht zugehört«, fragte Marcia oft. »Kannst du dich überhaupt nicht daran erinnern, dass wir das durchgenommen haben?«
Till nahm dann seine Brille ab, lächelte, rieb die Augen und schüttelte den Kopf.
»Das fass ich nicht!«, rief Marcia dann jedes Mal und Till wieherte, weil er es so komisch fand, dass Marcia sich über so etwas aufregen konnte.
»Ich reg mich doch auch nicht auf.«
»Aber so schaffst du niemals das Abitur!«, sagte Marcia.
Till zuckte nur mit den Schultern.
Marcia hatte das Gefühl, dass es ihm vollkommen egal war, ob er das Abi schaffen würde oder nicht. In der sechsten Klasse machte man sich nicht wirklich Gedanken darüber, aber immerhin war Till jetzt vierzehn. Und es sah so aus, als würde er nicht mal die mittlere Reife schaffen, wenn er so weitermachte.
Egal, wie sehr Marcia sich bemühte, mit ihm Vokabeln und Grammatik paukte. In seinem Kopf blieb einfach nichts hängen.
Wenn sie ihm vorlas und dann fragte: »Hast du das verstanden?«
Dann war er im Stande, zu antworten: »Hat Romeo eigent-

lich echte Kaninchenzähne? Sind seine Vorderzähne länger als die anderen?«
Oder er fragte: »Nimmst du eigentlich ein Deodorant?«
Er hatte jedenfalls überhaupt nicht zugehört.
Also *Cats*. Marcias Eltern waren hin- und hergerissen. Einerseits, meinten sie, kann man so eine Einladung nicht abschlagen, andererseits geht man damit aber auch eine Verpflichtung ein.
»Was denn für eine Verpflichtung?«, hat Marcia gefragt.
»Na, die Verpflichtung, sich zu bedanken. Man ist bei ihnen irgendwie in der Schuld«, sagte Marcias Mutter. »Wir haben jedenfalls nicht so viel Geld, uns dafür angemessen zu revanchieren.«
Das sagte Marcia zu Till. Sie sagte wörtlich: »Ich kann nicht mit euch nach Hamburg. Wir können uns für die Einladung nicht angemessen revanchieren.«
Till sagte das seinen Eltern und daraufhin stand abends sein Vater vor ihrer Wohnung. Er brachte für Marcias Mutter Blumen mit, Marcias Vater fühlte sich verpflichtet ihn hereinzubitten und eine Flasche Wein zu öffnen.
Marcias Vater breitete die Arme aus und sagte: »Aber bei Gott! Sie müssen sich doch nicht revanchieren! Wir sind es doch, die sich bedanken müssen! Das, was Marcia für unseren Sohn tut . . .«
Marcia saß auf der Couch und hörte zu. »Aber was tu ich denn?«, fragte sie.
Dieter Kröger lachte. »Was du tust? Du hast unseren Sohn dazu gebracht, dass er wieder gerne in die Schule geht! Dass er gerne lernt!«
»Aber er vergisst sofort alles wieder«, sagte Marcia, »und seine Arbeiten sind auch nicht gut.«
»Ach was«, sagte Dieter Kröger, »das wird schon. Wenn du ihm weiter hilfst . . .«

»Ich weiß nicht«, sagte Marcia, »ob ich dazu immer Lust habe.«

Da hörte Tills Vater auf zu lächeln und sah Marcia scharf an. »Natürlich hast du Lust«, sagte er, stand auf, tätschelte Marcias Kopf, gab Marcias Mutter einen Handkuss (worüber sie sich später tagelang amüsierte) und schlug Marcias Vater auf die Schulter und fragte ihn, ob er Post-Aktien gekauft habe. Und fügte hinzu: »«Ich nicht. Ich halte das ganze Unternehmen für marode.«

Dann war er wieder weg.

Und sie blieben im Wohnzimmer zurück, schauten sich an und nach einer Weile sagte Marcias Mutter. »Du brauchst für Hamburg irgendetwas Schönes anzuziehen.«

So kam Marcia zu einer lila Satinhose und einem weißen Rüschenhemd.

Zwei Tage, bevor sie nach Hamburg fuhren, bekamen sie die Mathearbeit zurück: eine Sechs für Till, eine Drei für Marcia.

»Ich versteh das nicht«, sagte Marcia, »wir haben das doch alles hundertmal zu Hause geübt! Wieso hast du die Aufgaben alle falsch?«

»Ich hab sie nicht kapiert«, sagte Till.

»Aber wieso nicht? Du hattest sie doch vorher kapiert!«

»Das waren andere Aufgaben.«

»Nein!«, rief Marcia. »Das waren genau dieselben! Das heißt, nicht genau dieselben, aber im Prinzip . . .«

»Dann hab ich das Prinzip eben nicht verstanden.« Till ließ die Arbeit in den nächsten Papierkorb fallen. In einen Abfallkorb neben einem Imbissstand, an dem sie auf dem Heimweg immer vorbeikamen.

»Bist du verrückt?«, schrie Marcia. »Du musst die Arbeit von deinen Eltern unterschreiben lassen!«

»Aber nicht ausgerechnet einen Tag vor meinem Geburtstag«, sagte Till. »Und nicht ausgerechnet zwei Tage, bevor wir nach Hamburg fahren. Glaubst du, ich hab Lust, uns den Trip zu verderben?«

Darauf wusste Marcia auch nichts zu sagen.

Marcia steckte Tills Arbeit in ihren Rucksack.

Als sie sich an der Kreuzung Ritterstraße/Jahnring verabschiedeten, fragte sie: »Und? Was ist mit der Arbeit?«

»Da überleg ich mir was«, sagte Till.

»Und was soll ich so lange damit machen?«

»Bewahr sie auf«, sagte Till. »Aber tu mir einen Gefallen, sag niemandem, dass wir die Mathearbeit schon zurückhaben, ja? Niemandem. Ich will meinen Eltern die Fahrt nicht verderben.«

Marcia fand das nett von Till, irgendwie, dass er an seine Eltern dachte. Er hatte ein schlechtes Gewissen. Sie taten alles für ihn und er dankte es ihnen schlecht. Er schrieb weiter schlechte Arbeiten. Konzentrierte sich nicht und gefährdete seine Versetzung. Er schämte sich.

In der Nacht wachte Marcia auf, weil sie sich merkwürdig fühlte. Sie lag eine Weile still im Bett und versuchte herauszufinden, was anders war. Aber sie konnte es nicht richtig benennen. Nicht erklären. Sie spürte ein Ziehen im Unterleib und eine Hitze.

Sie knipste die Nachttischlampe an und schlug die Decke zurück. Sie setzte sich hin und blickte an sich herunter. Sie sah den mageren blassen Körper eines dreizehnjährigen Mädchens. Alles in Ordnung. Sie stand auf.

Es passierte ihr nie, dass sie nachts aufs Klo musste, aber in dieser Nacht war es eben so.

Sie ging zur Tür und drehte sich im Gehen aus irgendeinem Grund noch einmal um.

Da sah sie auf ihrem Bettlaken den roten Fleck.
Sie erschrak so, dass ihr Herz fast stehen blieb. Sie rannte, die Hand zwischen den Schenkeln, ins Bad.
Sie setzte sich auf die Kloschüssel und sah, wie ein Bluttropfen nach dem anderen herausplatschte.
Sie hatte keine Ahnung, was sie machen sollte.
Sie wollte ihre Mutter rufen, hatte aber Angst, dass dann ihr Vater auch plötzlich in der Badezimmertür stehen und sie so sehen würde.
Sie riss ein paar Meter von der Rolle ab und stopfte das zwischen ihre Schenkel. Sie ging, die Schenkel fest gegeneinander gepresst, in ihr Zimmer zurück, zog sich eine frische Schlafanzughose an und legte sich in ihr Bett, steif wie ein Stock. Sie machte in der Nacht kein Auge mehr zu.
Als sie hörte, wie ihre Eltern aufstanden, rief sie ihre Mutter.
Ihre Mutter kam, Marcia schlug die Decke zurück und sagte nichts.
»Ach, Kindchen!«, rief ihre Mutter, »wieso hast du mich nicht gerufen? Ich hab mich schon oft gefragt, wann das wohl losgeht. Du hast deine Tage. Du wirst allmählich erwachsen.«
»Ja«, sagte Marcia, »weiß ich. Hast du vielleicht einen Tampon?«
Das einzige Mädchen aus der Klasse, mit dem Marcia damals befreundet war, war Sandra. Sandra hatte ihre Tage schon seit einem Jahr. Und unterrichtete Marcia immer haarklein über ihr Befinden. Sandra war drei Tage, bevor sie ihre Tage bekam, immer übel, dann blähte sich ihr Bauch, und wenn es endlich so weit war, fühlte sie sich so schwindlig, dass sie sich manchmal sogar hinlegen musste und nicht in die Schule gehen konnte. Marcia hatte immer ein bisschen den Verdacht gehabt, dass Sandra übertrieb.

Sandra machte sich gerne wichtig. Aber an dem Tag wusste Marcia, dass Sandra nicht übertrieben hatte. Ihr ging es überhaupt nicht gut. Sie hatte Krämpfe im Unterleib und es zog in den Beinen, wenn sie sich bewegte.
Außerdem war ihr übel.
Oh Gott, dachte sie, und das bleibt jetzt ein ganzes Leben lang so?
Ihre Mutter war lieb. Erklärte ihr alles, was Marcia wissen wollte, tröstete sie und sagte ihr aber auch, dass sie ein bisschen stolz sein konnte, denn nun sei sie eine richtige Frau. »Wir müssen auch irgendwann einen Termin bei einem Frauenarzt machen«, sagte sie.
»Ich möchte zu einer Ärztin«, sagte Marcia.
»Okay, dann suchen wir eine Ärztin.« Ihre Mutter war wirklich lieb. Sie ließ Marcia bis zur dritten Stunde zu Hause und brachte sie mit dem Auto zur Schule.
Sandra und Marcia hatten ein Zeichen vereinbart, mit dem Marcia signalisieren konnte, wenn es bei ihr so weit war. Sie hatten in der dritten Stunde Englisch bei Dr. Röhler, einem Lehrer, der kurz vor der Pensionierung stand.
Marcia hatte die Entschuldigung dabei. Sie wusste, was ihre Mutter geschrieben hatte:
»Ich bitte das Fehlen meiner Tochter Marcia in den ersten beiden Unterrichtsstunden wegen Unpässlichkeit zu entschuldigen.«
Dr. Röhler las die Entschuldigung, schaute Marcia an. »So, so«, sagte er, »ist in Ordnung.« Und legte den Zettel ins Klassenbuch.
Marcia gab Sandra das Zeichen und Sandra schrie los: »Echt?«
Marcia setzte sich und alle schauten zu ihr hin.
Till rückte ein bisschen zur Seite, damit sie Platz hatte, ihren Rucksack auszuräumen.

»Was war denn mit dir los?«, fragte er.
Sandra, die vor Marcia saß, drehte sich um und sagte zu Till: »Sie hat ihre Blutung bekommen!«
Marcia bekam einen feuerroten Kopf.
Sie konnte Sandra das nie verzeihen, dass sie das so in die Klasse posaunt hatte. Nie wieder würde sie Sandra irgendein Geheimnis anvertrauen. Das war vorbei.
Während der ganzen Stunde spürte Marcia Tills brennende Blicke. Das war furchtbar.
Gleich nach dem Pausenzeichen stürzte Marcia auf die Toilette und blieb da, bis die nächste Stunde wieder anfing.
»Wie geht's denn so?«, fragte Till leise.
Marcia zuckte mit den Schultern. Glaubte er im Ernst, dass sie das mit ihm besprechen würde?
Aber Till ließ nicht locker. Das Thema faszinierte ihn. Auf dem Nachhauseweg bohrte er weiter.
»Wie hast du das gemerkt? Was ist passiert? Was fühlst du?«
Er bohrte so lange, bis Marcia stehen blieb und wütend sagte: »Wenn du jetzt nicht sofort mit diesen blöden Fragen aufhörst, Till, dann lass ich dich hier stehen und rede nie wieder mit dir ein Wort.«
Da schwieg Till endlich.
Aber Marcia spürte danach immer diesen brennenden Blick. Sie wusste, dass sich bei Till etwas veränderte. In seiner Einstellung ihr gegenüber. Sie sprachen darüber nicht. Sie mussten auch gar nicht darüber sprechen. Marcia wusste es einfach.
Und eigentlich wollte sie von dem Augenblick an nicht mehr nach Hamburg. Aber es war zu spät. Die Karten waren gekauft, das Hotel gebucht und ihre Eltern hatten Ja gesagt.

Und sie hatte ja auch diese lila Satinhose und die weiße Rüschenbluse.
Sie konnte nicht mehr zurück.

5. Kapitel

Marcia sitzt in ihrem Zimmer, an ihrem Schreibtisch, vor ihr der Computer, auf dem Mauspad die Maus. Marcia hat zwanzig Zeilen geschrieben, Inhaltsangabe von »Kabale und Liebe – ein bürgerliches Trauerspiel«, Drama in fünf Akten, von Friedrich von Schiller. Sie findet alles, was sie geschrieben hat, schlecht. Sie will das löschen. Wieder von vorne anfangen. Konzentrieren.
Der erste Satz muss gut sein, muss die Leute reinziehen. Wenn sie am Anfang mit den Gedanken wegdriften, kriegt man sie nachher nicht mehr.
Der Anfang muss stimmen.
Was schreibt man aber für Sätze über ein Drama, dass Schiller im Frühjahr 1784 geschrieben hat? Wie war die Welt 1784 eigentlich? Hat es da die Französische Revolution schon gegeben?
Ich muss das nachschauen, denkt Marcia und steht auf. Sie geht in das Wohnzimmer, an den Bücherschrank ihrer Eltern, holt den Brockhaus heraus. Die Buchstaben F – G. Sie geht mit dem Lexikon ans Fenster. Es ist August und im August ist es abends um acht noch hell wie am Tag. Ihre Eltern sind unterwegs. Marcia hat keine Ahnung, wo. Benni ist mit seiner Klasse auf eine Gruppenreise gefahren, an den Titisee im Schwarzwald. Hoffentlich ist es da schön, denkt Marcia. Hoffentlich hat er kein Heimweh. Benni ist jetzt fast zehn, aber immer noch irgendwie ein Mama-

Kind. Als er morgens mit seinem gepackten Rucksack in der Küchentür stand, hatte er Tränen in den Augen, sie aber tapfer runtergeschluckt. Marcias Mutter wollte ihn in den Arm nehmen, aber das hat er nicht zugelassen. Er wollte groß sein und tapfer und kein Mama-Kind.

Marcia schaut aus dem Fenster auf die Straße. Die Straße ist eine Allee, von Kastanienbäumen gesäumt. Jetzt, im August, haben die Kastanien dunkle Blätter, manche haben schon gelbe Ränder. Die Kastanien sind noch grün, aber sie haben schon fast ihre Größe.

Marcia liebt Kastanien. Wenn die Kastanien reif sind, auf den Boden fallen und die grüne Schale aufplatzt und dann die glänzenden mahagonifarbenen Kugeln herausrollen, ist sie glücklich. Sie sammelt Kastanien in ihren Jackentaschen, den Manteltaschen, in ihrem Rucksack, der Schultasche, dem Einkaufskorb.

Sie spielt mit den Kastanien in ihrer Manteltasche. Es ist angenehm, ihre seidenglatte Oberfläche zu berühren.

Wenn sie Chica ausführt, den Hund ihrer Nachbarn, wirft sie immer Kastanien und Chica rast wie verrückt hinterher.

Weil die Bäume große Kronen haben, sieht man von der Straße nur Ausschnitte. Mal ein Auto, das vorbeifährt, einen Fußgänger, ganz kurz, ein Fahrrad.

Als sie noch in ihrer alten Wohnung lebten, hatten sie einen ganz anderen Blick aus dem Wohnzimmerfenster, direkt auf eine vierspurige Straße, ohne Bäume, aber dafür mit riesigen Peitschenlampen, die nachts ein grelles Licht in die Fenster warfen.

Marcia hat davon nichts mitbekommen, weil ihr Zimmer nach hinten ging, in den Innenhof.

Till kennt meine Adresse nicht, denkt sie. Er hat sie noch

nicht gefunden. Das ist ein Wunder. Hoffentlich dauert es noch lange, bis er unsere Adresse herausfindet.
Es liegt daran, dass sie kein Festnetztelefon haben, sondern nur Handys, obwohl ihr Vater bei der Post arbeitet, aber vielleicht gerade deswegen. Die Telekom hatte ihm ein Angebot für Handys gemacht, die ganze Familie mit Handys ausgestattet, zu einem tollen Preis. Da kann man nicht Nein sagen, hatte ihr Vater gesagt.
Deshalb hat Marcia auch ein Handy. Ihr Vater zahlt die Grundgebühr und sie muss alle Telefonate bezahlen.
Marcia telefoniert nicht viel in der Welt herum. Sie ist nicht wie die anderen Mädchen, die ohne ihr Handy, ohne SMS gar nicht mehr leben können.
Marcia hat sowieso nicht viele Freunde, denen sie SMS schicken könnte.
Sie schiebt das Lexikon wieder ins Regal und geht in ihr Zimmer. Sie wirft sich aufs Bett.
Sie betrachtet die Bilder an der Wand.
Damals, in der alten Wohnung, hatte sie ein Poster einer englischen Boygroup an der Wand. Heute kann sie sich nicht mal mehr an deren Namen erinnern, aber damals hat sie für deren Lieder geschwärmt.
Und das Foto von Claudia Schiffer aus einer Kosmetikwerbung. Das war cool.
Sie erinnert sich, dass Till einmal, als er in ihrem Zimmer war, seine Hand auf den Busen von Claudia Schiffer gelegt und dabei so gegrinst hat, als gehöre ihm die Frau.
Da war Till vierzehn und Marcia fand es total blöd.
Gleich als er gegangen war, hat sie das Poster von der Wand gerissen. Dabei kann Claudia Schiffer wirklich nichts dafür, dass Till ein Spinner ist. Schlimmer als ein Spinner . . .
Sie will nicht an Till denken.

Marcia springt auf, geht an den Schreibtisch, greift nach dem Reclamheft und beginnt zu lesen.
Aber schon nach der zweiten Zeile wirft sie das Heft wieder weg.
Sie geht ans Fenster. Früher konnte sie aus ihrem Fenster in einen Hof schauen. Hier geht ihr Fenster auf die Straße hinaus. Sie hat also den gleichen Blick aus dem Fenster wie aus dem Wohnzimmer. Das Wohnzimmer hat einen Balkon. Ihre Mutter war dafür, keine Geranien zu kaufen, sondern Töpfe auf den Boden zu stellen, mit Kräutern, die man für die Küche verwenden kann. Sie haben sogar eine Tomatenpflanze. Aber die Tomaten verfaulen immer, kurz bevor sie richtig reif sind. Das ist jedes Mal, bei jeder einzelnen Tomate, ein Drama. Marcia findet, ihre Mutter übertreibt es mit den italienischen Töpfen. Ihre Mutter legt Wert darauf, dass es italienische Töpfe sind und keine Industrieware. Die gehen auch im Winter nicht kaputt, weil sie den Frost besser aushalten, sagt Marcias Vater.

Marcia öffnet das Fenster. Die Luft ist feucht und süß. Schwül ist es, und stickig. Kein Wind.
Ich gehe unter die Dusche, denkt Marcia. Ich wollte mir sowieso die Haare waschen. Da bekomme ich einen klaren Kopf. Dann geht die Arbeit viel leichter.
Sie zieht sich aus, geht ins Bad, stellt sich unter die Dusche. Sie schaut an ihrem Körper herunter. So schlimm ist es auch nicht. Till ist ein Idiot.
Als wäre sie fett wie eine Tonne. So hat er getan. Echt. Als wäre sie ein unansehnliches Monster. Dabei hat sie vier Kilo abgenommen. Wenn sie den Bauch einzieht, hat sie schon wieder eine Taille. Ihrem Busen jedenfalls ist es gut bekommen, dass sie zugenommen hat.

Die Oberschenkel, zugegeben, könnten ein bisschen dünner sein. Aber das kommt vielleicht.
Radfahren und Schwimmen, das ist eine gute Methode, um feste Schenkel zu bekommen.
Wenn ich Till noch einmal sehe, denkt Marcia, während das Wasser über ihr Gesicht, die geschlossenen Augen läuft, werde ich ihm sagen: »Für mich bist du gestorben. Hörst du? Lass mich in Ruhe. Ich will von dir nichts mehr wissen. Nichts.«
In zwei Wochen, denkt Marcia, sind auch in Baden-Württemberg die Ferien zu Ende. Dann muss er ja sowieso zurück ins Internat. So lange halte ich das aus. Ich muss mir nur einen anderen Badeplatz suchen. Und eine andere Zeit. Ich muss darauf achten, dass Till mich nicht findet. Gut, dass er meine Adresse nicht hat. Gut, dass wir nicht im Telefonbuch stehen.
Handys sind wirklich eine klasse Erfindung.
Sie steigt aus der Duschkabine, wickelt das Handtuch um den Körper und geht in die Küche.
Jetzt ein Glas kalte Milch. Das tut auch gut.
Danach fühlt man sich dann wie neugeboren.
Sie gießt die Milch aus dem Tetrapak in das Glas, setzt das Glas an und trinkt.
Da klingelt die Haustür. Zweimal lang und zweimal kurz. Marcia fällt das Glas aus der Hand, es zerbricht auf dem Fußboden, die Milch rinnt über ihre Füße.
Zweimal kurz und zweimal lang. So hat Till immer geklingelt, in ihrer alten Wohnung, nachmittags, wenn er sie besuchte.
Scheiße, denkt Marcia.
Oh Gott, was mach ich?
Sie holt einen Scheuerlappen aus dem Besenschrank und wischt die Milch auf, legt den Lappen ins Waschbecken

und lässt Wasser drauflaufen. Vielleicht haut er wieder ab, denkt sie, schließt die Augen, betet: Bitte, hau ab, hau ab. Da klingelt es wieder. Diesmal nur einmal kurz.
Marcia reißt die Augen wieder auf, stellt den Wasserhahn ab.
Ich bin ein fürchterlicher Angsthase, denkt sie, und ein Idiot. Natürlich ist das Benni. Benni klingelt, wie er gerade Lust hat. Das war Benni eben.
Und ich blöde Kuh denke . . . sie lacht, läuft zur Tür und reißt sie auf. In dem Augenblick, wo sie die Tür aufgezogen hat, fällt ihr ein, dass Benni auf der Klassenreise ist, am Titisee. Dass es gar nicht Benni sein kann.
Es ist auch nicht Benni.
Es ist Till.
Till stützt sich mit beiden Händen am Türrahmen ab. Er hat eine neue Brille mit kleineren Gläsern. Seine Augen sind nicht mehr so verzerrt, nicht mehr so hundertfach vergrößert. Dafür hat er jetzt eine Glatze.
Er trägt ein schwarzes T-Shirt mit einem Totenkopf. Und abgeschnittene Jeans. Und Mokassins.
»Dreimal darfst du raten, woher ich deine neue Adresse hab«, sagt er. Grinst breit.
Marcia will die Tür wieder zuschlagen. Ein Reflex. Schnell und stark. Sie gibt der Tür einen richtigen Stoß.
Aber Till hat damit wohl gerechnet. Sein Fuß steht blitzschnell in der Tür.
»Hey«, sagt er sanft, »was soll das denn? Was ist mit dir los? Mann, ich reiß mir den Arsch auf, um deine Adresse rauszukriegen, und du lässt mich nicht mal rein? Ist das der Dank des Vaterlandes?«
Er schiebt sie zur Seite und geht an ihr vorbei, breitbeinig, anmaßend.
Ich könnte ihn umbringen, denkt Marcia. Er schaut sich al-

les an. Den Flur, den Sisalteppich, das Garderobenschränkchen, den Barockspiegel über dem Schrank. Er deutet auf jedes Teil.
Die Tischzeichnungen aus Spanien, die sie einmal aus dem Urlaub mitgebracht haben. Ein Stierkämpfer, eine Flamencotänzerin, ein Schafhirte und ein Fischer. Alles ein bisschen kitschig. Aber auch irgendwie schön.
Till deutet mit seinem Finger auf jedes Bild, den Spiegel, das Schränkchen und sagt: »Kenn ich, kenn ich, kenn ich.«
Dann dreht er sich zu Marcia um und fragt: »Ist irgendwas neu?«
»Ja«, sagt Marcia, »die Wohnung.«
Till grinst. »Klar, bin ich blöd?« Er streckt seinen Kopf in die Schlafzimmertür. »Die Betten kenne ich auch noch«, sagt er.
Marcia geht an ihm vorbei und knallt die Tür zu.
Sie verschränkt die Arme vor der Brust. Sie starrt ihn an.
»Ich möchte, dass du gehst«, sagt sie.
»Was?« Till grinst, verlegen, unsicher. »Was ist denn jetzt?«
»Hab ich doch gesagt: Ich möchte, dass du gehst und nie wieder kommst. Hörst du, ich möchte, dass du nie wieder kommst.«
»Das ist nicht dein Ernst«, sagt Till.
»Oh doch. Mein wahrer Ernst«, sagt Marcia.
»Und wieso?«
»Dreimal darfst du raten«, sagt Marcia.
»Ich hab dir geschrieben«, sagt Till. »Was hast du mit meinen Briefen gemacht?«
»Mülleimer«, sagt Marcia.
Till bekommt ein rotes Gesicht. »Was?«
Marcia geht durch den Flur zurück, öffnet die Wohnungstür, wartet, dass Till die Wohnung verlässt.

Aber Till steht da wie angewurzelt.
»Das glaube ich dir nicht«, sagt er rau. »Du hast meine Briefe nicht weggeworfen, solche Briefe wirft man nicht weg. Du nicht! Du schon gar nicht.«
»Ich hab sie aber weggeworfen«, sagt Marcia.
»Aber gelesen hast du sie. Und auswendig gelernt.«
»Das möchtest du wohl«, erwidert Marcia.
Till deutet mit ausgestrecktem Zeigefinger auf ihr Gesicht.
»Jetzt lügst du! Du hast sie gelesen.«
»Es ist doch scheißegal, ob ich sie gelesen hab oder nicht.«
»Oh nein«, Till kommt näher. Er schaut Marcia jetzt von sehr nah an.
Marcia weicht seinem Blick aus, starrt an die Wand hinter seinem Kopf. »Es ist nicht scheißegal. Das waren Liebesbriefe, Mann, Liebesbriefe von mir, Till Kröger. Ich hab in meinem Leben noch nie jemandem Liebesbriefe geschrieben, außer dir. Und du sagst, du hast sie nicht gelesen?«
»Korrekt, ich habe sie nicht gelesen.«
»Aber das glaube ich dir nicht!!!« Till schreit jetzt. Er hat einen roten Kopf, er wirbelt herum. Und haut mit der Faust gegen die Wand. Das Bild von der Flamencotänzerin fällt herunter, der Haken hat sich gelöst.
»Guck dir das an!«, schimpft Marcia. Sie bückt sich nach dem Bild. Till packt ihren Arm. Er ist so nah bei ihr, dass sie seinen Atem spürt.
»Ich hab wie ein Idiot auf eine Antwort von dir gewartet, jeden verdammten Tag in diesem beschissenen Internat hab ich gedacht, heute kommt ein Brief von ihr. Heute bestimmt.« Marcia lässt mich nicht im Stich. Sie schreibt mir. Wenn ich ihr solche Briefe schreibe, muss sie einfach antworten.«
»Ich hab gesagt, du sollst gehen!« Jetzt schreit Marcia auch. Schreit das Haus zusammen.

Gleich wird die Tür der Wohnung von gegenüber aufgehen und Herr Oswatitsch wird seinen Kopf rausstrecken. Herr Oswatitsch verbringt seine Tage hinter der Tür und wartet darauf, dass etwas Spannendes passiert. In diesem Haus, hat ihre Mutter gesagt, kann eine Leiche nie Monate unbemerkt in der Wohnung liegen. Nicht wenn man jemanden wie Herrn Oswatitsch im Haus hat. Der schnüffelt auch in den Briefkästen. Der weiß, wer ein Paket bekommt. Und wenn Blumen abgegeben werden, weiß er immer, von wem und warum.

Überall gibt es Leute wie Herrn Oswatitsch.

Marcia wünscht sich, dass er die Tür aufmacht und fragt, was los ist. Aber er tut ihr nicht den Gefallen. Es scheint kein Mensch zu Hause zu sein.

Das ist das schöne Wetter. Die Leute sitzen in den Biergärten oder im Stadtpark. Oder sonst wo.

Jedenfalls nicht zu Hause am Abendbrottisch oder vor dem Fernseher.

»Okay«, flüstert Till in ihr Ohr, »ich geh jetzt. Ich hab ja deine Adresse. Ich komm wieder, wenn deine Laune sich gebessert hat. Was ist mit dem Referat? Wie hieß das noch? Ach ja, Sex und Liebe oder so. Schon fertig?«

»Nein!«, schreit Marcia.

Er lacht, hebt die Arme und gibt ihr einen Kuss, nur so, durch die Luft, mit gespitzten Lippen. »Happy working«, sagt er, als er an ihr vorbeigeht.

Marcia schlägt die Tür zu. Sie lehnt sich gegen die geschlossene Tür. Ihre Knie zittern. Ihr Kinn auch. Sie kann sich nicht mehr aufrecht halten. Sie rutscht an der Tür herunter und bleibt auf dem Fußboden liegen.

6. Kapitel

Die Krögers holten Marcia ganz früh am Samstagmorgen von zu Hause ab. Dieter und Jutta Kröger, Tills Eltern, warteten unten im Wagen, Till stieg aus, rannte durch den Vorgarten und klingelte Sturm.

Es war sechs Uhr morgens und sogar Benni war schon wach. Marcias Reisetasche war gepackt. Und sie war aufgeregt, sie freute sich, das schon, alle beneideten sie, dass sie *Cats* sehen konnte, das erfolgreichste Broadway-Musical aller Zeiten. So schrieben jedenfalls die Zeitungen.

Andererseits war es auch ein bisschen komisch, mit Till und seinen Eltern stundenlang auf der A7 in Richtung Norden zu brettern.

Benni raste zum Fenster und spähte nach dem Auto. Er pfiff durch beide Zähne, kam zurück, rüttelte an Marcias Stuhl.

»Oh Mann! Da ist ein superdicker Mercedes! Der sieht aus wie ein Panzer! Der hat dunkle Scheiben!«

Marcias Eltern wechselten einen Blick. Marcias Mutter lächelte.

»Genauso hab ich mir das vorgestellt«, sagte sie.

»Na, komm«, sagte Marcias Vater gutmütig, »wenn wir so viel Geld hätten, würden wir uns auch gern einen Benz kaufen.«

»Aber nicht einen mit dunklen Scheiben«, sagte Marcia.

Sie stand auf, holte ihre Jacke von der Garderobe, schulterte die Reisetasche und verabschiedete sich von ihren Eltern.

»Viel Spaß, mein Schätzchen«, sagte ihre Mutter zärtlich und strich ihr durchs Haar.

Marcia war extra beim Friseur gewesen. Eine neue Frisur, halblang, mit Pony. Sie fand, dass sie älter aussah als drei-

zehn. Mindestens vierzehn. Außerdem hatte sie heimlich ein paar Make-up-Proben aus der Drogerie eingepackt. Für den Abend wollte sie sich wenigstens die Lippen anmalen und die Wimpern tuschen. Vielleicht noch ein bisschen Eye-Shadow und Rouge.
Sie hatte jedenfalls alles dabei. Das Rouge hat sie von ihrer Mutter »geliehen«. Sie hoffte, ihre Mama würde es nicht merken. Aber sie hatte ja drei verschiedene.
Benni krähte in die Sprechanlage: »Till, sie kommt!«
Er hopste vor der offenen Wohnungstür auf und ab, beugte sich über das Treppengeländer und schrie wieder: »Till! Sie kommt!«
Marcia kam sich richtig blöd vor.
Sie schob Benni zur Seite, schulterte ihre Reisetasche und stieg die Treppen hinunter.
Till wartete vor der Haustür. Er strahlte. Er hatte rote Backen und eine neue Brille. Jede neue Brille sah ein bisschen besser aus als die alte.
»Ich freu mich vielleicht«, rief er. »Du dich auch?«
»Klar«, sagte Marcia.
Sie drehte sich um und winkte zu ihren Eltern hoch. Die Eltern standen am Fenster und winkten zurück.
Es war, als würde Marcia sich mit Till in die Flitterwochen verabschieden. Es war irgendwie richtig bescheuert, fand Marcia.
Till und sie stiegen hinten in den Wagen.
Ledersitze, gepolstert, einschmiegsam. In der Mitte eine Konsole, die man aufklappen konnte. In der Konsole eine kleine Bar und ein Monitor für den Fernseher, der in die Rücklehne des Fahrers eingebaut war.
Marcia hatte in ihrem ganzen Leben noch nie so ein Auto gesehen. Auf dem Fußboden dicke Perserteppiche. Die Scheiben so dunkel, dass Hanau auf einmal ganz anders

aussah. Weit weg irgendwie. Sogar das Hässliche war weniger hässlich, die Mietshäuser weniger schäbig, die großen Parkplätze von den Supermärkten weniger vermüllt. Es war, als habe sie mit dem Leben da draußen auf einmal nichts mehr zu tun.

Als lebte sie plötzlich in einer anderen Welt.

Till tat, als wäre er in diesem Edelschlitten geboren. Als sei das für ihn die einzige vorstellbare Art, sich fortzubewegen. Er gab an wie Oskar. Seine Eltern saßen vorn und lächelten gutmütig.

Gönnerhaft erklärte er Marcia, wie man die getönten Scheiben herunterließ, wie man den Ventilator anstellte, falls man immer Luft haben wollte, und wo der Behälter mit den Eiswürfeln war, für die Drinks.

Er sagte tatsächlich: »Für die Drinks.«

Marcia kam sich klein vor wie eine Maus.

Noch nie vorher hatte sie den Unterschied zwischen Reich und Arm so direkt erlebt wie jetzt.

Es stellte sich aber heraus, dass den Krögers der Wagen gar nicht gehörte. »Das Autohaus Henne hat ihn mir zur Verfügung gestellt«, sagte Herr Kröger. »Sie wollen natürlich, dass ich ihn kaufe. Aber da können sie lange warten.« Er lachte.

Sie fuhren mit 200 Stundenkilometern über die Autobahn. Die Bäume, Tankstellen, Kühe, Bauernhäuser, Abzweigungen rasten vorbei.

Marcia fühlte sich ein bisschen schwindelig, wie seekrank. Ihre Mutter war eine sehr langsame, vorsichtige Autofahrerin. Und ihr Vater war zufrieden mit dem Fahrrad, das die Deutsche Post ihm zur Verfügung stellte, und mit den Taxis, die er nachmittags fuhr. Ihr Vater war sowieso ein Mensch, der immer zufrieden war. Das gefiel Marcia an ihm.

Als sie vor dem Hotel Marriott in Hamburg vorfuhren, war Marcia richtig übel. Sie versuchte das zu verbergen und lächelte tapfer.
Marcia hatte ein Einzelzimmer, direkt neben dem Zimmer von Till. Die Eltern wohnten in einem anderen Stockwerk.
Als Marcia endlich in ihrem Zimmer war, warf sie die Reisetasche auf das Bett, holte die Kulturtasche raus, zog das Päckchen mit den Tampons raus und stürzte ins Bad.
Sie hatte während der ganzen Fahrt gefürchtet in ihrem eigenen Blut zu schwimmen. Ihre Mutter hatte ihr ein paar Geschichten erzählt, peinliche Sachen, die ihr passiert waren. Einmal hatte sie ein weißes Kleid angezogen und war zu einer Party gegangen. Sie hatte sich hingesetzt, und als sie aufstand, war hinten im Kleid ein großer Blutfleck.
In solchen Augenblicken, sagte ihre Mutter, möchte man sterben. Oder wenigstens unsichtbar sein.
Marcia hatte prompt von einer peinlichen Geschichte geträumt in der nächsten Nacht.
Es war aber alles gut gegangen.
Sie saß noch auf dem Klo, als es an die Tür pochte.
»Moment!«, schrie Marcia.
Es pochte wieder.
Marcia beeilte sich.
Vor der Tür stand ein Zimmermädchen in einem schwarzen Kleid und einer weißen Schürze. In der Hand hielt sie eine Schale mit Obst und einen Teller mit silbernem Obstbesteck und einer weißen Stoffserviette.
»Ein kleiner Gruß der Direktion«, sagte sie, stellte alles auf Marcias Nachttisch und verschwand wieder.
Auf dem Teller lagen ein Pfirsich, eine Birne, vier Erdbeeren und eine Frucht, die sie noch nie in ihrem Leben gesehen hatte. Etwas Exotisches.

Marcia probierte die Birne. Sie war hart, aber schmeckte gut.
Es klopfte wieder.
Marcia öffnete. Vor der Tür stand die Hausdame des Hotels in einem gestreiften Kleid und wieder einer weißen Schürze. Sie hielt in der Hand einen sorgsam zusammengelegten Bademantel aus flauschigem weißem Frottee.
»Falls Sie unseren Wellnessbereich aufsuchen wollen«, sagte sie lächelnd und verschwand wieder.
Es war das erste Mal, dass jemand Marcia gesiezt hatte. Und das erste Mal, dass sie das Wort »Wellnessbereich« hörte. Sie hatte keine Ahnung, was damit gemeint war. Vielleicht ein Pool oder eine Sauna? Oder ein Gymnastikraum? Oder alles zusammen?
Sie ließ sich in den Sessel fallen und studierte den Hotelprospekt. Es gab Fotos vom Restaurant, von der Bar, der Rezeption und von dem Wellnessbereich. Alles orientalisch gekachelt. Ziemlich beeindruckend. Ein Pool und eine Jacuzzi und gemütliche Liegen an einer Wand, die mit Palmen bemalt war.
Unfassbar, was es alles gab.
Es klopfte wieder.
Marcia sprang hoch und rannte zur Tür. Sie war gespannt, wer jetzt kommen würde. Vor der Tür stand Till. Er trug bereits den Bademantel und an den Füßen hatte er Frotteesandalen, auf denen Marriott-Hotel stand. Er grinste.
»Na?«, sagte er.
»Mhmmh«, machte Marcia und grinste. Sie deutete auf seine Frotteelatschen. »Die hab ich nicht.«
»Wetten?«, sagte Till.
Er ging in ihr Bad. Auf dem Waschbecken lag offen das Tamponpäckchen.
Marcia stürzte hinterher. Till öffnete einen Schrank unter

dem Waschbecken und holte triumphierend in Zellophan verpackte Badelatschen raus, während Marcia hastig die Tampons in ihrer Kulturtasche verschwinden ließ.

»Also!«, sagte Till. »Ich gehe in den Pool. Kommst du mit?«

»Ich habe keinen Badeanzug mit«, sagte Marcia ausweichend. Sie war verlegen. Sie konnte ja sowieso nicht ins Wasser, wenn sie ihre Tage hatte, aber das wollte sie Till nicht erzählen. Er wusste es ja eigentlich, hatte es aber Gott sei Dank bestimmt vergessen.

»Vergessen? Wie kannst du so was Wichtiges vergessen!«, schrie Till.

»Weiß nicht«, sagte Marcia.

»Oh Mann!« Till warf sich in seinem Bademantel auf ihr Bett und strampelte mit den Beinen, um zu zeigen, wie scheiße er das fand. »Dabei ist der Pool in einem Hotel immer das Beste! Und außerdem schwimmst du doch so gerne.«

»Ich wusste nicht, dass es hier einen Pool gibt«, redete Marcia sich heraus.

»In den Hotels, die meine Eltern buchen, gibt es immer einen Pool. Mein Dad geht niemals in ein Hotel, das keinen Pool hat«, sagte Till großspurig.

Na toll, dachte Marcia. Laut sagte sie: »Kommst du bitte von meinen Bett runter?«

Till grinste. Er schaute sich in ihrem Zimmer um. »Ziemlich geil, oder?«, fragte er.

»Stimmt«, sagte Marcia.

»Was man in so einem Hotel alles so machen kann . . .«, er verdrehte die Augen.

»Oh Mann, rattenscharf.«

Marcia zog Till an seinem Badelatschen von dem Bett.

»Und tschüss«, sagte sie, schob Till zur Tür und riegelte ab.

Till hämmerte gegen die Wand. »Was ist, kommst du trotzdem zum Pool?«
»Ja, okay.«
»Jetzt gleich?«
»Jaha!«
Marcia zog sich aus.
Sie hatte den neuen BH eingepackt und ein Baumwollhöschen mit einer Spitzenkante. Von ihrer Tante Ische. Alle schönen Sachen, die sie hatte, waren von Tante Ische.
Darüber zog sie den Bademantel, schlüpfte in die Badelatschen und nahm den Lift ins Untergeschoss. Da stand »POOL«.

Till lümmelte schon auf einer Liege und spielte Graf Koks. Die Beine übereinandergeschlagen, ein Colaglas mit Eiswürfeln auf dem Beistelltisch und ein Golfmagazin in der Hand.
Die Liege neben ihm war schon mit Handtüchern abgedeckt. Großspurig deutete Till darauf. »Für dich«, sagte er, »mach es dir bequem.«
Im Poolbereich war es warm. Und feucht. Irgendwie tropisch. Till hatte seinen Bademantel ausgezogen, er trug eine Badehose, rot, mit einer weißen Kante. Es waren noch ein paar andere Leute am Pool, aber jeder war irgendwie mit sich selbst beschäftigt. Man grüßte sich auch nicht. Das war wohl vornehm.
Marcia lag auf der Liege, achtete darauf, dass der Bademantel vorn nicht auseinander klaffte, und staunte.
Till staunte überhaupt nicht. Er machte auf cool.
»Kannst du denn golfen?«, fragte Marcia.
»Nee, wieso?«
Marcia deutete auf das Heft: »Weil du das da liest.«

Till warf das Heft weg und drehte sich zu ihr um. Er schaute sie an. »Was hast du denn drunter?«, fragte er.
»Wieso?«
»Na, weil du doch keinen Badeanzug mithast.«
»Hab ich gesagt, dass ich nichts drunterhab?« Marcia ließ ihn ein Stückchen ihres BHs sehen. Till pfiff durch die Zähne.
»Scharf«
»Du bist blöd«, knurrte Marcia.
Till nahm seine Brille ab, setzte die Taucherbrille mit den geschliffenen Gläsern auf und hechtete ins Wasser. Er kraulte hektisch, ohne richtig vorwärts zu kommen. Aber man sah, dass er sich vor ihr in Szene setzen wollte. Es war ein bisschen lächerlich.
Marcia lag auf ihrer Liege und guckte jedes Mal, wenn er zu ihr rüberspähte, demonstrativ woanders hin. Till stemmte sich am Beckenrand ab und versuchte so aus dem Wasser zu kommen. Aber es gelang ihm nicht. Er war nicht besonders sportlich. Das konnte man ihm nicht vorwerfen. Also nahm er die Treppen, stellte sich unter die Dusche, nahm ein Handtuch von dem Stapel sauberer Handtücher neben der Dusche und ließ sich wieder neben sie auf die Liege fallen.
»In einer Stunde wollen meine Eltern mit uns eine Stadtrundfahrt machen«.
»Oh, prima.«
»Findest du? Wirklich? Ich würde viel lieber hier bleiben.«
»Wenn man schon mal in Hamburg ist«, sagte Marcia.
Till gähnte. Schließlich nickte er. »Okay, so kann man es auch sehen.«

Sie fuhren mit einem roten Doppeldecker, auf dem STADTRUNDFAHRT stand, durch die Stadt. Die Außenals-

ter, die Innenalster mit der Wasserfontäne, die weißen Hotels, die wie Ozeanriesen aussahen, die Mönckebergstraße, die Elbe.
Vom Bus stiegen sie auf ein Boot, auf dem GROSSE HAFENRUNDFAHRT stand, und machten eine große Hafenrundfahrt. Till fotografierte wie wild. Sie sahen Werften, Docks, Containerschiffe, Lotsenschiffe, Bojen, Leuchttürme, Kräne, das Elbufer und die schicken weißen Villen oben über der Elbe, zwischen riesigen Bäumen. Alles sehr elegant. Und teuer. Die Krögers waren begeistert.
»Hamburg ist eine der schönsten Städte der Welt!«, schwärmte Dieter Kröger. »Hier müsste man eine Firma haben.«
»Dann mach doch hier eine auf«, sagte Till.
Tills Vater lachte. »Als wenn das so einfach wäre. Mein Geschäft lebt von Kontakten. Kontakte wachsen über Jahre. Kontakte, Beziehungen, Verbindlichkeiten, solche Sachen. Davon lebt ein Bauunternehmer.«
»Ich hab Hunger«, sagte Till, um den Vortrag seines Vaters abzukürzen.
Tills Eltern hatten geplant vor dem Musical zu einem Italiener zu gehen. Ein Tisch für vier Personen war schon bestellt. Alles supergut organisiert.

Sie fuhren ins Hotel zurück und Marcia zog ihre lila Satinhose an und die weiße Rüschenbluse.
Gerade, als sie die Bluse zuknöpfte, hörte sie ein Klopfen an der Wand. Sie kam aus dem Bad und sah jetzt zum ersten Mal, dass es eine Verbindungstür zwischen ihrem Zimmer und Tills Zimmer gab. Sie schob den Sessel etwas zur Seite und hielt das Ohr an die Tür.
»Till?«, fragte sie leise.
»Ja, mach mal auf«, sagte er.

Marcia drehte den Schlüssel rum. Da stand Till, in weißen Boxershorts, und grinste.
»Mann, du bist ja schon angezogen!«, rief er. »Sieht echt scharf aus.«
Die Verbindungstür war eine Doppeltür. Till hatte die Tür auf seiner Seite aufgeschlossen, Marcia ihre und jetzt waren die Zimmer miteinander verbunden.
Marcia wusste nicht, ob sie das gut finden sollte. Heute Abend, dachte sie, schließ ich auf jeden Fall ab. Nicht dass Till mitten in der Nacht auf die Idee kommt, mich zu besuchen. Ich schließ auf jeden Fall ab.
Das Dumme war nur, dass sie ihren Vorsatz vergaß, als sie abends aus dem Musical kamen.
Es war Mitternacht, sie hatten hinterher auf der Reeperbahn noch ein Glas Sekt getrunken, das Musical war supergut gewesen und Marcia und alle anderen waren begeistert.

Sie verabschiedeten sich auf dem Hotelflur vor ihrem Zimmer.
Marcia hatte vor lauter Müdigkeit Mühe, ihren Schlüssel ins Schlüsselloch zu stecken.
Sie schleuderte ihre Sachen einfach von sich, kroch unter die Decke und war eine Minute später eingeschlafen.
Sie wachte auf, weil sie eine kalte Hand an ihrem Bein fühlte. Mit einem Satz saß sie senkrecht im Bett.
»Was?«, rief sie schlaftrunken. »Was ist?«
Jemand hielt ihr den Mund zu und Marcia kämpfte und wollte schreien, da sagte Till: »Oh Mann, reg dich ab. Ich bin's doch bloß.«
Marcia kämpfte sich frei. Sie knipste das Licht an. Till hockte neben ihrem Bett, im Schlafanzug, ohne Brille, und schaute sie aus seinen kurzsichtigen Augen an.

»Weißt du, dass ich fast gestorben wäre vor Schreck?«, flüsterte Marcia. »Wie kannst du einfach . . .«
Till deutete auf die Tür. »Sie war nicht abgeschlossen. Ich dachte, das hat was zu bedeuten.«
»Ja!« Marcia schrie jetzt. »Hat es auch! Es hat zu bedeuten, dass ich nicht auf die Idee gekommen bin, du würdest dich hier nachts einfach reinschleichen! Und jetzt raus!«
Till erhob sich, blieb stehen, schaute sie an.
Marcias Bett sah zerwühlt aus. Sie trug nur ihr Baumwollhöschen und ein T-Shirt und sonst nichts und sie riss hastig ihre Decke bis ans Kinn.
»Blutet das immer noch?«, fragte Till.
Marcia starrte ihn an, fassungslos.
»Zeigst du mir das mal?«
»Was?«, flüsterte Marcia. Sie konnte nicht glauben, was er eben gefragt hat.
Till grinste. Er stotterte ein bisschen. »Ich . . . äh . . . ich meine . . . also . . . ich hab das noch nie gesehen, wenn ein Mädchen blutet.«
Marcia starrte ihn an. »Bist du irgendwie nicht richtig im Kopf?«, fragte sie.
Er hob die Arme, er lächelte. »Keine Ahnung«, sagte er. »Ich glaub schon. Ich meine, ich glaub, dass ich richtig im Kopf bin. Das interessiert doch jeden Jungen. Ich meine, in meinem Alter träumt jeder Junge doch immerzu von solchen Sachen.«
»Was für Sachen?« Marcia bekam ganz schmale Augen.
»Ich meine, Frauensachen, Frauenkörper.« Er lächelte. »Ich hab natürlich schon mal einen Frauenbusen angefasst. Klar, hat jeder Junge. Aber das andere«, er deutet auf ihren Slip und Marcia war sich plötzlich darüber klar, dass sie fast nackt war. »Das hab ich bis jetzt nur bei meiner Mutter gesehen. Aber die schließt sich im Bad immer ein.«

»Raus!«, flüsterte Marcia. »Sofort raus hier!«
Till nickte. Er ging zur Tür. Er hatte die Klinke schon in der Hand, da drehte er sich noch einmal um.
»Du willst es mir nicht vielleicht doch zeigen?«, bettelte er.
»Nein!«, schrie Marcia.
Sie stand auf, stieß ihn durch die Tür und verrammelte sie.
Dann warf sie sich auf ihr Bett. Sie war so wütend und durcheinander, dass sie lange nicht einschlafen konnte.

Am nächsten Morgen fuhren sie zusammen in dem Auto, das dem Autohaus Henne gehörte, nach Hanau zurück.
Die Krögers waren fröhlich, Till schmollte und Marcia war wortkarg und sagte immer nur »Ja, nein, vielleicht, weiß nicht so genau«, wenn sie etwas gefragt wurde.
Vor ihrer Haustür bedankte sie sich bei Dieter Kröger, bei Jutta Kröger und nickte Till nur stumm zu.
»Ich ruf nachher noch mal an!«, rief Till.
»Brauchst du nicht«, sagte Marcia, »ich bin sowieso nicht da.«
Sie schlug die Tür zu. Das Auto glitt davon.
Als ihre Eltern sie fragten, wie es gewesen war, hob sie nur die Schultern und sagte: »Ganz gut.«
Und als die Eltern sie fragten, wie die Krögers zu ihr gewesen seien, sagte sie: »Nett.«
Und als sie fragten, wie sie sich mit Till verstanden habe, sagte sie: »Wie immer.«
Und mehr bekamen die Eltern auch nicht aus ihr heraus.
Für Marcia war an diesem Tag aber klar, dass sie Till auf Abstand halten musste, dass die Zeit, in der Till jeden Nachmittag in ihrer Bude hockte, vorbei war. Endgültig. Sollte er doch absaufen in Mathe, Englisch, Bio. Egal.

Jemand, der sich nachts in ihr Zimmer schlich und seine Hände zwischen ihre Beine schob, so jemand hatte bei ihr nichts mehr zu suchen. Niemals mehr.
Basta.

7. Kapitel

Marcia liegt in ihrem Bett und starrt die Wand an. Es ist zehn Uhr, ein Samstag. Auf der Straße scheppern die Leute von der Müllabfuhr.
Um neun Uhr war ihre Mutter ins Zimmer reingekommen, da hatte Marcia auch schon die Wand angestarrt.
»Hallo, Schätzchen«, sagte sie. »Zeit für den Bäcker.«
Samstags fährt Marcia immer mit dem Fahrrad zu dem Bäcker in der Brunnenstraße, weil der besonders leckere Schokocroissants hat.
Marcia hat eine Schwäche für Schokocroissants, Benni auch. Marcias Eltern essen lieber normale Croissants. Ihre Mutter taucht die Croissants in ihren Milchkaffee. »Wie die Pariser es machen«, sagt sie jedes Mal und verdreht dabei genüsslich die Augen.
»Du mit deiner Matsche«, sagt Marcias Vater dann immer, aber lächelnd irgendwie, und alle fühlen sich wohl.
Marcias Eltern denken, dass die Welt in Ordnung ist.
Sie denken auch, dass es Marcia gut geht. Vielleicht nicht immer ganz gut, weil sie sich zu dick fühlt. Marcias Mutter findet Marcia überhaupt nicht zu dick. Sie habe nur ein bisschen Babyspeck, aber das sei in ihrem Alter normal. Trotzdem freut sie sich, dass Marcia in diesem Sommer ein paar Kilo abgespeckt hat.
Marcia liest manchmal in Zeitschriften etwas über den Zu-

sammenhang zwischen Dickerwerden und seelischen Problemen. Genauso wie es einen Zusammenhang zwischen Magersucht und seelischen Problemen gibt.
Der häufigste Grund für die Magersucht sei sexueller Missbrauch.
Ein Mädchen, das vergewaltigt worden ist oder über Jahre sexuelle Annäherungen ihres Vaters, ihres Onkels oder irgendwelcher Nachbarn aushalten musste, liebt ihren Körper nicht mehr.
Sie möchte ganz dünn sein, so dünn, dass sie fast unsichtbar ist. Sie möchte keine Frau sein, keinen Busen haben, keine Schamhaare, sie möchte für immer ein Kind sein. Deshalb isst sie nichts. Und wenn sie etwas gegessen hat, steckt sie den Finger in den Hals, um es wieder auszukotzen.
Marcia hat ungefähr verstanden, wie diese Krankheit funktioniert. Sie hat auch verstanden, dass es neben dem sexuellen Missbrauch viele andere seelische Probleme geben kann, die zu Magersucht führen. Sie hat aber nie irgendwo gelesen, dass auch die Fresssucht eine Art Ersatz ist, eine Flucht, ein vermeintlicher Ausweg.

Es ist elf Uhr, die Mutter kommt wieder ins Zimmer und Marcia liegt immer noch genauso reglos in ihrem Bett und starrt gegen die Wand.
»Schätzchen«, ruft ihre Mutter, »was ist denn los?«
»Nichts«. Marcia dreht sich zur Wand. Sie hält den Blick ihrer Mutter nicht aus. Ihre Mutter streichelt Marcias Schultern, aber das mag Marcia auch nicht.
»Ich möchte noch schlafen«, murmelt Marcia.
»Aber du liegst schon seit zwölf Stunden im Bett! So lange kann kein Mensch schlafen!«
»Ich doch«, sagt Marcia.

Ihre Mutter seufzt und steht auf. »Ich hab das Frühstück stehen lassen«, sagt sie. »Falls du doch noch etwas essen willst.«
»Wer war denn beim Bäcker?«, fragt Marcia.
»Dein Vater.«
»Oh«, sagt Marcia. Sie hat ein bisschen ein schlechtes Gewissen. Ihr Vater, der jeden Tag mit dem Rad unterwegs ist, möchte samstagmorgens immer gerne ausschlafen und sich an den gedeckten Frühstückstisch setzen. »Das ist die Belohnung für die ganze Woche«, sagt er immer.
Ihr Vater gehört auch noch zu jener aussterbenden Sorte Ehemänner, die ihrer Frau jeden Freitag Blumen mitbringen. Marcia findet das süß und Sandra sagt, dass ihre Mutter ganz neidisch ist. Denn Sandras Mutter bekommt nur zum Hochzeitstag Blumen, wenn überhaupt.
Die Freitagsblumen werden samstags auf den Frühstückstisch gestellt. Marcia holt die Brötchen und Benni schäumt die Milch für den Kaffee. Samstags gibt es Milchkaffee mit frisch geschäumter Milch. »Unser kleiner Luxus«, sagt Marcias Mutter immer.
So ist es, seit Marcia denken kann.
»Ihr könnt ruhig abräumen«, sagt Marcia. »Ich hab keinen Hunger.«
Ihre Mutter dreht sich um, verblüfft fragt sie: »Du hast keinen Hunger? Auf Schokocroissants? Das ist ja das Allerneuste.«
»Dann ist es eben das Allerneuste«, sagt Marcia patzig.
»Nun sei nicht auch noch patzig«, sagt ihre Mutter.
Marcia zieht einfach die Decke über den Kopf. Sie hört, wie ihre Mutter die Tür ein bisschen zu laut ins Schloss fallen lässt. Jetzt ist sie wütend, denkt Marcia.
Samstags nach dem Frühstück gehen Marcias Eltern im-

mer auf den Wochenmarkt. Das ist auch so ein Ritual. Da wird dann fürs Wochenende eingekauft. Möglichst alles beim Biobauern, beim Bioschlachter und Bio-Eiermann. Im Sommer bringen sie immer noch ein paar Töpfe mit provenzalischen Kräutern mit, die dann auf dem Balkon eingepflanzt werden müssen.
Marcia muss samstags, wenn die Eltern auf dem Wochenmarkt sind, das Bad putzen. Das ist ihre Aufgabe. So lange Marcia denken kann.

Es ist zwölf Uhr, die Eltern sind auf dem Wochenmarkt und Marcia liegt im Bett und starrt gegen die Wand. Egal wohin sie guckt, überall sieht sie den grinsenden Till mit seiner Taucherbrille. Das Bild verfolgt sie. Das wird sie einfach nicht los.
Es geht ihr nicht wirklich schlecht. Aber gut geht es ihr auch nicht. Sie weiß nicht, wie es ihr geht. Irgendwie egal. Irgendwie fühlt sie überhaupt nichts.
Das heißt: Sie möchte nichts fühlen. Sie möchte auch nichts denken. Vor allen Dingen möchte sie sich nicht erinnern.
Aber seit sie Till am Mühlenteich getroffen hat, ist ihr Inneres eine offene, blutende Wunde. Alles tut weh. Aber nur innerlich und nicht mit einem Schmerz, wie man ihn empfindet, wenn man sich zum Beispiel aus Versehen mit dem Messer in die Hand schneidet. Es ist ein anderer Schmerz. Gegen den hilft auch keine Aspirin.
Ihr Handy klingelt. Die neue Melodie, die sie erst am Vortag ausgewählt hat, um mal einen anderen Ton zu haben, einen anderen Klang.
Jetzt ist es so fremd, dass sie zuerst gar nicht begreift: Hey, mein Handy klingelt.
Sie wühlt sich aus dem Bett, zerrt den Rucksack vom Stuhl und fischt in den Innentaschen herum.

Die Melodie ist voll schön, denkt sie. Und das macht sie für einen Augenblick ganz fröhlich.
Vielleicht ist es jemand aus der Klasse, der ein bisschen tratschen möchte. Vielleicht holt irgendjemand sie aus diesem Loch raus, in dem sie gerade steckt. Diesem schwarzen Loch.
»Da ist das Handy.« Sie schaut auf das Display: »Anrufer unbekannt«. Sie drückt drauf. »Ja?«
»Hi«, sagt Till fröhlich, »ich dachte schon, du gehst überhaupt nicht ran.«
Marcia lässt sich, das Handy am Ohr, auf ihr Bett fallen. Sie schließt die Augen und legt die andere Hand auf den Bauch. Sie räuspert sich zweimal.
»Was willst du?«, fragt sie.
»Nur mal Hallo sagen.«
»Hallo«, sagt Marcia.
»Du bist echt super.« Till lacht lauthals. »Hast immer so viel Humor.«
»Okay«, sagt Marcia, »dann tschüss.« Sie will auf den Aus-Knopf drücken, aber Till schreit: »Hey! Warte! Ich muss noch was sagen!« Und Marcia nimmt das Handy wieder ans Ohr. Und wartet.
Sie hört, wie Till atmet, und das alleine kann sie schon kaum ertragen.
»Ich denke, du willst was sagen«, sagt Marcia.
»Ja.«
Sie hört, wie Till schluckt, sich räuspert.
»Was ich sagen wollte, ist: Ich denke immerzu an dich. Das musst du wissen. Immerzu. Weiß du, seit damals. Du bist in meinem Kopf drin.« Er lacht. »Da gehst du auch nie wieder raus.«
»Tschüss«, sagt Marcia. Und legt auf.
Das Handy rutscht aus ihrer Hand. Sie liegt ganz still auf

ihrem Bett. Die Eltern sind nicht da, die Geschirrspülmaschine läuft, draußen geht das Leben seinen Gang.
Marcia starrt gegen die Zimmerdecke. Sie kann nichts denken. Da klingelt das Handy wieder.
Mechanisch richtet sie sich auf, sucht nach dem Ding, drückt auf den Knopf. Irgendwie ist sie ganz sicher, dass das ihre Mutter ist. Ihre Mutter ruft manchmal aus der Stadt an, um zu fragen, ob Marcia etwas braucht, oder um sich mit ihr zu verabreden, irgendwo zu einem Eis. Manchmal hat ihre Mutter so tolle Ideen.
»Mami?«, ruft Marcia. Ihr Herz schlägt. Lange hat sie sich nicht so gefreut ihre Mutter am Handy zu haben.
»Hey«, sagt Till, »ich bin nicht deine Mami.«
»Wieso rufst du schon wieder an!«, schreit Marcia. Sie springt auf. Ihr Kopf glüht. Ihre Nerven sirren. Sie spürt das in den Schläfen, ein ekliges Gefühl, kein Schmerz, sondern etwas anderes, Schlimmeres. »Willst du jetzt alle fünf Minuten anrufen oder was?«
»Eigentlich keine schlechte Idee«, sagt Till. »Du hast nämlich so eine tolle Stimme. So sexy. Ich find das einfach klasse. Manchmal wusste ich gar nicht mehr genau, wie deine Stimme klingt. Aber das ist total geil, die zu hören.«
Marcia legt auf. Sie stopft das Handy wieder zurück in die Innentasche ihres Rucksacks.
Sie öffnet das Fenster, steckt den Kopf raus und atmet tief ein, schließt die Augen, atmet aus, öffnet die Augen, atmet wieder ein. Das Sirren in den Schläfen hört auf.
Sie dreht sich um. Ich geh jetzt ins Bad, denkt sie, und dann ziehe ich mich an und dann ruf ich Mami und Papi an und schlag vor, dass wir uns in der Stadt treffen.
Oder besser: Ich ruf jetzt gleich an.
Sie nimmt das Handy wieder raus, wählt das Handy ihrer Mutter an. »Dies ist die Mailbox . . .«

Enttäuscht legt Marcia auf. Bestimmt sind sie im Supermarkt, da kann man nicht telefonieren. Irgendwie lassen die Wände den Schall nicht durch.
Also, später.
Als Marcia aus dem Bad kommt, klingelt wieder ihr Handy. Das Herzklopfen ist wieder da. Und das Sirren. Sie zieht das Handy vorsichtig, fast misstrauisch aus dem Rucksack, drückt auf den Knopf, sagt nichts. Wartet einfach. Sie hört jemand atmen. Till, denkt sie, verdammt, verdammt! Ohne ein Wort zu sagen, drückt sie den Ausknopf und stellt das Handy dann ganz aus.

In der Nacht hat sie geträumt: Es war ein ekliger Traum, aus dem sie schweißgebadet aufgewacht ist. Vielleicht hat sie auch geschrien, ihre Kehle war jedenfalls ganz trocken. Aber es ist niemand in ihr Zimmer gekommen. Früher, als sie ein kleines Mädchen war, hat sie die Eltern oft geweckt: »Ich hab schlecht geträumt«, hat sie gesagt und ihre Mutter hat die Arme ausgebreitet und gesagt: »Ach, meine Kleine, komm her.«
Und dann durfte Marcia in Mamas Bett wieder einschlafen. Und die Träume waren wie weggeblasen.
Heute ist sie sechzehn. Da steht man nachts nicht mehr vor dem Bett einer Mutter und sagt: »Ich hab schlecht geträumt.« Selbst wenn die Träume inzwischen viel schlimmer sind.
Vor lauter Übelkeit von dem Traum konnte Marcia nicht wieder einschlafen. Die Kirchturmuhr schlug sechs, dann Viertel nach sechs, halb sieben, Viertel vor sieben, sieben. Marcia hat jeden einzelnen Glockenschlag gehört und ihre Hände dabei auf den Bauch gelegt. Ihr Bauch war dick und gespannt. Wie ein Ballon voller Luft.

Vielleicht bin ich dick geworden, denkt Marcia, weil ich alles in mich reingefressen habe. Alle meine Erinnerungen, alle meine Erlebnisse. Da sagt man doch: »Sie frisst alles in sich hinein.«

Nichts kann wieder raus, weil ich nicht darüber rede, weil ich niemanden habe, dem ich sagen kann, was mich beschäftigt.

Ich schäme mich.

Ich schäme mich so.

Wenn sich jemand so schämt, wie ich mich schäme, denkt Marcia, dann kann es eben nicht raus. Dann muss man das hinunterschlucken, in sich hineinfressen. Und innen wächst es weiter, die Scham, die Erinnerung, der Schmerz, die Wut, die Ohnmacht. Alles wächst. Wie ein Krebs, wie ein Tumor, ein Geschwür. Oder wie ein Ballon aus Luft. Es wächst und wächst und wächst.

Eines Tages werde ich dick wie ein Heißluftballon sein, aber ich werde nicht fliegen können. Ich werde nie über die Köpfe der Leute hinwegsegeln können, über den Marktplatz, die Schule, den Park . . .

Plötzlich denkt sie an das Haus von Tills Eltern. Die weiße Villa am Park. Mit dem runden Balkon, der zu Tills Zimmer gehört.

Das rote Dach. Wie das von oben aussieht, aus dem Heißluftballon.

Ihr wird auf einmal übel. Sie kann gerade noch ins Bad stürmen und den Kopf ins Waschbecken halten.

Es kommt nur grüne Galle.

Sie hat ja nichts gegessen.

Gestern hat sie nichts gegessen und am Morgen auch nichts.

Nur grüne Galle, die bitter und scharf schmeckt, würgt sie heraus und spült mit Wasser in den Gully.

Oh Gott, denkt Marcia, mir ist so schlecht. Sie spürt, wie der kalte Schweiß ihren Körper bedeckt. Sie stützt sich auf dem Waschbeckenrand ab und keucht.
»Mir ist so schlecht«, jammert sie. »Hilfe, mir ist so schlecht . . .«
Sie wimmert leise. Sie presst die Hände in den Magen, sie beugt sich wieder tief ins Waschbecken, sie lässt Wasser über ihr Gesicht laufen, über ihren Kopf, die Haare, egal.
Niemand kommt. Niemand nimmt sie in den Arm. Keiner sagt: »Komm, meine Kleine.«
Sie ist sechzehn, sie ist groß. In diesem Jahr wird sie ihre mittlere Reife machen und dann weiterlernen bis zum Abitur.
Sie weiß noch nicht, warum sie immer weiterlernt, weil sie nicht weiß, was sie mit ihrem Leben machen will.
Aber das Abitur muss sein.
»Es wäre ein Frevel«, sagt ihr Vater, »wenn jemand, der so leicht lernt, nicht alles ausschöpfen würde.«
Und ihre Mutter sagt: »Mit Abitur hat man viel bessere Chancen. Dabei hat heute überhaupt niemand gute Chancen. Die Arbeitslosenzahlen steigen und steigen und steigen.«
»Gerade deshalb«, sagt ihr Vater. »Nur mit einer guten Ausbildung kann man sich auf dem Arbeitsmarkt durchsetzen.«
Marcia hat das verstanden. Sie wird weiterlernen.
Sie wird dieses Referat halten über »Kabale und Liebe, ein bürgerliches Trauerspiel«.
Ja, das wird sie.
Wenn ihr nur nicht mehr so schlecht wäre, wenn sie es nur wenigstens bis unter die Dusche schaffen würde.
Sie lehnt über dem Waschbecken. Ihre Knie zittern, die Arme, der ganze Körper zittert.

Aber warum jetzt? Das ist doch alles schon drei Jahre her! Eigentlich ist doch nichts geschehen. Eigentlich hätte es ihr schon damals so schlecht gehen müssen, als diese Geschichte mit Till passiert war.
Aber damals hat sie nichts gespürt. Gar nichts.
Damals wollte sie einfach nur so tun, als wäre nichts passiert. Einfach so weiterleben wie früher, damit niemand etwas merkt. Einfach nur einen Tag vergehen lassen und noch einen Tag und noch einen, bis alles immer tiefer versinkt in dem großen See des Vergessens . . .

In der Wohnung ist es vollkommen still. Wenn sie die Luft anhält, hört man nichts, nicht einmal das Summen des Geschirrspülers. Das Programm ist wohl schon durchgelaufen.
Wie spät ist es eigentlich?
Verzweifelt versucht Marcia sich auf normale, alltägliche Dinge zu konzentrieren. Sie will ihrer Erinnerung nicht erlauben die Macht über sie zu ergreifen. Sie will ihr Unterbewusstsein zwingen still zu sein. Ganz still. So still wie die Wohnung.
Sie überlegt, was sie nachher anziehen wird. Später, wenn es ihr besser geht und sie sich im Stande dazu fühlt. Dann wird sie das Bad putzen und sich danach an das Referat machen. »Kabale und Liebe, ein bürgerliches Trauerspiel«.
Ich könnte auch ein Referat über mich halten, denkt sie bitter, über Marcia Broders, 16 Jahre alt, zehnte Klasse, Otto-Suhr-Gymnasium. Ein Mädchen, das keine Freunde hat. Und nicht einmal eine richtige Freundin, abgesehen von Sandra.
Ihr fällt ein, dass an diesem Abend ein Feuerwerk in Offenbach, der Nachbarstadt, stattfindet. Die ganze Klasse will sich am Mainufer treffen. Marcia kennt den Treffpunkt.

Dennis hat sie gestern persönlich gefragt, ob sie auch kommt. Er hat sie noch nie so etwas gefragt.
Marcia ist ganz rot geworden. Tomatenrot.
Sie hebt den Kopf und schaut sich im Spiegel an.
Wie sehe ich wohl aus, wenn ich einen Tomatenkopf habe?, denkt sie. Bestimmt bescheuert. Schade, dass ich bescheuert ausgesehen habe, ausgerechnet in dem Moment, wo Dennis mal das Wort an mich richtet.
»Kommst du auch?« – hat Dennis gefragt.
»Ich weiß noch nicht, vielleicht.«
»Und wovon hängt das ab?«, hat Dennis gefragt.
Marcia hat die Schultern gezuckt und verzweifelt nach irgendeiner schicken Ausrede gesucht, aber ihr fiel einfach nichts ein. So war das immer. Nachher hat sie gedacht, ich hätte sagen können: »Ich weiß noch nicht, ob ich Karten für das Oasis-Konzert bekomme.« Am gleichen Abend war in der Jahrhunderthalle Höchst ein Oasis-Konzert. Das hätte ihn bestimmt tief beeindruckt. Dennis gehört zu den Typen, die auch auf Oasis stehen.
Aber warum sich so viel Mühe geben und lügen – nur um einen Jungen zu beeindrucken, bei dem man doch sowieso nicht wirklich eine Chance hat.

Marcia starrt sich im Spiegel an.
»Ich werde zu diesem verdammten Feuerwerk gehen«. Sie spricht laut und deutlich mit sich selbst. Mit ihrem Spiegelbild. Sie sieht, dass ihre Augenbrauen gewachsen sind.
»Ich werde meine Augenbrauen zupfen«, sagt sie laut, laut und deutlich, »und den Mitesser auf der Nase werde ich auch ausdrücken und ich werde mir an den Fersen die Hornhaut abfeilen, was ich schon seit Tagen vorhabe, und die Fußnägel schwarz lackieren und dann werde ich die frisch gewaschene Jeans anziehen. Und den roten Pulli.

Genau.
Und wenn das Referat heute nicht fertig wird, dann wird es eben nicht fertig.«
Sie streckt, als sie das Badezimmer verlässt, ihrem Spiegelbild die Zunge raus.
Wir Menschen, denkt Marcia, sind komische Wesen. Echt komisch.

Sie steht auf dem Stuhl vor ihrem Kleiderschrank und zerrt an dem Pulloverstapel, der im obersten Fach liegt. Der ganze Stapel gerät ins Wanken und kippt.
Und hinter dem Stapel flattern Briefe hinunter, wedeln um sie herum, wie fallende Blätter von einem Baum.
Und Marcia sieht die Briefe, die auf den Boden fallen, der Boden um ihren Stuhl ist fast davon bedeckt. Und da überkommt sie wieder der ganze Jammer der Welt.
»Oh nein!«, flüstert sie. »Oh, bitte nicht! Warum bin ich so ein Idiot! Wieso habe ich vergessen, dass ich die Briefe da versteckt habe? Wieso kann ich nicht mal so was richtig auf die Reihe kriegen?«
Die Briefumschläge sehen alle gleich aus. Ein blassgelbes Papier, auf dem in dunkelgrüner Schrift als Absender steht:

INTERNAT DOHLENHOF
PRIVATSCHULE
WEINHEIM

Darunter, in Handschrift, nur zwei Initialen: T. K.
Die Adresse ist mit dem Computer geschrieben.
Ein ganz normaler Brief. Alle Briefe sehen ganz normal aus.
Das Einzige, was nicht normal ist: Von den zwanzig Brie-

fen sind nur drei geöffnet. Die anderen sind alle verschlossen.

Marcia steigt mit dem Pullistapel vom Stuhl. Sie setzt sich, die Pullis vor die Brust gepresst, auf ihr Bett.

Sie starrt auf die Briefe, schiebt sie mit den bloßen Füßen auf dem Teppich hin und her.

Sie weiß nicht mehr, warum sie die Briefe eigentlich aufgehoben hat. Wieso sie die Briefe nicht in den Müll geworfen hat, so, wie sie es Till erzählt hat.

Seit sie Till am Mittwoch getroffen hat, gehen ihr die Briefe nicht mehr aus dem Kopf. Sie will die Briefe vernichten, das weiß sie, sie will die Briefe entweder vernichten oder vollkommen vergessen. Dazu gehören sie aber an einen ganz anderen Platz. In einem Karton oben auf den Dachboden. Oder in den Keller, hinter die Weckgläser und die alten Bücherkisten meinetwegen.

Ganz weit weg eben.

Wie konnte sie nur so blöde sein diese Briefe in ihrem Zimmer aufzubewahren. Das ist doch viel zu nah!

Kein Wunder, dass die Briefe mich bis in meine Träume verfolgt haben, kein Wunder, dass ich die Erinnerung an Till nie richtig los geworden bin.

Kein Wunder, dass ich mich abends mit Schokolade voll gestopft habe, nur um meine Nerven zu beruhigen! Kein Wunder, dass ich so fett bin! Und mich so scheiße fühle.

Oh, mein Gott.

Verzweifelt wirft sie die Briefe ins Fach zurück und schlägt die Schranktür zu.

8. Kapitel

Till bekam einen blauen Brief von der Schule: Seine Versetzung war gefährdet.
Die Kröger flippten fast aus.
Marcia musste zu ihnen nach Hause und ihnen erklären, woran das wohl lag.
Als wenn Marcia das so genau wüsste.
»Er konzentriert sich nicht genug«, sagte sie. »Manchmal versteht er es auch nicht. Auch wenn ich es ihm zehn Mal erkläre. Keine Ahnung, wieso.«
Die Krögers nickten. Jutta Kröger seufzte, drückte Marcia an sich und flüsterte: »Aber du hilfst ihm doch weiter, oder?«
Darauf sagte Marcia nichts.
Till hatte der Brief einen Schock versetzt. Es führte dazu, dass er manchmal überhaupt nicht mehr zur Schule kam. Er stromerte in der Stadt rum und tauchte vor dem Schultor auf, wenn der Unterricht zu Ende war. Dann wartete er auf Marcia.
Aber Marcia hatte keine Lust, mit ihm zu reden.
»Was habt ihr in Englisch gemacht?«, fragte er. Er musste es wissen, weil seine Mutter ihn vielleicht danach fragte.
»Wenn du wissen willst, was wir in Englisch machen«, sagte Marcia, »dann komm gefälligst in den Unterricht.«
»Es ging heute nicht«, sagte Till ausweichend.
»Und wieso nicht? Was hattest du Wichtiges zu tun?«
Till sah sie an. Er lächelte. »Du hast mich vermisst, oder?«, sagte er. »Ich merk das, weil du dich ärgerst.«
»Ich ärger mich, weil du blöde bist«, sagte Marcia. »Ich hab dich nicht vermisst. Es ist schön, allein zu sitzen. Echt.«
»Das glaub ich nicht«, sagte Till.
Am nächsten Tag kam er wieder zum Unterricht. Er brach-

te Marcia oft etwas mit. Mal einen Schokoriegel, die Sorte mit Kokosraspeln, die sie so gerne mochte, mal ein Lesezeichen mit einem blöden Spruch, er nahm für sie ihre Lieblingsmusik auf oder er schob auf einmal Kinokarten rüber, mitten im Unterricht, und schrieb auf einen Zettel: »Da läuft ein supergeiler Porno! Gucken wir uns den an?«
Marcia riss einen Zettel aus ihrem Ringbuch und krakelte groß in Filzstift: »NEIN!«
Dann lachte Till und flüsterte: »War nur ein Witz. Ist ein Film mit Julia Roberts.«

Marcia schloss sich wieder mehr an Sandra und ihre Clique an. Sandra ging zum Jazztanz und Marcia beschloss, dass sie auch teilnehmen wollte. Es war eine Veranstaltung vom Sportverein, also gar nicht teuer. Ihre Mutter fand, ein bisschen Sport würde ihr gut tun. Aber es ging Marcia nicht um den Jazztanz. Das konnte sie nur nicht sagen.
Benni und Ansgar wurden in diesem Frühjahr unzertrennlich, richtig süß. Ansgars Mutter holte die beiden jetzt immer zusammen vom Kindergarten ab und dann durfte Benni bis zum Abendessen bei Ansgar bleiben.
Ansgars Eltern hatten einen kleinen Garten, in dem es ein Klettergerüst gab und ein Trampolin, und Benni wollte auf einmal immer nur klettern und überhaupt keine Spiele mehr auf seinem Computer spielen.
Marcia war froh, dass sie die Verantwortung um den kleinen Bruder los war. Sie fühlte sich wie befreit.

Sandra war zwar ganz gern mit ihr zusammen, das spürte Marcia, aber zu den Partys wurde sie trotzdem nicht eingeladen. Das lag wahrscheinlich an Till.
Alle glaubten, sie sei mit Till zusammen, die beiden seien ein richtiges Paar. Und weil niemand in der Klasse Till

wirklich mochte, wurde sie auch ausgestoßen. Es dauerte lange, bis Marcia das begriff.
Da bat sie um einen Gespräch mit ihrem Klassenlehrer. Sie sagte, sie wolle nicht mehr neben Till sitzen, habe aber nicht den Mut, ihm das zu sagen.
»Und warum willst du nicht mehr neben ihm sitzen?«
Marcia schaute den Lehrer nur an. Statt einer Antwort.
Herr Lehmann nickte. »Okay«, sagte er, »es geht mich ja auch nichts an. Ich will sehen, wie wir das hinkriegen.«
Eine Woche lang passierte nichts, aber dann, in einer Freistunde, als sie ihre Klassenreise planten, sagte der Lehrer plötzlich: »Ich finde, wir sollten die Tische mal umstellen. Ist doch langweilig, immer alles so in Reih und Glied.«
Marcia wurde puterrot, aber der Lehrer schaute sie nicht an. Er schlug vor einen Kreis aus den Tischen zu stellen, und alle schoben und scharrten.
Es war einer der Tage, an denen Till mal wieder die Schule schwänzte. Also suchte Marcia sich einen Platz ganz an der äußersten Kurve. Links neben ihr saß Sandra, rechts war kein Platz mehr frei.
Der Lehrer schaute sich das an, nickte und sagte: »Und wenn Till uns mal wieder mit seiner Anwesenheit beehrt, dann sitzt er da, neben dir, Dirk.«
Dirk verzog sein Gesicht, aber es war beschlossene Sache.
Als Till am nächsten Tag in der Klasse auftauchte, machte er einen Riesenskandal. »Hey!«, schrie er, »was soll das denn? Wo ist mein Platz? Wo sitze ich? Wieso habt ihr alles umgeräumt? Wieso hat mich keiner gefragt?«
»Du warst ja nicht da«, sagte Dennis ungerührt. Dennis war der Klassensprecher. Marcia mochte ihn gern, aber sie wusste, dass sie bei ihm nie eine Chance haben würde. Dennis war der Mädchenschwarm der Schule. Kurze schwarze Haare, Augen wie schwarze Murmeln und in

Sport eine Eins. Manchmal gab er in der Klasse, vorn vor der Tafel, eine kurze Breakdance-Show. Das war zwar nicht mehr Mode, aber bei ihm sah es einfach umwerfend aus.

Till warf sich Dennis an den Kragen. »Geht dich einen feuchten Lappen an, ob ich da war oder nicht! Wo sitzt Marcia?«

Die Schüler saßen noch nicht, sondern lehnten aus den Fenstern, weil unten auf dem Schulhof gerade ein neuer Flügel ausgeladen wurde für das Musikzimmer. Eine ziemliche Aktion.

Marcia hatte zwar Tills Frage mitbekommen, aber sie reagierte nicht. Sandra war es, die auf Marcias Platz deutete. »Da, am Ende.«

»Okay«, sagte Till und warf seinen Rucksack auf Sandras Platz.

»Das ist mein Platz!«, sagte Sandra.

Aber Till saß schon. Es gab einen Streit, eine Rangelei, dann tauchte die Pausenaufsicht auf und Till musste sich auf den Platz neben Dirk setzen.

Dirk war sauer, weil er einen Augenblick die Hoffnung hegte, dass alles gemischt würde, aber das passierte nicht. Till hockte während der Stunde schmollend neben Dirk, und wenn Marcia zufällig zu ihm hinschaute, schleuderte er ihr Blitze zu.

Nach der Stunde stürmte er zu ihr. »Hast du dir das ausgedacht?«, fauchte er.

Marcia seufzte. »Mann, Till, wieso regst du dich so auf?«

»Wir haben immer zusammengesessen«, schrie Till, »und wieso auf einmal nicht mehr?«

»Frag Lehmann«, sagte Marcia nur und ließ ihn stehen.

Aber Till fragte Herrn Lehmann nicht. Das traute er sich nicht. Wenn jemand nur noch jeden zweiten Tag die Schule mit seiner Anwesenheit beehrt, der hatte schlechte Karten beim Klassenlehrer, das wusste er auch.

Eine Woche später wartete Till vor der Sporthalle, als Marcia mit Sandra herauskam.
Er stand da, irgendwie drohend. Er wartete, bis sie bei ihm waren, dann sagte er zu Marcia: »Meine Eltern wollen dich sprechen.«
Marcias Herz schlug, aber Sandra lachte. »Sag mal, was soll das denn?«, fragte sie.
»Halt du dich da raus, Sandra«, fauchte Till. Er packte Marcia, die sich zuerst überhaupt nicht wehrte, am Arm und zog sie mit sich.
»Du bist total bescheuert!«, schimpfte Marcia. »Was machst du für einen Aufstand? Wieso wollen deine Eltern mich sprechen?«
»Das wirst du schon sehen«, knurrte Till.
Sie warteten zusammen an der Bushaltestelle auf den 17er Bus.
Till schwieg, Marcia sagte auch nichts. Sie fragte sich, was Tills Eltern von ihr wollten. Bestimmt ging es wieder um die Schule.
»Hast du wieder einen Brief von der Schule bekommen?«, fragte sie.
Till zuckte nur mit den Schultern. Und schwieg.
Der Bus kam. Sie stiegen ein. Immer noch fragte sich Marcia, warum sie das Spiel eigentlich mitmachte.
Wenn Tills Eltern sie sprechen wollten, konnten sie doch zu Hause anrufen, oder?
Marcia war erst vier- oder fünfmal in dem Haus von Tills Eltern gewesen, sie fühlte sich da nicht wohl.
Es war alles teuer und so blitzblank sauber, dass man Angst hatte, irgendetwas anzufassen. Überall standen Sa-

chen herum, Porzellanfiguren und Vasen, die richtig wertvoll aussahen. Der Fußboden war aus schwarz-weiß karierten Marmorfliesen, wie ein Schachbrettmuster. Und von der Diele ging eine geschwungene Marmortreppe in den ersten Stock. Da lag Tills Zimmer. Mit einem runden Balkon, von dem aus er in einen Park blicken konnte. Till hatte auf seinem eigenen Balkon eine eigene Liege aus Teakholz, mit verstellbarem Kopf- und Fußteil. Da konnte er liegen und faulenzen. Sein Zimmer hingegen sah aus wie eine Müllhalde. Er räumte nie auf. Seine Mutter hatte es aufgegeben, ihm Vorhaltungen zu machen. Und die Putzfrau durfte nicht aufräumen, das hatte Till ihr verboten.

Er schloss immer alle Schränke ab und trug die Schlüssel mit sich herum. Warum er das machte, verstand niemand.

»Was ist in den Schränken?«, hatte Marcia ihn gefragt.

»Willst du mal sehen?« Till hatte sein dickes Schlüsselbund herausgezogen.

Aber Marcia wollte überhaupt nicht in seine Schränke gucken. Es war ihr egal, wie es in Tills Schränken aussah. Selbst wenn er dort ausgestopfte Tiere verwahrte, war es ihr egal.

Sie gingen stumm nebeneinander die Ebenrotherstraße entlang. Die Bushaltestelle war mindestens 500 Meter vom Haus Nr. 87 entfernt, in dem Till wohnte.

Vor dem Haus parkte manchmal der Wagen von Tills Mutter, ein weißer Golf, aber dieses Mal war das Auto nicht da. Das Garagentor stand offen, die Garage war leer.

»Wo sind denn heute die Autos?«, fragte Marcia.

Till gab keine Antwort. Er wirkte auf einmal verkrampft, irgendwie unbehaglich. Oder angespannt.

Marcia wusste nicht, was mit ihm los war.

Sie standen vor der Haustür. Till suchte nach dem Haustürschlüssel.
»Warum klingelst du nicht?«, schlug Marcia vor, als Till mit seinen zittrigen Fingern den Schlüssel nicht fand. Sie sah plötzlich, dass ihm der Schweiß auf der Stirn stand. Und seine Hände zitterten wirklich, wie Espenlaub. »Was ist mit dir los?«
Till schaute sie durch seine Brille an, die seine Augen immer entstellte. Man wusste nie, was Till hinter seiner Brille wirklich dachte. Marcia hatte sich eigentlich an diese dicken Verstärkergläser gewöhnt. Aber plötzlich fürchtete sie sich vor Tills Blick. »Was ist los?«, flüsterte sie.
»Nichts«, sagte Till. Er hatte den Schlüssel gefunden. Er stieß die Tür auf. »Komm rein.«
Sie ging in das Haus und stand in dieser Halle, die sie kannte, schwarz-weißer Marmorboden und ein runder, großer Tisch, auf dem ein riesiger Strauß aus Seidenblumen stand. Im Haus gab es kein Geräusch, nichts. Es wirkte fast unheimlich still. Irgendwie leer.
Marcia spürte einen heftigen Schmerz in ihren Schläfen. Einen Kopfschmerz. Sie musste die Augen schließen, ihr war schwindlig. Sie wusste nicht, was mit ihr los war.
Später, wenn sie an diesem Moment dachte, wusste sie, dass sie Angst hatte. Ohne zu wissen, warum, hatte sie genau in diesem Augenblick eine panische Angst.
Sie sah, dass Till den Schlüssel von innen wieder ins Schloss steckte und umdrehte.
Dann steckte er die Hände in die Hosentaschen und lächelte Marcia an.
»Willst du etwas trinken?«, fragte er. »Oder irgendeine Musik hören?«
Marcia schüttelte den Kopf.
»Deine Eltern . . .«, begann sie.

Till ging ins Wohnzimmer. Ein riesiges Zimmer mit honiggelben Sofas. Und die Sessel in Leopardenmuster.
Till ging zu den hohen Terrassenfenstern und zog die Gardinen zu, eine nach der anderen. Die Gardinen waren auch honiggelb, mit weißen Seidenfransen.
»Was machst du da?«, fragte Marcia.
Sie spürte, wie die Angst ihr den Nacken hochkroch. Sie hatte noch nie vorher so ein Gefühl von Panik erlebt. Sie wusste nicht, wovor sie sich fürchtete, aber dass sie Angst hatte, das wusste sie jetzt.
Till zog wortlos alle Gardinen zu. Dann drehte er sich zu ihr um und lächelte. »Ich hab bloß die Gardinen zugezogen.«
»Und warum?«, fragte Marcia. Es war heller Tag, vielleicht fünf Uhr nachmittags, ein Tag im Juni.
»Ist doch gemütlich so«, sagte Till. Er ging zu der Bar und öffnete den Schrank, der mit Spiegeln verkleidet war, zeigte auf die Flaschen, die dort standen, alle aus Kristall, mit dunklen oder hellen Flüssigkeiten, gelb, durchsichtig, blau, grün. »Wir haben«, sagte Till und breitete die Arme aus, »praktisch alles, was das Herz begehrt. Soll ich dir einen rattenscharfen Cocktail mixen?«
Marcia schüttelte den Kopf.
Sie trat zu Till und zwang ihn sie anzusehen.
»Ich dachte, deine Eltern wollten mich sprechen«, sagte sie.
Till lächelte. Er tat mit einer Zange Eiswürfel in ein Glas. Er hatte das anscheinend lange geübt. Es sah richtig cool aus, wie ein Held aus einem amerikanischen Movie.
»Wo sind deine Eltern?«, fragte Marcia.
Till goss Whisky aus einer Flasche, die ein Messingetikett um den Hals trug, auf dem WHISKY stand, in ein Glas, ließ die Eisstücke klimpern und lächelte. »Meine Eltern sind verreist, die kommen vor Dienstag nicht wieder.«

Mit dem Glas in der Hand ging er zu dem honiggelben Seidensofa im Wohnzimmer seiner Eltern, setzte sich großkotzig hin, die Arme lässig auf den Lehnen, die Beine gespreizt und in der Hand die Fernbedienung für den Fernseher.

»Was ist denn?«, nölte er. »Setz dich doch.«

»Ich will mich aber nicht setzen«.

»Oh Mann! Wieso nicht?«

»Ich muss nach Hause«, sagte Marcia. Krampfhaft überlegte sie eine Ausrede. »Meine Eltern bekommen heute Abend Besuch. Ein Haufen Leute. Zum Essen. Ich habe versprochen, dass ich Mami helfe.« Sie sah auf die Uhr. Sie tat erschrocken. »Oh Gott, schon halb sieben! Ich hatte versprochen, dass ich um sechs zu Hause bin!«

Till schloss die Augen zu einem Spalt.

»Davon war aber keine Rede, als du mit Sandra aus der Sporthalle kamst.«

»Sandra wusste das. Wieso sollte ich darüber reden?«

»Du hast auch nichts von wegen Eile und Besuch zu Hause erwähnt, als ich dir gesagt habe, dass meine Eltern mit dir sprechen wollen.«

»Ah! Deine Eltern wollten mich sprechen!« Marcia warf Till einen wütenden Blick zu. »Was für eine dämliche, bescheuerte Lüge! Ich hätte mir denken können, dass daran etwas nicht stimmt! Ich bin so blöd!«, schrie Marcia und schlug sich gegen die Stirn. »So blöd. Was mach ich hier überhaupt? Ich hau ab!«

Till lachte. »Ja, was machen wir hier überhaupt? Lass mal überlegen.«

Marcia wollte nur weg. Sie überlegte nur die ganze Zeit, wie sie wegkommen könnte. Sie hatte Panik. Eine richtige ausgewachsene Panik. Und dabei war gar nichts passiert. Till hatte nur den Haustürschlüssel abgezogen und im

Wohnzimmer die Vorhänge zugezogen. Sonst war nichts passiert.

»Ich glaub dir das mit dem Besuch zu Hause übrigens nicht«, sagte Till.

Seine Stimme hatte etwas Lauerndes. »Das sagst du nur, weil du hier wegwillst. Aber wieso auf einmal? Ist doch gemütlich hier!«

»Ich muss nach Hause, Till, echt!« Marcias Stimme bekam etwas Hysterisches. Sie merkte es und sie wusste, dass das ganz falsch war. Ich muss ruhig bleiben, dachte sie, ganz ruhig. Ich muss vollkommen sicher und gelassen werden, aber sie wusste auch, dass sie das nicht schaffen würde.

»Ich hab was für uns.« Till deutete auf den Fernseher. »Was richtig Geiles. Ich bin sicher, du findest das genauso abgefahren wie ich. Wenn du dich endlich hinsetzt, kann die Vorstellung beginnen. Die Kassette ist schon eingelegt. Alles parat.«

Marcia überlegte. Wenn ich das schnell hinter mich bringe, dachte sie, komm ich umso eher wieder raus.

»Okay«, sie holte tief Luft, »was ist das für ein Film?«

Till grinste. Aber sein Grinsen war nicht das Grinsen, an das sie gewohnt war. Er war genauso verkrampft wie sie, vollkommen verspannt. Von ihm ging eine merkwürdig intensive, unangenehme Spannung aus. Diese Spannung machte ihr Angst.

Marcia setzte sich in einen der daunenweichen Leopardensessel, so weit wie möglich von Till weg.

Till sah das. »Von da siehst du nicht gut«, warnte er. »Du verpasst was. Du musst hierher kommen, dichter ran. Das wär echt schade, wenn du was verpassen würdest.«

Marcia gehorchte. Sie kam näher. Aber nicht zu Till auf das Sofa. Sie setzte sich auf die Lehne, sprungbereit. Wenn er mich anfasst, dachte sie, bin ich weg. Sie überlegte, ob es

noch einen anderen Ausgang gab. Vielleicht in der Küche? Aber ihr fiel ein, dass die Küche nur ein Erkerfenster hatte. Ein Übereck-Fenster, mit Sprossen. Vielleicht kam man durch den Keller in den Garten. Aber sie wusste nicht einmal, wo die Kellertür war.
Die Gedanken schossen ihr durch den Kopf.
Till drückte auf die Fernbedienung.
Das Logo eines Filmverleihs flimmerte über den Bildschirm. Dann kam ein endlos langer Text, über dem WARNUNG stand:
Dieser Film darf Jugendlichen unter 18 Jahren nicht gezeigt werden. Dieser Film verstößt gegen das Jugendschutzgesetz. Minderjährigen ist das Ausleihen und Abspielen dieser Kassette verboten. Erwachsene, die diese Kassette Kindern oder Minderjährigen zugänglich machen, müssen mit einer Freiheitsstrafe nicht unter zwei Jahren rechnen . . .
Marcias Augen wurden immer größer.
»Was ist denn das für ein Mist?«, fragte sie.
»Warte ab.« Till spulte den Film vor. Immer noch flimmerte irgendein Text über den Bildschirm.
Marcia las immer nur: WARNUNG! VORSICHT! STRAFE!
»Falls du es vergessen hast«, sagte Marcia, »ich bin erst dreizehn.«
»In ein paar Monaten bist du vierzehn, Baby.« Till lächelte.
»Nenn mich nicht Baby«, schrie Marcia. Sie war jetzt wirklich hysterisch.
Der Film fing an mit einer Großaufnahme eines nackten Mannes. Man sah nur seinen Rücken. Er hatte die Beine gespreizt. Zwischen den Beinen des Mannes sah man das Gesicht einer Frau.
Die Kamera fuhr langsam um den Mann herum. Jetzt sah man den Mann von vorn, nackt.

Marcia sprang auf und riss Till die Fernbedienung aus der Hand. »Mach das aus!«, schrie sie.
Till sprang auch auf. Er hielt die Fernbedienung hoch über seinen Kopf. »Hol sie dir!«, sagte er. Er schaute auf den Fernseher. »Guck mal, geil, oder? Gleich wird es richtig gut.«
»Das interessiert mich nicht!«, schrie Marcia. »Ich guck mir doch keine Pornos an! Ich bin doch nicht verrückt!«
»Komm her, dann kriegst du die Knipskiste«, sagte Till cool.
Er schaute immer wieder auf den Bildschirm.
Marcia nicht. Marcia wollte überhaupt nicht sehen, was da ablief. Sie konnte sich das ungefähr denken. Sie war schließlich kein Kind mehr.
Till streckte lockend die Hand aus, mit der Fernbedienung. »Komm schon«, flüsterte er.
Aber Marcia tat ihm nicht den Gefallen. Sie rannte einfach aus dem Zimmer. Sie rannte durch die Halle, zur Haustür. Aber die war verschlossen. Und Till hatte den Schlüssel in seiner Hosentasche. Sie rannte in die Küche. Keine Tür. Nebenan die Speisekammer: auch keine Tür. Wieder raus. Die nächste Tür führte ins Gästeklo. Dann in den Weinkeller oder so etwas Ähnliches. Das Esszimmer.
Ah, das Esszimmer hatte auch Terrassentüren. Die im Wohnzimmer hatte Till abgeschlossen. Aber hier, im Esszimmer . . .
Marcia stürzte auf die Tür zu.
Da hörte sie, wie Till hinter ihr lachte. »Für wie blöd hältst du mich?«, fragte er. »Die Tür ist selbstverständlich auch zu.«
Marcia drehte sich zu ihm um, starrte Till an. Fassungslos. Till war nackt. Er musste sich inzwischen blitzschnell ausgezogen haben.

»Bist du verrückt?«, schrie Marcia.
»Überhaupt nicht«, sagte Till. »Ich glaube, eher bist du verrückt. Oder verklemmt? Wieso machst du so ein Theater? Ich dachte, wir haben einfach ein bisschen Spaß. Probieren was aus. Hast du schon mal mit einem Jungen geschlafen?«
»Nein«, schrie Marcia. »Und ich will auch nicht! Lass mich raus, aber sofort!«
»Willst du dich mit mir prügeln?« Till kam näher. »Au ja, komm her, schlag mich. Wohin willst du hauen?«
Marcia wusste nicht, was sie machen sollte. Es war eine absurd bekloppte Situation. Till wirkte wie unter Drogen. Oder er hatte vorher schon etwas getrunken. Er hatte die Brille abgenommen, seine Augen waren weit aufgerissen und er atmete die ganze Zeit durch den Mund, weil er so aufgeregt war. Und auf einmal hatte seine Stimme etwas extrem Kindliches.
»Ich hab das noch nie gemacht«, sagte er, »mich vor einer Frau nackt ausgezogen. Komisches Gefühl.«
»Dann zieh dich doch wieder an!«, schrie Marcia. »Dann ist das kein komisches Gefühl mehr!«
»Aber andererseits«, sagte Till, »ist es auch toll, dass du dich so aufregst. Sieht fast aus, als mach ich Eindruck auf dich.« Er kam näher. Er keuchte. Er atmete heftig durch den Mund. »Du hast Angst vor mir, stimmt es? Hast du Angst vor meinem Pimmel?«
»Oh Mann!«, schrie Marcia. »Ich hab einen kleinen Bruder, falls du das vergessen hast. Ich weiß, wie ein nackter Junge aussieht!«
»Aber das ist was anderes, der kleine Benni und meiner hier, oder? Ich hab abgeschlossen. Das ganze Haus ist verrammelt und zu. Den Telefonstecker hab ich auch rausgezogen. Du kommst hier nicht raus. Weißt du? Wir können

ebenso gut zurückgehen ins Wohnzimmer. Und du ziehst dich auch aus und wir gucken uns den Film in Ruhe zu Ende an.«

Auf dem Tisch stand eine Porzellanvase, bunt bemalt. Die sah teuer aus, irgendwie asiatisch. Marcia nahm die Vase und hielt sie über den Kopf.

»Lass mich raus!«, sagte sie drohend. »Oder ich lass die Vase auf den Boden fallen.«

»Das traust du dich nicht«, sagte Till.

Marcia dachte: Da irrst du dich, Junge.

»Ich zähl bis drei«, sagte sie, die chinesische Vase über ihrem Kopf.

»Eins«, sagte Till. Er fasste sein Glied an. Er lächelte.

»Zwei«, sagte Marcia. »Ich warte. Mach die Tür auf und lass mich raus oder . . .«

»Drei«, sagte Till. »Du traust dich ja doch nicht.«

Till lächelte. Da ließ Marcia die Vase fallen. Sie zerbrach zwischen ihren Füßen auf dem Marmorboden. Lauter kleine Stücke.

9. Kapitel

Marcia hat das Bad geputzt. Der Spiegel glänzt, die Waschbecken auch. Frische Handtücher hängen an den Haken. Die schmutzigen Handtücher sind schon in der Waschmaschine und wirbeln bei 60 Grad in schäumender Seifenlauge. Die Fenster sind geöffnet, die Spatzen pfeifen auf den Dächern.

Marcia pfeift auch: Sie passt wieder in ihre alte Jeans. In die Jeans, die sie vor zwei Jahren getragen hat, als sie erst fünf Kilo zugenommen hatte.

In diese Jeans passt sie auf einmal wieder hinein, auch wenn es am Bund ein bisschen zwackt.
Das ist heute, an einem Samstag im August, ihr Erfolgserlebnis. Sie wird in diesen Jeans abends nach Offenbach fahren und sich mit den anderen beim Feuerwerk treffen. Vielleicht sieht jemand, dass sie in der letzten Zeit abgenommen hat. Sandra oder Dennis?
Aber wieso sollte er sie angucken. Mit Dennis geht sie schon in die Klasse, seit sie auf das Gymnasium gewechselt ist, aber es ist lange her, dass sie mehr miteinander geredet haben als »Hast du für Französisch gelernt? Was haben wir in Englisch auf?« oder so.
Sie hat nie jemandem erzählt, wie sehr sie Dennis mag. Sandra hätte das sicher gleich wieder herumposaunt. Und ihre Eltern dachten ja, da wäre etwas mit Till, weil er ihr doch immer die vielen Briefe schrieb.
Sie weiß bis heute nicht, warum sie mit ihren Eltern nicht über ihre Gefühle reden kann. Liebe und so etwas. Das geht einfach nicht. Ihre Eltern sind so ein eingespieltes Ehepaar. Marcia sieht nie, dass sie sich küssen oder irgendwie flirten. Ihre Mutter macht sich auch nie extra besonders schön für Marcias Vater, zum Beispiel, wenn die beiden samstagabends ausgehen. Dabei sind sie nett miteinander. Sie streiten nie. Sie sind ein eingespieltes Team, sagt ihr Vater immer. Aber kann man einem eingespielten-Team etwas über das Herzflattern erzählen, dass man selber beim Anblick eines Jungen spürt?
Kann man nicht. Jedenfalls nicht, wenn man Marcia heißt.
Dennis hatte während der letzten zwei Jahre ständig wechselnde Freundinnen gehabt. Und es war jedenfalls immer Dennis, der Schluss machte, und Marcia fühlte jedes Mal eine stille Befriedigung. Und es keimte so etwas wie Hoffnung auf. Sie schaute öfter während der Schul-

stunden zu ihm hin und er stand öfter rein zufällig hinter ihr in der Schlange an der Kaffeebar. Aber das war's dann auch schon. Wenig später hieß es: »Da geht Kathrin, mit der ist Dennis jetzt zusammen.« Und die Hoffnung entwich wie Luft aus einem Luftballon, in den man eine Nadel sticht.

Sie verknotet ihre Bluse in der Taille und betrachtet sich von allen Seiten. Mein Hintern ist immer noch zu fett, denkt sie.

Sie schaut sich von vorn an, zieht den Bauch ein und verzieht das Gesicht. Ich hab ja Fettpolster am Bauch, denkt sie, richtige Ringe.

Früher war sie immer besonders stolz auf ihren glatten Bauch und den schönen Bauchnabel gewesen. Das war vor ihrer Fressphase. Danach war der Nabel immer tiefer im Fettgewebe ihres Bauches verschwunden. Und je verzweifelter Marcia darüber war, desto mehr musste sie ihren Frust mit Schokolade bekämpfen und desto tiefer sackte der Bauchnabel ins Fett. Ein Teufelskreis. Marcia atmet tief durch.

»Ich komm da raus«, sagt sie, »bestimmt. Ich muss mich nur zwingen. Ich bin auf dem richtigen Weg.«

Sie würde auch an diesem Tag zum Mühlteich fahren, um ihre zwei Kilometer Schwimmtraining zu absolvieren, aber der Gedanke, dass Till mit seiner Taucherbrille wieder aus dem Nichts auftauchen könnte, wie das Seeungeheuer von Loch Ness, lässt sie den Plan schnell vergessen.

Sie knotet die Bluse wieder auf und stopft sie in den Hosenbund.

Ich brauch einen schicken Gürtel, denkt sie, irgendwas, das auffällt. Damit Leute auch sehen, dass mir die 29er Jeans wieder passt.

Alles wird gut. Ganz bestimmt.

Ihre Eltern sind vom Einkaufen zurück. »Und du, Schätzchen? Was hast du gemacht?«, fragt ihre Mutter.
»Das Bad geputzt«, sagt Marcia. Sie steht auf und räumt die Einkäufe weg. Im Korb liegt auch ein Bund Basilikum. Das duftet wie verrückt.
Da ruft ihre Mutter. »Sag mal! Hast du abgenommen? Sind das nicht deine alten Jeans? Die dir jahrelang nicht gepasst haben?«
Marcia lächelt, sie drückt ihre Nase in das Basilikumbüschel und wackelt ein bisschen mit dem Hintern. Früher hatte sie gern solche Faxen gemacht.
»Hey«, sagt ihre Mutter und fasst sie um die Hüften. »Das ist klasse! Herzlichen Glückwunsch! Wie hast du das geschafft?«
Marcia richtet sich wieder auf, pustet die Haare aus der Stirn und lächelt. »Sport und Diät«, sagt sie, »eine todsichere Mischung.«
Ihre Mutter setzt sich. Lächelt. »Dreh dich mal«, sagt sie. Gehorsam dreht Marcia sich vor ihr.
Marcias Mutter schaut zu ihrem Vater. »Ist dir das aufgefallen? Dass unsere Tochter so abgenommen hat?«
»Du weißt, dass sie mir immer gefällt, egal, wie viele Kilo sie auf den Rippen hat«, sagt ihr Vater.
Marcia schnaubt. »Genau! Das ist es ja! Wenn es allen egal ist, dann hat man auch keinen Anreiz, abzunehmen.«
Marcias Mutter lacht. »Ach Gott, nun sind wir schuld?«
Marcia, ein bisschen gereizt, packt wortlos die Butter, die Milch, den Quark, den Käse in den Kühlschrank. Stellt das Basilikum in ein Wasserglas.
Ihre Mutter schaut ihr dabei zu und lächelt.
»Wir sollen dich übrigens schön grüßen«, sagt sie.

Marcia hat den Griff der Kühlschranktür in der Hand. »Ach ja?«, fragt sie. »Und von wem?«
»Von Till Kröger«, sagt ihr Vater. »Du hast ja gar nicht erzählt, dass Till wieder hier ist.«
Marcia schließt die Augen. Sie hat ihren Eltern den Rücken zugedreht. »Danke«, sagt sie. Und geht aus dem Zimmer.
Ihre Mutter folgt ihr. Marcia geht ins Wohnzimmer, knallt sich auf das Sofa und angelt nach der Fernbedienung. Die Mutter nimmt ihr das Teil weg. »Was ist so schlimm daran, dass Till dich grüßen lässt?«
Marcia hebt den Kopf. Sie blickt ihrer Mutter in die Augen, lange, ruhig. Sie hofft, dass ihre Mutter irgendetwas in ihren Augen lesen kann. Irgendetwas von ihrer Panik, von all dem Ungesagten . . .
Aber da klingelt ein Handy und ihre Mutter wendet sich ab, geht in den Flur und holt ihr Handy aus der Jackentasche. Es ist Tante Ische. Sie will etwas wissen, etwas, das mit Marcias Geburtstag zu tun hat. Nimmt Marcia jedenfalls an, denn ihre Mutter zwinkert ihr zu und schließt bedeutungsvoll die Tür, bevor sie weiterspricht.
Marcia stellt den Fernseher ein. Eine Gerichtsshow. Marcia findet Gerichtsshows gut.
Was die Leute alle so für Probleme haben.
Sie kann sich jedes einzelne Problem richtig gut vorstellen. Aber sie wartet immer noch auf den Tag, wo ein Fall verhandelt wird, der so ist wie ihrer. Der Fall, wo ein Junge ein Mädchen nicht in Ruhe lässt. Wo er versucht ihr Pornos vorzuführen und sie mit Briefen und E-Mails belästigt. So eine Geschichte. Die ist noch nicht vorgekommen. Und solange so ein Fall nicht verhandelt wird – Marcia liest jeden Tag in der Fernsehzeitschrift die Vorankündigung –, so lange weiß sie nicht, ob sie überhaupt etwas machen kann. Oder ob sie sich nur anstellt.

Ob ihre Panik vielleicht nur irgendwie blöd ist. Pubertät eben, wie ihr Vater damals gesagt hat. Aber er wusste ja nicht, worum es ging. Er dachte ja damals bloß, sie habe Liebeskummer . . .

Marcias Mutter kommt zurück. Marcia stellt automatisch den Fernseher aus. »Das war Tante Ische«, sagt ihre Mutter.
»Schön«, sagt Marcia, »hab ich mir gedacht. Und was wollte sie?«
Ihre Mutter legt die Finger an die Lippen. »Wird nicht verraten.« Sie zupft an dem Freitagsblumenstrauß herum. Eine Rose lässt den Kopf hängen, die wird aus dem Strauß herausgezogen, die anderen neu arrangiert.
»Wobei waren wir gerade?«, fragt sie.
Marcia wartet, lange, dann sagt sie: »Hab ich vergessen.«

Nachmittags kommt Marcias Mutter mit einer Neuigkeit heraus. Das heißt, sie kündet die Neuigkeit nur an. Aber sie lächelt. Sie wirkt irgendwie heiter und fröhlich und viel ausgeglichener als sonst.
»Ich habe eine Überraschung für euch«, sagt sie.
»Oh!«, schreit Benni, »ich weiß! Du gehst mit uns in den Zoo!«
»Eine andere Überraschung«, sagt Marcias Mutter.
»Hat die was mit Ansgar und mir zu tun?«, fragt Benni. Ansgar schläft an diesem Wochenende bei ihm. Und die beiden sitzen immer ganz dicht beisammen, mittags haben sie schon ihre Stühle am Esstisch so nah nebeneinander geschoben, dass kein Blatt mehr dazwischen gepasst hat.
»Ausnahmsweise«, sagt Marcias Mutter, »hat es nur etwas mit mir zu tun.«
»Dann ist das langweilig«, sagt Benni. Er zieht Ansgar am Arm. »Komm, wir gehen in mein Zimmer.«

»Rück schon raus mit der Überraschung!«, sagt Marcias Vater. Er schaltet den Fernseher ein. Die Leichtathletikeuropameisterschaften. Früher hat er sich für Stabhochsprung begeistert. War selber aktiv. Aber dann hat ein Arzt seinen eingewachsenen Nagel falsch operiert und er musste mit dem aktiven Sport aufhören.
»Schau dir das an!«, ruft er. »Oh Mann! Diese ungarischen Kugelstoßer sind wirklich klasse.«
Marcias Mutter seufzt. »Ich merke schon«, sagt sie, »es interessiert niemanden.«
»Doch«, sagt Marcia. »mich. Was ist das für eine Überraschung?«
»Ich hab einen neuen Job«, sagt Marcias Mutter.
»Wie? Du arbeitest nicht mehr bei der Stadtverwaltung?«
Marcias Mutter schüttelt den Kopf. »Nur noch bis 1. September. Danach geh ich in die freie Wirtschaft. Da kann man viel mehr verdienen. Dann können wir uns endlich ein neues Auto kaufen.« Sie lässt ihren Blick durch das Wohnzimmer schweifen. »Und neue Gardinen. Ich möchte sonnengelbe Gardinen aus Leinen.«
»Und was ist das für ein Job?«, fragt Marcia.
In dem Augenblick kommt Benni angestürmt. Seine Augen sind riesengroß. »Mami«, flüstert er, »Ansgar ist von einem Riesentier gestochen worden! Die Hand! Kannst du ganz schnell kommen?«
So erfährt Marcia nicht, welchen neuen Job ihre Mutter hat.
Die Mutter schleift Ansgar ins Bad, behandelt den Stich mit verdünntem Ammoniak, wickelt ein feuchtes Küchentuch um die Hand und setzt beide Kinder in die Küche, vor ein großes Schokoladeneis. Ein todsicheres Hausmittel, bei dem Kinder jeden Insektenstich vergessen.

Abends, um acht, ist sie bereit zum Ausgehen. Sie trägt die

neuen, alten Jeans, eine weiße Hemdbluse, die sie doch über dem Bauch verknotet hat. Auf den Bauchnabel hat sie sich ein Glitzersternchen geklebt. Und ein anderes auf die nackte Stelle am Rücken, direkt neben dem Wirbel. Wenn sie sich bückt und die Bluse ein bisschen höher rutscht, blitzt das Glitzersternchen frech hervor.

Sandra macht so etwas manchmal, sich Glitzerzeug irgendwohin kleben. Marcia hat das nie gewagt. Aber heute, mit dem Erfolgserlebnis, hat sie den Mut.

In Ihrer Umhängetasche steckt ihr Personalausweis, ein Lippenstift, eine Monatskarte und ein Portmonee mit zwölf Euro. Marcia hat keine Ahnung, wie viel Geld sie brauchen wird. Bestimmt wollen die anderen irgendwo hingehen, nach dem Feuerwerk, etwas trinken. Oder eine Pizza essen. Oder vielleicht in eine Disco. Mit zwölf Euro kommt man heute nicht weit.

Ihre Eltern gehen an diesem Abend nicht aus.

Sie müssen auf Benni und Ansgar aufpassen. Ansgars Eltern haben im Preisausschreiben eine Wochenendfahrt nach Amsterdam gewonnen und deshalb schläft Ansgar heute bei ihnen.

Abends soll es Spagetti geben und danach wollen sie sich im Fernsehen »Wetten, dass . . .« anschauen.

Marcia steht in der Wohnungstür und wird von Benni, Ansgar, ihrer Mutter und ihrem Vater gecheckt.

»Willst du die Bluse so lassen?«, fragt Benni.

»Ja«, sagt Marcia und schaut an sich herunter. »Wie sieht das aus?«

»Scheiße«, sagt Benni und stupst Ansgar in die Seite und beide kichern und wälzen sich auf dem Boden.

»Benni«, sagt Marcias Mutter, »das ist gemein. Marcia sieht doch toll aus. Guck mal, deine Schwester wird wieder ganz dünn.«

Aber Benni und Ansgar haben keine Lust, hinzugucken, und es ist Marcia auch egal, wie Benni das findet.
Sie räuspert sich. »Es ist ... äh ... wir sind heute alle in Offenbach.«
»Was macht ihr da denn?«, fragt Ihr Vater.
»Da ist ein Feuerwerk am Mainufer.«
»Und wieso?«
»Ich weiß nicht, die Stadt hat Geburtstag, glaube ich.«
»Ach ja«, sagte Marcias Mutter, »ich hab gelesen, dass da eine riesige Kirmes in den Anlagen aufgebaut wurde. Da wollt ihr hin?«
»Und wann willst du wieder zu Hause sein?«, fragt ihr Vater.
»Kommt drauf an«, sagt Marcia, »was die anderen machen.«
»Und wer sind die anderen?«
»Praktisch meine ganze Klasse«, sagt Marcia. Sie räuspert sich wieder. »Ich wollte nur fragen: Könnte ich eventuell zwanzig Euro Vorschuss auf mein Taschengeld bekommen?«
Ihre Eltern wechseln einen Blick.
»Zwanzig Euro ist ein Haufen Geld«, sagt ihre Mutter.
»Weiß ich«, sagt Marcia, »will ich ja auch nicht alles auf den Kopf hauen.«
»Ist dein ganzes Taschengeld schon weg?«, fragt ihr Vater, während er umständlich nach dem Portmonee in seiner Hosentasche angelt. Gesäßtasche sagt man ja. Ein wahnsinniges Wort.
»Ich hab noch zwölf Euro«, sagt Marcia. »Aber es ist doof, mit so wenig Geld loszufahren.«
Ihr Vater gibt ihr einen blauen Schein. Er lächelt. »Wird nicht aufs Taschengeld angerechnet«, sagt er. »Amüsier dich.«

»Oh, Papi, danke!« Marcia gibt ihrem Vater einen dicken Kuss.
Benni hat mit großen Augen den Transfer des Geldscheines beobachtet. »Das ist ungerecht!«, ruft er.«Wenn du ihr Geld gibst, musst du mir auch Geld geben! Geschwister müssen immer gleich behandelt werden!«
Marcias Mutter muss lachen. »Aber nur, wenn sie gleich alt sind!«
»Frag mich wieder, wenn du sechzehn bist«, sagt Marcias Vater und steckt die Geldbörse wieder weg.
Der Eurovisionssong ertönt.
Benni und Ansgar rutschen mit ihren Sofakissen so dicht an die Glotze, als wären sie kurzsichtig.
Marcias Mutter zwinkert ihr zu. »Viel Spaß!«
»Danke«, sagt Marcia.
Sie lächelt. Es geht ihr gut. Sie hat dreißig Euro im Portmonee und sie weiß, dass sie gut aussieht. Besser als in all den letzten Monaten.
Sie will einfach nicht daran denken, dass Till gesagt hat: »Deine Formen sind irgendwie anders.« Till hat sie ja auch nicht auf dem Höhepunkt ihrer Fettphase erlebt.
Und außerdem ist es vollkommen wurscht, was Till von ihr denkt.

10. Kapitel

Die Vase ist nicht in tausend Stücke zerbrochen. Das war merkwürdig. Marcia hatte fest damit gerechnet, als sie das Ding fallen ließ.
Vielleicht, weil die Vase genau auf die Kante zwischen Teppich und Marmorboden gefallen war, ist sie einmal in

der Mitte durchgebrochen und die eine Hälfte ist auf den Marmorboden gekullert, genau vor Tills nackte Füße, und dann mit einem kleinen Knall noch einmal zerbrochen. Die andere Hälfte war heil geblieben.

Aber dieser hohe, klare Ton, als das Porzellan das erste Mal zerbarst, den würde Marcia nie vergessen. Das war, als wäre in ihrem Innern eine Saite gerissen. Eine wichtige Saite jedenfalls, die ihr Innerstes vorher zusammengehalten hatte.

Das alles spürte Marcia, während sie auf die kaputte Vase schaute, die eine Hälfte neben ihren Füßen, die Bruchstücke bei Till. Sie versuchte daraus eine Symbolik abzulesen, als wären das Zeichen, die man deuten kann. In Afrika werfen die eine Hand voll Glasperlen und Steine und Federn auf den Boden und der Medizinmann kann aus der Anordnung der geworfenen Dinge auf dem Boden die Zukunft lesen.

Marcia waren in Sekundenbruchteilen so viele Gedanken durch den Kopf gegangen, sie schwebten im Raum zusammen mit diesem hohen Ton von zerbrochenem Porzellan.

Da schrie Till: »Was hast du gemacht?«

»Ich hab dich gewarnt«, hat Marcia gesagt. Aber sich sofort und artig gebückt, um die Teile aufzuheben.

Till war sofort neben ihr. Sein nackter Körper streifte sie und sie spürte seinen Atem in ihrem Gesicht.

»Diese Vase«, flüsterte Till, »ist tausend Jahre alt. Weißt du das?«

»Was?« Marcia spürte ein Schauern in ihrem Körper. »Was? Wieso tausend Jahre?«

»Das ist eine Kostbarkeit, aus China. Die haben meine Eltern auf einer Auktion ersteigert, in Lausanne. Diese Vase hat hundert Jahre in einem Schiffraum in der Bucht von Taiwan auf dem Meeresboden gelegen. Das ist teuerstes

chinesisches Porzellan! Mann! Das Lieblingsstück meiner Mutter! Und du schmeißt das einfach hin.«
»Ich glaub nicht, was du sagst«, murmelte Marcia. Ihr war übel, sie konnte den Körpergeruch von Till nicht ertragen. Seinen Schweiß, der sich mit Haarpomade mischte. Der Zigarettenrauch, der in seinen Haaren war. Sie legte die Scherben auf den Tisch.
Till schob sich an sie heran, legte seine Arme um ihre Taille. Und presste sie gegen die Tischkante.
»Hör auf!«, schrie Marcia. »Hör auf!«
»Du hast eine Zehntausend-Euro-Vase kaputtgemacht«, murmelte Till. Er drückte mit seinem Gesicht ihren Kopf nach vorn. Seine Lippen berührten ihren Hals. Sie spürte die Tischkante im Magen. »Wenn du jetzt aufhörst noch mehr Scheiß zu machen und mit mir zurückkommst ins Wohnzimmer und wenn wir uns beide nackt vor den Fernseher legen und das Video angucken, dann nehme ich das auf mich.«
»Was?«
»Dann sag ich, dass ich die Vase kaputtgemacht hab.«
Sie spürte seine Schenkel an ihren Beinen. Sein Körper war heiß. Die Hitze drang durch ihre Klamotten.
Ihr war so übel, sie konnte kaum noch klar denken.
»Ich bin scharf wie ein Rasiermesser«, hauchte Till. »Ich bin so was von scharf auf dich. Das ist total geil . . . weißt du, ich . . .«
Er hielt sie wie in einem Schraubstock zwischen seinen Beinen. Er zerrte ihren Pulli hoch, zog ihn über ihren Kopf. Marcia wehrte sich. Er riss an ihren Haaren. Marcia schrie. Till lachte.
»Das macht dir Spaß. Pass auf, ich weiß das genau. Ich hab mir das tausendmal überlegt, wie das geht. Zieh dieses verdammte Ding doch endlich aus. Wieso bist du immer

noch angezogen? Ich komm ja gar nicht richtig an dich ran!«

Marcia spürte seine Finger zwischen ihren Beinen. Sie schloss die Augen, holte tief Luft und stieß sich mit Gewalt vom Tisch ab. Till fiel nach hinten. Fiel einfach um. Ein alberner, nackter Junge zwischen den Scherben am Boden.

»Mann! Du bist total verrückt!«, schrie Till. Er hielt die Hand hoch. Seine Hand blutete. Er hatte sich an den Scherben geschnitten.

»Jetzt blute ich auch noch wie ein Schwein!«

»Du siehst doch sowieso schon aus wie ein Schwein«, schrie Marcia zurück. »Und du bist ein Schwein. Ich will dich nie wieder sehen. Verstehst du? Nie in meinem Leben! Nie!«

Sie griff nach dem Pulli, presste ihn vor den Busen und stürzte kopflos aus dem Raum.

Wohin? Wie kam sie hier raus?

Till rappelte sich auf. Er kam hinter ihr her. »Hey! Marcia!«, keuchte er.

In der großen Diele schaute Marcia sich um wie ein flüchtendes Tier nach einem Ausgang, einem Fluchtweg.

Hinter ihr das Keuchen von Till. »Du musst die Vase bezahlen. Deine Eltern werden die Vase bezahlen müssen.«

Marcia presste die Hände gegen die Ohren. Sie rannte in die Diele, in die Küche, sie fand die Kellertreppe. Sie stolperte die Kellertreppe herunter, sie kannte sich nicht aus. Alles roch kühl und feucht. Sie stieß gegen einen Karton mit leeren Flaschen, das Scheppern war wie Höllenlärm in ihren Ohren. Rote Notlampen brannten im Keller. Hier im Haus war alles doppelt abgesichert. Falls das Licht ausging, konnte man sich immer noch zurechtfinden. Ein Raum mit Fahrrädern, blinkend, und verrostete Kinderräder. Eine zur Seite gekippte Tischtennisplatte. Und dane-

ben: eine Tür mit einem Glasfenster, durch das man die Gartenlampe sehen konnte.
Ich bin gerettet, dachte Marcia. Bitte, lieber Gott, mach, dass die Tür nicht abgeschlossen ist . . .
»Marcia?«, schrie Till. »Was machst du da? Komm wieder rauf! Verdammt noch mal, komm wieder her!«
Der Schlüssel steckte im Schloss. Marcias Finger zitterten so, dass sie es kaum schaffte, den Schlüssel herumzudrehen. Sie stieß die Tür auf.
Draußen hatte sich Laub in dem kleinen Treppenabsatz gesammelt. Es raschelte, als Marcia die Tür aufschob.
Die Treppe glänzte vor Feuchtigkeit. Sie zog sich am Geländer die Treppe hoch, als wäre sie krank, als hätte sie keine Kraft mehr in den Beinen.
Die Nachtluft war kühl und frisch. In der Ferne ging ein Martinshorn. Sie war gerettet.

11. Kapitel

Sie steht auf dem Bahnsteig und wartet auf die S-Bahn. Viele Leute sind unterwegs. Pärchen, die sich küssen und miteinander kuscheln, ein Ehepaar, das aussieht, als wolle es zu einem eleganten Fest – ihr langes Taftkleid schaut unter dem halblangen Regenmantel heraus. Ich würde nie so rumlaufen, denkt Marcia, aber als sie den Blick der Frau spürt, schaut sie schnell verlegen zur Seite.
Jungs albern an der Bahnsteigkante herum. Sie wollen nur, dass man hinschaut und sie bewundert. Marcia schaut aber nicht hin.
An der Litfaßsäule lehnt ein Schwarzer, der eine afrikanische Nationaltracht trägt, eine Art wallendes Nachthemd.

Dazu eine randlose Brille. Er liest eine englische Zeitung. Auch er kümmert sich nicht um die anderen.
Die S-Bahn fährt ein. Marcia sucht sich einen Platz. Die Hosen sind im Sitzen enger als im Stehen. Am liebsten würde sie direkt den Hosenbund öffnen, aber natürlich tut sie das nicht.
Ich werde heute Abend nichts essen, denkt sie. Höchstens etwas trinken. Aber was Kalorienarmes. Cola light vielleicht. Noch besser wäre einfach ein Mineralwasser.
Keine Pizza jedenfalls. Oder Pommes. Pommes hat sie seit Monaten nicht gegessen und sie wird sich jetzt durch die anderen auch nicht verführen lassen, selbst wenn ein Wunder geschieht und Dennis sie zu einer Portion Pommes und Hamburger einladen würde – womit nicht wirklich zu rechnen ist –, würde sie das ablehnen. Weil sonst vielleicht die Hose platzt.
Sie muss plötzlich lachen.
Sie sieht ihr lachendes Gesicht in den spiegelnden Fensterscheiben. Und sie denkt: Wann habe ich eigentlich zuletzt gelacht?
An diesem Abend, in der S-Bahn von Hanau nach Offenbach, hat Marcia auf einmal das Gefühl, als tauche sie aus einem tiefen dunklen Tunnel allmählich wieder ans Licht. Und als wäre es doch möglich, alles irgendwann zu vergessen.

Der Bahnhof in Offenbach gleicht einem Belagerungszustand. Als Marcia aussteigen will, stehen die Leute so gedrängt, dass sie kaum weiß, wohin sie ihre Füße setzen soll.
Leute mit Luftballons, silberne, knisternde Herzen, die mit einem Gas gefüllt sind, oder einem Lebkuchenherz auf der Brust stürmen die S-Bahn. Väter tragen kleine Kinder auf

ihren Schultern, arabische Großfamilien schleifen einen halben Haushalt in riesigen Jutesäcken hinter sich und stoßen auf eine Wand von rot gekleideten Fußballfans, die die Fahne der Offenbacher Kickers schwingen und laute Siegeslieder grölen.

Über all dem kreist, magisch beleuchtet und bunt blinkend, ein Riesenrad gegen den Nachthimmel. Raketen, Knaller und Böllerschüsse zerplatzen über den Köpfen der Leute.

Ein Betrunkener fällt fast aus der Bahn, als die Türen sich schließen wollen, jemand zieht ihn zurück, die Türen gehen zu und der Zug fährt ab.

Marcia schaut ihm nach, als wisse sie nicht genau, ob sie besser hätte drinbleiben sollen.

Aber dann bewegt sich die Masse auf den Ausgang zu, schiebt sich mit ihr die Treppen hinunter, gleitet auf der Rolltreppe in die Tiefe, die Unterführung, und als sie auf der anderen Seite wieder auftaucht, in Richtung Kaiserstraße, ist die Luft erfüllt von Musik, die mit riesigen Lautsprechern die Stadt und alle ihre Einwohner beschallt.

Marcia kommt sich vor wie im Film. Sie muss gar nicht überlegen, wohin sie gehen soll, sie treibt einfach mit den Menschen mit, die Leute sind gut gelaunt, sie lachen, manche stehen vor offenen Kneipen, ein Glas in der Hand, und schunkeln. Eine junge Frau, gepanzert wie ein Jedi-Ritter, bahnt sich auf Inlineskates ihren Weg.

Und wieder krachen Böllerschüsse.

Vor sich hat Marcia immer das Riesenrad, das sich langsam dreht. Wie eine Fata Morgana leuchtet es aus der Ferne und ruft sie.

Marcia spürt, wie jemand ihren nackten Bauch berührt. Sie dreht sich um und schaut in hundert Gesichter. Sie weiß nicht, wer sie angefasst hat. Sie zupft die Bluse weiter herunter und geht eilig weiter.

Ein Mann flüstert ihr etwas ins Ohr. Sie versteht nur »Süße . . .«
»Hau ab!«, schreit sie und fuchtelt mit den Armen.
Es ist warm. Als sie in Hanau in die Bahn gestiegen ist, war es nicht so warm wie jetzt. Vielleicht kommt eine neue Hitzewelle aus Spanien. Ein Tiefdruckgebiet mit Gewittern. Oder aber die Hitze kommt von all den Menschen, so eng, der kollektive Schweiß, der von ihnen ausgestrahlt wird.
Marcia presst im Gehen ihre Basttasche fest an den Körper. 30 Euro hat sie im Portemonee.
Pass auf, dass es nicht nachher doppelt so viel ist, würde Sandra in so einem Augenblick sagen. In der Schule haben sie Sandras Handy geklaut.
Richtig, in der Schule gibt es jemanden, der klaut. Vielleicht ist es einer aus ihrer Klasse. In Gedanken ist Marcia schon alle einmal durchgegangen. Sie mag ein paar Leute aus der Klasse nicht, zum Beispiel Boris, der immer mit seinen Freunden angibt, die als Türsteher vor dem MOJO-Club arbeiten. Oder Susi. Susi schleimt sich immer bei allen ein und geht mit jedem ins Bett. Das weiß die ganze Klasse. Und alle finden es eklig. Bloß Susi weiß nicht, dass alle sie eklig finden. Und niemand hat den Mut, es ihr zu sagen.
Aber auch von Susi kann Marcia sich nicht vorstellen, dass sie einem Mitschüler Geld oder das Handy oder sonst was klaut. Es sind auch schon Lippenstifte verschwunden, Federmäppchen, Bücher, meistens Geld. Jetzt wird das Klassenzimmer abgeschlossen, wenn die Klasse in einen anderen Raum geht. Seitdem ist nichts mehr weggekommen. Aber das beweist auch nicht, dass es einer aus der Klasse war. Marcia nimmt das Portmonee aus der Tasche und schiebt es in die Jacke ihrer Jeans. Da hat sie es näher bei

sich, falls einer versuchen sollte ihr die Tasche zu klauen. Alles schon vorgekommen.

»Hi! Marcia! Hier! Mann! Endlich!«
Sandra winkt, springt auf und ab und kreist über den Lärm all der Leute hinweg. Marcia steht oben am Kai und entdeckt Sandra unten am Mainufer, bei einem Lagerfeuer. Sie sieht die Gesichter ihrer Bekannten, vom Feuer erhellt. Da ist Ricky, der Clown, dann Lola mit den großen Brüsten, dann erkennt sie Frederike, die fleißige, und Susi. Natürlich. Marcia spürt, dass sie ein bisschen enttäuscht ist, als sie Dennis nicht entdeckt. Dafür ist Fahrid da und er hat seine Gitarre mitgebracht. Eine echt gute Idee, wenn man von zehn Millionen Watt beschallt wird, denkt Marcia. Aber Fahrid lächelt, hockt mit seiner Gitarre am Feuer und spielt und singt dazu persische Lieder. Persischer Pop, nennt er das. Es klingt schön, denn Fahrid hat eine gute Stimme. Überall steigen kleine Rauchspiralen auf von Feuern, auf denen gegrillt wird.
Marcia zieht unten ihre Schlappen aus, nimmt sie in die Hand und bahnt sich im tiefen Sand den Weg zu ihrer Gruppe.
Sandra lacht. Sie strahlt Marcia an. »Hi! Endlich!« Sie gibt Marcia einen Kuss. »Ich dachte schon, du kommst nicht mehr.« Leise fügt sie hinzu. »Susi ist schon besoffen, kannst du dir das vorstellen? Nach einem Glas Rotwein? Ich glaube, die hat was genommen.«
Susi sitzt, mit geschlossenen Augen, im Schneidersitz vor dem Lagerfeuer, ihr Kopf geht immer vor und zurück, vor und zurück.
Marcia winkt einmal in die Runde. Fahrid hebt den Kopf und lächelt sie an, ohne seine Hände von der Gitarre zu nehmen oder aufzuhören mit seinem Song. Er weiß, dass

niemand ihm wirklich zuhört, und trotzdem finden alle gut, dass er seine Gitarre dabeihat. Es erinnert irgendwie an Pfadfinder, an Schullandheim-Nächte. Es ist irgendwie schön.

»Wart ihr schon auf der Kirmes?«, fragt Marcia. Sie muss schreien, damit jemand sie hört. Sandra hat sich neben sie gesetzt und dabei einen Jungen neben sich gezogen, den Marcia nicht kennt.

»Wir gehen alle nachher zusammen«, sagt Sandra. »André wartet noch auf seinen Bruder.« Sie lacht, als Marcia André mustert. »Kennst du eigentlich André?«

Als Marcia den Kopf schüttelt, lacht sie wieder und nimmt André in den Arm. André hat braune Locken, blaue Augen und ein freundliches Lachen. Er gefällt Marcia. Natürlich weiß sie, dass André in die Parallelklasse geht, aber sie hat bisher noch nie mit ihm gesprochen.

»André, du kennst Marcia auch nicht, stimmt's?«

»Nein«, sagt André. Er streckt Marcia an Sandra vorbei die Hand hin. »Hallo, freut mich.«

»Mich auch«, sagt Marcia. Fahrid schaut zu ihnen hin, lächelt und zupft seine Saiten. Susi schwingt immer noch ihren Oberkörper vor und zurück. Lola schiebt verstohlen ihre Brüste im BH zurecht. Sie hat Marcia einmal erzählt, wie furchtbar sie es findet, dass ihr Busen so schnell gewachsen ist und dass sie manchmal richtige Schmerzen hat, ein Ziehen bis in die Schultern. Lola war immer gut in Leichtathletik, aber seit einem Jahr hat sie keine Lust mehr. »Wenn ich laufe, habe ich echt Probleme«, sagt sie. »Aber darüber kann man nicht laut reden.« Lola will, wenn sie größer ist, ihren Busen verkleinern lassen, operativ. Sie hat sich im Internet informiert. Das kostet 10 000 Euro. Marcia fragt sich, wie sie so viel Geld zusammenbekommen will. Lolas Mutter ist Krankenschwester und der Vater

lebt mit einer anderen Frau und den Kindern der anderen Frau in Ingolstadt. Er arbeitet bei AUDI. Und vergisst immer den Unterhalt für Lola zu schicken. Lola hasst ihren Vater. Den Kindern der anderen Frau in Ingolstadt soll es toll gehen. Lola sagt, die haben sogar einen Pool an ihrem Haus. Lola findet das superungerecht. Und dann auch noch der große Busen.
Sie lächeln sich an, Marcia und Lola. Lola deutet auf Susi und macht ein Zeichen, dass sie glaubt, Susi sei betrunken. Marcia hebt nur die Schultern und formt mit den Lippen die Worte: »Selber schuld.«
André flüstert Sandra etwas ins Ohr und Sandra gibt André einen Kuss. Frederike redet mit Sebastian. Sie haben die Köpfe zusammengesteckt und reden sehr ernsthaft, als würden sie sich jetzt, hier, an diesem Abend, auf ein Referat vorbereiten oder eine Klausur. Das ist irgendwie komisch. Sebastian ist der Beste in Marcias Klasse. Er hat in praktisch allen Fächern eine Eins oder eine Zwei. Marcia fällt kein Fach ein, in dem Sebastian schlechter steht als Zwei. Aber Sebastian ist kein Streber. Er ist großzügig und lässt immer alle abschreiben und erklärt jedem, der eine Sache nicht begriffen hat, alles mit stoischer Geduld. Er möchte nicht für einen Streber gehalten werden. Manchmal kommt es Marcia so vor, als wär es ihm peinlich, dass er so schlau ist und ihm das Lernen so leicht fällt. Marcia wünschte, ihr würde das so gehen.
»Hey!«, schreit Sandra, springt auf, dass André eine Ladung Ufersand ins Gesicht fliegt und rudert mit den Armen.
»Das ist Dennis! Hey! Dennis! Hier sind wir!«
Marcia spürt, wie ihr Gesicht glüht, das kommt bestimmt von dem Feuer. Sie müsste sich weiter wegsetzen, andererseits hat sie gerade so einen gemütlichen Platz und so eine gute Sicht auf das Geschehen.

Dennis turnt über das andere Volk hinweg. Er hält in jedem Arm eine Flasche, hebt die Flaschen hoch über seinen Kopf, triumphierend.
»Er bringt den Wein mit!«, schreit Susi, lächelt, schaukelt wieder nach vorn und schließt die Augen.
Lola gibt ihr einen kleinen Schubs und Susi kippt einfach um, in den Sand.
Dennis springt mit einem Satz zwischen Sandra und André.
»Hier«, sagt er, »eine bessere Sorte gab es nicht für das Geld. Habt ihr auf meine Sachen aufgepasst? Mann, wo ist meine Jacke? Scheiße!«
Er lässt die Flaschen einfach in den Sand fallen, rauft sich die Haare.
Marcia rutscht ein bisschen zur Seite. Sie sitzt auf einer Jeansjacke. Sie hebt einen Zipfel hoch. »Ist es vielleicht die? Suchst du die?«, fragt sie.
Dennis beugt sich zu ihr runter, fasst die Jacke an, atmet erleichtert aus. »Oh Gut, Mann, danke. Ich dachte, ich krieg mich nicht ein, wenn die jetzt weg ist. Ich hab es so was von satt, dass einem die Sachen echt unter dem Arsch weggeklaut werden.«
»Deshalb hat Marcia sich ja mit ihrem Arsch draufgesetzt«, sagt André und alle lachen.
Dennis schaut Marcia an. »Hallo, übrigens.«
»Hallo«, sagt Marcia. »tut mir echt Leid.«
»Was tut dir Leid?«
Marcia hat die Jacke unter sich rausgezogen. »Das mit der Jacke. Ist hoffentlich nichts drin, was kaputtgehen könnte? Sandra hat gesagt, ich soll mich da hinsetzen.«
»Und wenn Sandra etwas sagt, dann tust du es.«
Marcia errötet. Sie hat keine Lust, sich von Dennis anmachen zu lassen.

Sie will aufstehen und sich woanders hinsetzen. Sie spürt, wie ihre Laune schon wieder sinkt.
Wieso muss es immer mit Dennis irgendein Problem geben? Wieso?
Aber Dennis hält sie fest. »Komm, mach keinen Scheiß. War doch ein Witz.«
»Hat aber nicht wie ein Witz geklungen.«
»Setz dich wieder her, komm.« Er lächelt sie an.
Marcia kann sich nicht erklären, wann Dennis sie zuletzt mal angelächelt hat. Wie lange ist das her? Ein Jahr? Zwei Jahre? Hat er sie überhaupt mal angelächelt?
»Klasse, dass du gekommen bist«, sagt Dennis. Er holt einen Korkenzieher und öffnet die Flasche, schaut in die Runde. »Wer hat die Becher?«
»Susi«, sagt Sandra. Lola muss Susi zur Seite rollen, bis sie an den Korb kommt, in dem Susi die Stapel mit Pappbechern hat. Die Becher werden verteilt, Susi richtet sich auf, streicht die Haare aus dem Gesicht.
»Was?«, fragt sie.
»Schlaf weiter«, sagt Lola.
Susi lächelt und schließt wieder die Augen. »Schön hier«, sagt sie. Und kippt wieder um.
»Leute, die keinen Joint vertragen«, sagt Dennis, »sollten auch keinen rauchen.«
Marcia starrt Susi an. »Susi hat gekifft?«
»Siehst du das nicht?« Dennis schenkt Wein ein.
»Nur einen halben«, sagt Marcia, als sie ihm ihren Becher hinhält.
»Hey, glaubst du, jeder kriegt hier einen ganzen Becher?«
Sie prosten sich zu. Dennis ruft Fahrid zu: »Kannst du auch »Stay by me!«?
Fahrid nickt, schlägt einmal mit der flachen Hand auf den Gitarrenboden und beginnt einen neuen Rhythmus. Den-

nis beugt sich vor, hört zu, konzentriert sich auf Fahrids Song. Er lächelt. »Er kann's wirklich«, sagt er, »er kann's richtig gut. Hey, Fahrid, du kannst das richtig gut!«
Fahrid schaut auf, lächelt Dennis an, beugt sich wieder über seine Gitarre und spielt weiter.
»Warst du schon auf der Kirmes?«, fragt Dennis.
»Meinst du mich?«, sagt Marcia.
»Ja, dich. Warst du schon?«
»Nein.«
»Magst du keine Kirmes?«
»Doch, doch, ich habe das Riesenrad vom Bahnsteig aus gesehen. Echt irre.«
»Da kannst du bis nach Frankfurt gucken, von oben«, sagt Dennis.
»Toll.«
»Ja, toll. Und warum machst du es nicht, wenn du es toll findest?«
»Allein ist es irgendwie doof«, sagt Marcia und wird im gleichen Augenblick rot. Wie blöd bin ich eigentlich, denkt sie. Das hört sich ja an, als wenn ich möchte, dass er ...
»Hat ja auch hier keiner gesagt, dass du das alleine machen musst. Wir trinken den Wein noch aus, ja? Hören noch den Song zu Ende und dann machen wir einen kleinen Cruise. Ja?«
Er schaut sie an, ihr direkt in die Augen. Hat er ihr eigentlich jemals so direkt in die Augen gesehen?
Marcia spürt auf einmal eine unglaubliche Leichtigkeit in ihrem Körper. Als wenn ihr Herz, das vorher aus Stein war, sich in etwas Weiches, Leichtes und Schönes verwandelt. Sie lächelt. Sie nickt. Und dann schauen sie beide Fahrid an, nippen am Rotwein und hören seinem Song zu. Dennis singt leise mit. Marcia hat den Song noch nie gehört.

Als er fertig ist, stellt Dennis ihre Becher zusammen.
»Bis später«, sagt er zu Sandra und André und zieht Marcia am Arm vom Boden auf.
Sandras Augen werden groß. »Hallo«, sagt sie gedehnt. »Wie soll ich das verstehen?«
»Wir fahren einmal Riesenrad«, sagt Marcia schnell, bevor Sandra noch irgendeine peinliche Bemerkung machen kann.
»Dann nimm deine verdammte Jacke mit«, sagt Sandra und schleudert Dennis die Jacke gegen die Knie. »Sonst bin ich nachher schuld, wenn sie weg ist.«
»Du bist ein richtiger Schatz.« Dennis wirft ihr eine Kusshand zu. »Aber trinkt nicht den ganzen Wein aus, verstanden? Wir kommen zurück. Dann muss noch etwas in der Flasche sein.«
Sandra erhebt sich. Sie schiebt Marcias Haare zurück und flüstert in ihr rechtes Ohr: »Läuft da was zwischen euch?«
»Quatsch!«, sagt Marcia.
Dennis zieht sie weg. Sie steigen über die Leute und gehen hinauf zum Kai. Da ziehen sie sich ihre Schuhe an.
»Viel zu warm für die Jacke«, flucht Dennis.
»Soll ich sie nehmen?«, fragt Marcia und ärgert sich im gleichen Moment. Wieso ist sie immer so verdammt hilfsbereit und so verdammt unterwürfig?
Das wollte sie doch sein lassen. Ein und für alle Mal.
»Nein danke, ich trag meine Sachen schon selbst.«
Dennis hängt sich die Jacke über die linke Schulter und legt seinen rechten Arm um sie. So gehen sie auf das Riesenrad zu. Marcia in seinem Arm.
Dennis versucht seinen Gang ihren Schritten anzupassen.
»Ganz schön großer Schritt«, sagt er.
Marcia lacht. »Hab ich von meiner Mutter. Die hat auch so lange Beine.«

»Lange Beine sind klasse«, sagt Dennis.
»Na ja, geht so«, sagt Marcia.
Dennis reagiert nicht darauf, stattdessen fragt er: »Was hatte Sandra denn zu flüstern?«
»Ach«, sagt Marcia ausweichend, »nichts.«
»Also hat sie nichts geflüstert? Komm schon.« Er bleibt stehen. »Was hat die alte Plaudertasche gesagt?«
»Gar nichts Schlimmes. Sie hat nur gefragt, ob wir . . . wieso wir . . .«
Marcia gerät ins Stottern. Dennis schaut sie an, nickt, wirft den Kopf zur Seite und lacht. »Genauso hab ich mir das vorgestellt. Sie reimt sich immer gleich wer weiß was zusammen. Ich brauch nur einer Frau auf dem Schulhof den Arm um die Schultern zu legen, dann verbreitet Sandra gleich, ich hätte was mit der. Wenn ich einmal auf einem Fest mit einer Frau drei langsame Tänze mache, bin ich so gut wie mit der verheiratet. Das kotzt mich so was von an. Wieso steckt die ihre Nase immerzu in meine Angelegenheiten?«
Weil du der Star bist, könnte Marcia sagen. Weil es uns alle immer interessiert, was du machst, mit wem du zusammen bist und wieso es auseinander gegangen ist. Aber sie sagt es nicht. Sie schweigt einfach.
Dennis kauft zwei Karten. Marcia will ihm das Geld zurückgeben, aber er sagt großzügig: »Eine Einladung. Geht aufs Haus.«
Das findet Marcia nett. Sie selber ist auch immer großzügig und es ärgert sie dann, wenn andere Leute nicht auch so sind. Sie steigen in eine Gondel.
»Hoffentlich steigt keiner mit ein«, sagt Dennis. Er stellt sich breitbeinig vor den Eingang. Die Leute gehen an ihrer Gondel vorbei und steigen in die nächste. Das Rad dreht sich ein bisschen. Und Leute steigen in die dritte Gondel.

Dennis setzt sich ihr gegenüber, breitet die Arme aus, streckt die Beine vor und schaut sie an. »Gleich geht's los.«
Marcia lächelt. Für einen Augenblick hat sie ein Gefühl von Panik. Sie denkt: Was will er? Was will er mit mir machen? Aber sie zwingt sich keine Angst zu haben. Sie bleibt ruhig sitzen und lächelt.
Warum sollte sie auch Panik haben. Das ist es doch, was sie immer wollte.
Dennis, der Star der 10b! Der absolute Schwarm der Otto-Suhr!
Es kommt eine Lautsprecherdurchsage. Die Musik wird lauter.
»Es geht echt los«, sagt Dennis und setzt sich auf ihre Seite.
Marcia rückt so weit sie kann an den Rand.
»Hey«, sagt Dennis sanft, »soll ich wieder rübergehen? Auf die andere Seite? Ist dir das lieber?«
»Ich weiß nicht«, sagt Marcia hilflos. Dann schaut sie ihn an, lächelt und sagt: »Ich glaub, ja. Ich glaub wegen des Gleichgewichtes.«
Dennis erhebt sich wortlos und nimmt seinen alten Platz ein. Er schaut sie an. Sie schweben jetzt über der erleuchteten Innenstadt von Offenbach. In der Ferne der Fluss, silbern glänzend.
»Es ist nicht wegen des Gleichgewichtes«, sagt Dennis. »Es ist wegen was anderem. Aber ich krieg noch raus, was es ist.«
Marcia stockt der Atem. Wie kommt er darauf?
»Schön hier«, sagt Dennis. Er deutet auf einen Kirchturm. »Kennst du die Kirche?«
»Meine Eltern sind beide aus der Kirche ausgetreten«, sagt Marcia.

Dennis lacht. »Das ist ja eine klasse Antwort. Wenn man aus der Kirche ausgetreten ist, will man auch die Namen der Kirchen nicht mehr kennen? Das ist die Katharinen.«
»Ich wollte was anderes sagen, ich wollte sagen, dass ich es eigentlich schade finde, dass ich wütend über mich selber bin. Ich hätte mich konfirmieren lassen können, auch wenn meine Eltern nicht in der Kirche sind.«
»Ja«, sagt Dennis, »hättest du.«
Dann wären wir vielleicht zusammen im Konfirmandenunterricht gewesen, denkt Marcia. Sie schweben jetzt über dem höchsten Punkt. Wenn man daran denkt, wie luftig so eine Gondel ist, kann einem schwindlig werden.
»Wird dir schwindlig?«, fragt Dennis.
Sie schüttelt den Kopf.
Wenn ich in den Konfirmandenunterricht gegangen wäre, denkt Marcia, hätte ich nicht so viel Zeit mit Till verbracht. Dann wäre Dennis vielleicht da gewesen, um ihn von mir fern zu halten. Vielleicht wäre auch ausgerechnet an dem Tag, als wir in CATS waren, irgendetwas Wichtiges im Konfirmandenunterricht gewesen, eine Veranstaltung mit unserem Pastor. Vielleicht wär dann alles nicht passiert.
»Und? Woran denkt man, wenn man in so einem Riesenrad über einer Stadt schwebt?«, fragt Dennis.
Marcia bekommt einen roten Kopf. Sie will ihre Gedanken vertreiben. Ich bin ein Idiot, denkt sie, ich sitze mit dem Schwarm aller Mädchen im Riesenrad und denke über den Konfirmandenunterricht nach.
»Wann bist du konfirmiert?«, fragt sie.
»Ostern vor einem Jahr«, sagt Dennis. »Wieso?«
»Ich rechne nur gerade«, sagt Marcia.
Aber sie will gar nicht rechnen. Sie will sich freuen, dass sie hier mit Dennis ist, und an gar nichts sonst denken.

Es geht abwärts und wieder aufwärts.
»Juhu!«, schreit Dennis. Er steht auf, steht mitten in der Gondel, breitbeinig, die Arme ausgebreitet.
»Setz dich wieder!«, fleht Marcia.
»Warum?«
»Es steht unten an der Tafel, dass man nicht aufstehen soll.«
»Das ist was für Angsthasen«, sagt Dennis. »Ich bin kein Angsthase.«
»Weiß ich doch«, sagt Marcia. »Komm, setz dich wieder.«
»Auf deine Seite oder meine?«, fragt Dennis.
Marcia lacht. »Auf meine.«
»Okay, du hast gewonnen!« Dennis lässt sich neben ihr fallen.
Er legt seinen Arm um ihre Schultern. Marcia könnte jetzt ihren Kopf an seine Schulter legen. Möglicherweise wartet Dennis darauf. Aber sie tut es lieber nicht.
»Noch einmal rum, und das war's dann«, sagt Dennis.
»War toll«, sagt Marcia.
Dennis lehnt den Kopf zurück und starrt in den Himmel.
»Ich könnte dir mein Sternbild zeigen«, sagt er, »aber hier ist zu viel Licht. Die Großstädte erleuchten den Himmel so, dass man die Sterne nicht mehr sieht. Das ist blöd.«
»Du kannst die Sternenbilder erkennen?«, fragt Marcia.
Dennis nickt. »Was bist du?«
»Schütze«, sagt Marcia.
Dennis strahlt sie an. »Echt? Klasse Sternbild.«
Er schaut wieder in den Himmel.
»Alle Leute sagen, Schütze ist ein blödes Sternbild.«
»Dann haben die Leute keine Ahnung«, sagt Dennis, immer noch in den Himmel schauend. »Schützen sind stark, treu, leidenschaftlich und intelligent. Er schaut sie an. Er lacht. »Was willst du mehr?«

Als sie zum Lagerplatz am Ufer zurückkommen, steht die Mondsichel, dunkelgelb, über den Lagerschuppen.
Es riecht noch mehr nach Grillwürstchen und ausgelaufenen Bierdosen und man kann sich nur im Stelzengang zwischen all den lagernden Menschen fortbewegen.
Aus den Industrieschloten steigt ein rosa angeleuchteter Qualm in den Himmel, spiralförmig, und löst sich vor der Mondsichel auf. Es riecht nach Diesel, Chemikalien, brackigem Flusswasser.
Aber Marcia möchte in diesem Augenblick an keinem anderen Platz der Welt sein. Dennis hält ihre Hand und zieht sie hinter sich her, im Slalom zwischen den lagernden Menschen.
Ein Salve kracht und eine dieser Leuchtkugel schießt quer über den Fluss und explodiert irgendwo mitten im Himmel und lässt es tausend rote Sterne regnen.
Die Leute lachen, klatschen und rufen: »Noch mal! Noch mal!«
Und eine zweite Kugel schießt los und dieses Mal kommt ein Schauer grüner Tropfen. Wie aus einem Baum, den man schüttelt, fällt es auf die Leute herunter. Manche springen auf und versuchen die leuchtenden Punkte zu fangen, aber sie erlöschen, lange bevor sie auf dem Boden sind.
»Oh Mann«, schwärmt Dennis, »ist das nicht gigantisch?«
Marcia lacht auch. Sie nickt. Sie pustet ihre Haare aus dem Gesicht. Der Knoten ihrer Bluse hat sich schon zweimal aufgedröselt und sie hat ihn zweimal wieder zugebunden. Als er sich wieder selbstständig macht, denkt sie: Ach, egal.
Sie hält ihre Sandalen in der Hand, Dennis versucht seine Schuhe auf dem Kopf zu balancieren. Bei jedem zweiten Schritt fallen sie in den Sand. Einmal fällt ein Schuh auf ei-

nen Pappteller mit Kartoffelsalat und es sieht so aus, als würde sich der Besitzer des Papptellers gern mit Dennis prügeln.
Dennis schafft es, den Mann zu besänftigen.
Und dann sind sie wieder bei Sandra und den anderen.
Sandras Kopf liegt in Andrés Schoß. Susi ist wieder aufgewacht. Sie steht vor Fahrid, der ein Dosenbier aufreißt, und wackelt mit den Hüften und singt einen Britney-Spears-Song. »Komm, Fahrid, sing das!«, bettelt sie. Fahrid schüttelt den Kopf. Er lässt das Bier durch die Kehle laufen.
»Warum nicht?«, bettelt Susi.
»Weil das ein Scheißsong ist«, sagt Fahrid.
Susi lacht. Sie lässt sich neben Fahrid in den Sand fallen. »Okay, dann eben nicht. Krieg ich auch ein Bier?«
»Du kriegst Wasser«, sagt Fahrid und greift in dem Korb nach einer Plastik-Wasserflasche. Susi lacht. »Okay«, sagt sie wieder und nimmt gehorsam die Flasche.
André beugt sich vor und flüstert Sandra etwas ins Ohr. Sandra richtet sich auf. »Hey, ihr beiden«, sagt sie, »ihr habt was verpasst.«
»So? Was denn?« Dennis sucht die Gegend nach der Weinflasche ab.
»Wo ist der Wein? Wehe, ihr habt den ausgesoffen.«
»Wir hatten Besuch«, sagt Sandra. »Ratet mal, von wem.«
»Keine Ahnung.« Dennis hat die zweite Flasche gefunden. Jetzt sucht er den Korkenzieher. Marcia besorgt zwei Pappbecher. Und steht mit den Pappbechern neben Dennis. Sie lächelt immer noch. Sie fühlt sich immer noch wie in einem guten Film. Über ihnen explodiert das Feuerwerk.
Und die Leute klatschen und johlen und grölen.
Sandra steht auf, sie holt sich auch einen Pappbecher und reicht ihn Dennis. »Ich nehme auch noch einen Schluck, wenn's erlaubt ist.«

»Klar«, sagt Dennis.
»Wer war denn da?«, fragt Marcia.
»Till Kröger«, sagt Sandra. »Mit einer neuen Brille. Und Glatze. Und Klamotten wie ein Grufti.«
»Echt? Till Kröger?« Dennis lacht. »Was wollte der denn hier?«
Marcia spürt einen kalten Lufthauch. Sie schaudert und merkt, dass ihre Hände zittern, als sie Dennis ihren Pappbecher hinhält.
Sandra dreht sich zu Marcia um. »Er hat dich gesucht.«
»Pech gehabt«, sagt Dennis lächelnd.
Marcia schluckt. »Wieso wusste er, dass ich hier bin?«
»Ich glaub von deinen Eltern«, sagt Sandra.
Dennis stellt die Flasche wieder weg. Er schaut Marcia an. Marcia hat einen roten Kopf. Meine Eltern haben einen Knall, denkt sie. Wie können die Till sagen, wo ich bin! Das geht die doch gar nichts an!
»Ah«, sagt Dennis. Er trinkt einen Schluck. »Till war bei deinen Eltern.«
Er sagt das mit so einem komischen Ton in der Stimme, der Marcia noch mehr frösteln lässt.
»Und was hast du gesagt?«, fragt Marcia. Sie möchte eigentlich nur wissen, ob Till noch irgendwo in der Gegend ist, ob er womöglich irgendwo herumlauert, auf sie wartet.
»Ich hab ihm gesagt, dass du mit Dennis auf der Kirmes bist«, sagt Sandra.
»Hätte ich was anderes sagen sollen?«
Marcia schüttelt den Kopf. Sie setzt sich. Um sie herum brodelt es. Das Feuerwerk ist ein Furioso aus Knallern, Raketen schießen über den Himmel und leuchtende Fontänen aus Lichtpunkten. Einfach himmlisch, wenn man die Muße hätte, es zu genießen. Wenn einem nicht ir-

gendetwas einen Strich durch die Rechnung gemacht hätte.
»Er wirkte irgendwie ziemlich unter Druck«, sagt Sandra.
»Wie? Unter Druck?«, fragt Marcia. Eigentlich will sie es gar nicht wissen, weil sie es nur aufregt, aber wenn sie nicht fragt, beunruhigt sie das Nichtwissen nur noch mehr.
»Na ja, er hat irgendwie fest damit gerechnet, dich hier zu treffen, glaube ich. Er sagte, er wollte dich abholen. Er sagte, ihr seid verabredet für heute Abend.«
Marcia spürt den Blick von Dennis. Die Augen, die sich an ihrem Gesicht festbeißen. Marcia leidet. Sie weiß nicht, was sie tun soll.
»Wir waren überhaupt nicht verabredet«, sagt sie.
»Hat aber anders ausgesehen«, sagt Fahrid.
Marcia fährt herum. Sie starrt Fahrid an. »Wieso habt ihr ihm überhaupt gesagt, dass ich hier bin? Das geht den einen Scheißdreck an!«
Fahrid presst mit der rechten Hand die Bierdose zusammen, mit dem ausgestreckten Arm, wie er es hundertmal in amerikanischen Krimis gesehen hat.
»Weißt du«, sagt Fahrid, »ich konnte Till noch nie leiden. Ich war froh, dass seine Eltern endlich begriffen haben, dass er auf der Otto-Suhr nichts zu suchen hat. Ich hab mich immer gefragt, wieso eine Frau wie du sich mit so einem abgibt.«
»Richtig«, sagt Dennis.
Marcias Kopf glüht. »Mann! Was kann ich dafür, wenn er wie ein Hund hinter mir herrennt?«
Susi kichert. »Vielleicht bist du läufig? Wenn unsere Bessi läufig ist, rennen die Hunde des ganzen Viertels hinter ihr her!«
»Ihr seid echt blöd.« Marcia steht auf.
Die ganze schöne Stimmung ist kaputt. Die anderen la-

gern um das Feuer, das nur noch ein Häuflein Glut unter weißer Asche ist, und schauen sie an. Irgendwie amüsiert. Irgendwie so, als wollten sie immer schon wissen, was zwischen ihr und Till so läuft.

»Wenn ihr es genau wissen wollt«, sagt Marcia, »dann habe ich mit ihm kein Wort gewechselt, seit er auf dem Internat ist. Und überhaupt«, schreit sie, »bin ich euch etwa Rechenschaft schuldig oder was?«

Keiner sagt etwas. Dennis trinkt den Wein aus und quetscht den Pappbecher zusammen, schnippt ihn zurück in den Korb. Er steckt die Hände in die Hosentaschen und schaut den letzten, verglimmenden Leuchtpunkten nach. Er sieht aus wie jemand, den das alles nichts mehr angeht.

Marcias Herz tut so weh, dass sie schreien möchte.

Dennis hebt seinen Kopf. Er hat es sich auf der zusammengerollten Jeansjacke gemütlich gemacht. »Was ist? Gehst du?«

Marcia nickt. Für einen Augenblick hat sie die wahnwitzige Hoffnung, Dennis könnte aufstehen und sagen: »Ich geh mit dir.«

Noch vor einer halben Stunde hätte er das vielleicht gesagt. Noch vor einer halben Stunde war die Welt ja in Ordnung. War es fast zu schön. War es so schön, dass sie sich beinah hätte vorstellen könne, mit Dennis . . .

Aber nein. Nicht daran denken. Alles Quatsch. Alles Illusionen.

Tatsache ist, dass Dennis auf seiner zusammengerollten Jacke liegt und lässig mit der Hand winkt. »Gute Fahrt.«

»Danke«, sagt Marcia. Sie klemmt ihre Basttasche unter den Arm und stapft über Füße und Fahrids Beine hinweg.

»Tschüss, Susi«, sagt sie. »Tschau, Fahrid.«

»Tschau, Marcia«, sagt Fahrid lächelnd.

Niemand macht irgendeinen winzigen Versuch, sie aufzuhalten. Niemand fragt sie, wohin sie geht, ob sie den Weg findet, ob sie Angst hat alleine in der S-Bahn. Niemand findet es schade, das sie den Kreis verlässt. Sie alle liegen da, zufrieden mit sich und der Welt. Sie werden mich vergessen haben, wenn ich oben am Kai bin, denkt Marcia bitter. Keiner vermisst mich. Dennis schon gar nicht. Ich bin ihnen so was von scheißegal.
Oben am Kai schaut sie zurück.
Sie kann die Gruppe nicht mehr erkennen. Zu viele Menschen, zu viele kleine und große Feuer, zu viel Durcheinander. Nur der Mond ist immer noch eine Sichel und immer noch über den Hafenschuppen, nur ein bisschen weiter oben.
Und die Luft riecht immer noch nach Diesel und Grillwürsten.

12. Kapitel

Zwei Wochen später trat Herr Lehmann vor die Klasse und sagte: »Also, es gibt eine kleine Veränderung. Till Kröger hat unsere Schule verlassen.«
»Ah, endlich! Gute Idee!«, rief Dennis und klatschte. Ein paar Mädchen kicherten, Fredi sah sich nach ihm um und hieb mit der flachen Hand auf seinen Unterarm, was immer das zu bedeuten hatte.
»Das ist aber nicht sehr freundlich«, sagte Herr Lehmann ermahnend.
Dennis zuckte mit den Schultern. »Mir egal, ob das freundlich ist. Ich bin jedenfalls froh den Spanner nicht mehr zu sehen.«

Jetzt grölten ein paar in der Klasse.
»Wiederhole das noch mal«, sagte Herr Lehmann. Sein Gesicht wirkte finster.
Dennis lehnte sich zurück, holte tief Luft und sagte: »Ich bin froh den Spanner nicht mehr zu sehen.«
»Spielst du auf irgendetwas Bestimmtes an?«, fragte der Klassenlehrer.
Marcia hielt die Luft an, sie hatte einen heißen Kopf. Sie schaute nicht zu Dennis, sondern fixierte Herrn Lehmann. Er hatte sanfte, freundliche Augen, einen gestutzten, grauen Bart und eine Nase wie Pinocchio. Herr Lehmann war einer der besten Lehrer der Schule. Er engagierte sich für seine Schüler, er ging für sie durchs Feuer, das sagte er ihnen jedenfalls. Aber deshalb erwartete er auch von ihnen Loyalität. Und Konzentration im Unterricht.
Aber er war auch jederzeit bereit vom Stoff abzuweichen und etwas Aktuelles zu diskutieren, wenn es die Klasse beschäftigte.
Dennis schwieg. Herr Lehmann ging zu ihm hin, setzte sich auf die Kante seines Tisches. Er legte die Hände zwischen die Knie.
In der Klasse war es still. »Du weißt schon, dass es eine ziemlich ungeheure Anschuldigung ist, jemanden als Spanner zu bezeichnen. Oder hast du das nur ganz allgemein als Schimpfwort gemeint?«
»Ich habe es gemeint, wie ich es gesagt habe«, erwiderte Dennis. Er erwiderte den Blick seines Lehrers. Er war ganz ruhig. Er hatte nicht einmal einen roten Kopf.
»Till: ein Spanner«, wiederholte Herr Lehmann langsam, forschend, ungläubig.
Dennis holte tief Luft und schwieg.
»Und sonst hast du dazu nichts zu sagen?«
»Nein«, sagte Dennis kalt, »sonst nichts.«

»Vielleicht willst du nach der Stunde mit mir reden?«, schlug Herr Lehmann vor.
Aber Dennis presste die Lippen zusammen und schaute an die Tafel.
Auf der Tafel stand: »Schulversammlung: Dienstag, 12.00 Uhr, große Aula.« Das stand da schon seit ein paar Tagen. Es war also nichts Neues. Aber Dennis tat, als interessiere es ihn brennend, dass am Dienstag, kommender Woche, eine Schulversammlung in der großen Aula stattfinden würde.
Herr Lehmann seufzte. Die Klasse schwieg.
Der Lehrer nickte schließlich, drückte kurz und irgendwie freundschaftlich Dennis' Schulter und ging an seinen Tisch zurück.
Er schaute in die Klasse. »Also dann«, sagte er, »können wir ja mit dem Stoff weitermachen, der uns die letzten Stunden beschäftigt hat.«

So erfuhr Marcia erst zwei oder drei Tage später, dass Till in ein Internat gekommen war. Sie wusste nicht, warum, sie wusste nicht, was passiert war. Eine Weile dachte sie, es hänge vielleicht mit der teuren chinesischen Porzellanvase zusammen. Dass Tills Mutter wütend gewesen sei. Vielleicht hatte er aber auch seiner Mutter erzählt, dass zwischen ihm und Marcia etwas war . . . aber nein, eher nicht.
Andere Möglichkeit: Sie hatten das Video gefunden, diesen ekligen Porno. Und da sind seine Eltern ausgerastet und haben gesagt: »So, du kommst in ein Internat.«
Wie es wirklich gewesen war, erfuhr Marcia erst durch den Brief, der zweieinhalb Wochen nach dem letzten Zusammentreffen mit Till auf der Fußmatte lag, als Marcia aus der Schule nach Hause kam.

Benni war noch im Kindergarten, ihre Mutter war auf einem Fortbildungskurs für Verwaltungsangestellte und ihr Vater auf der Arbeit.
Der Brief, hellgelb, mit dunkelgrünem Absender, lag zwischen einem Werbebrief einer Lottogesellschaft, der Stromrechnung und einer Postkarte von Tante Ische. Tante Ische war in Amerika, in Florida.
Da hatten sie neuerdings eine Wohnung, mit Meerblick. Das Wasser nie kälter als 25 Grad, die Luft auch nicht. Marcia konnte sich so ein Leben gar nicht vorstellen.
»Ganz dicke Grüße und Küsse aus dem sonnigen Florida!«, schrieb Tante Ische. Marcia war gerade durch einen grauen Nieselregen gerannt und das Wasser lief ihr noch aus dem Pony. »Wir blicken durch die Palmwipfel auf türkisgrünes Meer!«, schrieb Tante Ische. »Alles hat gut geklappt. Morgen kommt unsere Einbauküche!«
Marcia legte die Karte zusammen mit dem Lottobrief und der Stromrechnung auf den Tisch. Dann nahm sie den gelben Brief auf. Als Absender stand:

INTERNAT DOHLENHOF
PRIVATSCHULE
WEINHEIM

Und darunter die Initialen T. K.
Till Kröger! – schoss es ihr durch den Kopf.
Sie betrachtete die Handschrift. Sie war in Druckbuchstaben geschrieben, deshalb hatte sie Tills Schrift nicht sofort erkannt.
Marcia ging in die Küche, nahm ein Frühstücksmesser aus der Schublade, setzte sich, schlitzte den Briefumschlag auf und nahm den Brief heraus.

»Hallo Marcia,

jetzt wunderst du dich, dass du von mir einen Brief bekommst. Und das erst so spät. Ich finde es selber total bescheuert, dass ich mich jetzt erst melde, aber bei mir haben sich die Dinge überstürzt, seit wir uns das letzte Mal gesehen haben.

Wie du siehst, am Absender, meine ich, bin ich jetzt in der Nähe von Stuttgart, in einem piekfeinen Internat. Hier siehst du nur reiche Kids. Und wenn ich sage, reiche Kids, meine ich auch richtig reiche. Die sind alle irgendwie durchgeknallt, ich bin auf jeden Fall der einzig Normale hier und frage mich, was ich hier soll. Ob man hier was lernen kann, steht in den Sternen. Die Leute planen nur irgendwelche Feten in den nächsten Tagen, wie sie rauskönnen, ohne dabei erwischt zu werden. Etwas anderes interessiert sie nicht.

Das Problem ist: Hier gibt es nur Jungen. Also, keine Mädchen. Kannst du dir das vorstellen, wie es ist, wenn 150 Jungen, zwischen zehn und zwanzig, in einer alten, ehemaligen Kaserne zusammenhocken?

Dann weißt du also, wie ich mich fühle.

Es geht mir beschissen. Ich habe solche Sehnsucht nach dir. Ich denke immerzu an unser letztes Treffen. Es hätte so schön werden können, das weißt du auch. Ich hab's nur falsch angefangen, das tut mir Leid.

Ich hätte dich irgendwie vorbereiten sollen auf das, was ich geplant hatte. Das weiß ich. Dann wäre es alles anders gekommen, denn dann hättest du auch den Spaß gehabt. Ich weiß nicht, ob Spaß das richtige Wort für so eine wichtige Sache ist. Aber, egal.

Wir holen das auf jeden Fall nach und dann machen wir es besser! Versprochen!

Du hast übrigens eine Haarspange bei mir vergessen. Ich wollte sie dir erst schicken, aber dann hab ich mir überlegt, ich behalte sie als Talisman. Ich hab sie an meinem Schlüsselbund und das trag ich immer in der Hosentasche ganz nah bei mir ... Es ist ein tolles Gefühl.

Meine Eltern erwarten, dass ich hier die Schule durchziehe bis zum Abitur. Aber ich habe so meine Zweifel. Der Direktor hatte meinen Eltern jedenfalls geschrieben (ich meine den Direx vom Otto-Suhr), dass ich wahrscheinlich schon wieder sitzen bleibe. Mit ziemlicher Sicherheit sitzen bleibe. Und dass ich dann automatisch die Schule verlassen müsste, wegen Dummheit, sozusagen, was echt fies ist.
Das konnten ja meine Eltern natürlich nicht auf sich sitzen lassen, deshalb haben sie beschlossen mich sofort runterzunehmen und nicht erst zu warten, bis ich von der Schule geschmissen werde.
Das war eine echte Hauruckaktion. Ich bin ja nicht mal zum Luftholen gekommen.
Aber ich bin so froh, dass ich wenigstens deine Haarspange habe und das Foto von uns, aus Hamburg. Das steht auf meinem Nachttisch.
Nikolas, der Junge, der mit mir das Zimmer teilt, sagt jeden Tag zweimal: »Du hast eine echt geile Freundin.« Und er will alles von uns wissen. Aber ich sag natürlich nichts.
In Liebe,
Dein Till

Schreib bitte bald. Oder schick mir eine E-Mail! – falls du inzwischen einen Computer hast.«

Marcia saß immer noch am Küchentisch, als ihr Vater nach Hause kam. Wie immer stellte er die Posttasche und eine Plastiktüte auf der Spüle ab, holte ein Tetrapak Milch heraus, riss es auf und schenkte sich ein Glas Milch randvoll. Damit setzte er sich Marcia gegenüber.

Marcia hörte, dass ihre Mutter ins Bad ging.
»Hallo Kleines«, sagte er.
»Du hast einen Milchrand an den Lippen«, sagte Marcia.
Ihr Vater fuhr sich mit dem Handrücken über den Mund.
»Weg?«, fragte er.
Er zog dabei eine Grimasse.
Marcia nickte. Sie ließ den Brief verstohlen auf ihren Schoß gleiten.
»Und wie geht's so?«, fragte ihr Vater.
»Gut«, sagte Marcia.
»Wirklich?«
»Ja.«
»Deine Mutter glaubt, du hast dich verändert.«
Marcias Augen wurden ganz schmal. »Wann hat sie das gesagt?«
»Ich weiß nicht, vor zwei Wochen oder so. Das erste Mal. Und seitdem fast jeden Tag.«
Marcias Vater schob den Milchbecher zur Seite und streckte seine Hände nach ihr aus. Er wartete, dass Marcia ihre Hände in seine legen würde, wie früher. Aber Marcia hielt den Brief auf ihrem Schoß und fühlte sich wie versteinert. Wie konnte Till so tun, als sei alles in Ordnung! Wie konnte er ein Foto von ihr auf seinen Nachttisch stellen! Und bestimmt hatte er diesem Nikolas alles Mögliche erzählt! Lauter Lügen! Wieso schreibt er, ich hätte auch Spaß gehabt! Wie kann er das überhaupt nur denken! Der ist ja total wahnsinnig!
Im Leben werde ich ihm nicht meine E-Mail-Adresse sagen!
»Wenn du irgendetwas auf dem Herzen hast«, begann ihr Vater, »wenn dich etwas bedrückt: Du weißt, dass du immer zu uns kommen kannst.«
Marcia nickte. Sie schluckte. Sie versuchte zu lächeln und

ihrer Stimme einen ganz normalen Klang zu geben. »Ja, weiß ich.«

»Wir sind immer für dich da.«

»Danke, Papi.«

»Wir sind für dich da, so wie wir auch immer für Benni da sind«, sagte ihr Vater.

Marcia lächelte.

Bis auf die Nachmittage, die ich für Benni da sein musste, dachte sie, ungefähr achthundert oder so, aber sie sagte es nicht laut, sie wusste ja, dass es nicht anders ging.

»In der Schule ist alles in Ordnung?« Ihr Vater leerte das Glas und schenkte sich noch einmal nach. Milch schmeckte ihm einfach. Außerdem behauptete er, dass Milch gesund sei und später, im Alter, verhindern würde, dass die Knochen porös werden. Worüber sich manche Leute Gedanken machen.

»Ja«, sagte Marcia, »ganz gut.« Dabei stimmte das gar nicht. Zu der Zeit hatte sie einen ziemlichen Durchhänger in Chemie und Physik. Beide Fächer wurden von einer neuen Lehrerin gegeben, die Marcia nicht mochte. Und umgekehrt.

Man spürte das irgendwie. Früher hatte Marcia sich sehr für Chemie interessiert, aber da hatten sie auch viele Experimente gemacht, das war irgendwie spannend, mit der neuen Lehrerin saß man bloß vor unendlichen Formeln, und dicken Büchern. Bis einem der Kopf rauchte.

»Du hast uns, was die Schule betrifft, ja immerzu Freude gemacht«, sagte ihr Vater. Er sagte das freundlich, richtig lieb, und Marcia fragte sich, wieso ihr Vater so lieb war, sich so viel Zeit nahm, mit ihr ins Gespräch zu kommen. Macht er doch sonst nicht, dachte sie.

»Deshalb«, fuhr ihr Vater fort, »glauben deine Mama und ich auch nicht, dass es etwas mit der Schule zu tun hat.«

Marcias Kopf dröhnte. »Was?«, fragte sie, als hätte sie nicht richtig verstanden.
»Na, deine Probleme«, sagte ihr Vater. »Oder das, was dich so beschäftigt.«
»Aber mich beschäftigt doch nichts«, sagte Marcia. Sie wurde langsam trotzig. »Ich weiß gar nicht, was das soll. Ist das ein Verhör oder was?«
Ihr Vater lächelte, er zog unter dem Tisch seine Schuhe aus, man konnte das merken, ohne hinzusehen. Und wie er entspannt lächelte, als er die Dinger endlich von den Füßen hatte. Marcia war wie ihr Vater: Sie lief in der Wohnung auch am liebsten barfuß herum. An diesem Tag trug sie noch ihre Stiefel, sie war von der Schule direkt nach Hause und dann auf diesen Brief von Till gestoßen.
Wie konnte er schreiben: »Wir holen das auf jeden Fall nach!« Meinte er diesen ekligen Pornofilm? Oder, dass er nackt vor ihr herumgerannt ist?
»Mädchen«, sagte ihr Vater besänftigend, »sei doch nicht so abweisend. Wir haben doch früher auch über alles geredet. Hast du vielleicht Liebeskummer? Ist etwas passiert? Habt ihr Schluss gemacht?«
Marcia spürte einen Stich irgendwo in der Nähe ihrer Schläfen. »Schluss? Wieso? Meinst du Till? Wir hatten nie etwas zusammen.«
Ihr Vater musterte sie, und zwar auf eine Weise, die Marcia extrem unangenehm war. Verstohlen schob sie den Brief in ihren Ärmel, unter dem Tisch.
»Till ist ein netter Junge!«, sagte ihr Vater. »Auch deine Mama hat ihre Meinung über seine Eltern geändert.« Er lächelte.
Marcia stand auf.
»Wohin gehst du?«, fragte ihr Vater.
»In mein Zimmer.« Sie presste den Arm an sich.

»Du willst nicht über Till sprechen«, sagte ihr Vater.
»Nein.«
»Also habt ihr doch Schluss gemacht.«
Marcia fuhr herum. »Wir haben nicht Schluss gemacht, Papi! Weil es nie angefangen hat!«
»Aber ihr wart doch zusammen in Hamburg, in *Cats*. Und dann habt ihr doch . . .«
»Papi! Hörst du nicht, was ich sage: Es ist nichts zwischen Till und mir!«
Marcia war so aufgeregt, dass sie die Hände ausstreckte und dabei tauchte der Brief aus dem Ärmel und landete auf dem Fußboden und ihr Vater stellte einfach seinen Fuß mit dem grauen Socken darauf. Und las: »Internat Dohlenhof, Privatschule.« Er schaute Marcia an. »Was ist das denn?«
»Gar nichts! Das ist gar nichts!« Marcia grapschte nach dem Brief und rannte aus dem Zimmer.
In ihrem Zimmer warf sie den Brief in das oberste Schrankfach, hinter den Stapel mit den Winterpullis. Und setzte sich an ihren Schreibtisch, stützte die Hände auf und wartete, dass es ihr besser ging.
Wieso, verdammt, ließ er sie nicht in Ruhe?
Sie würde sowieso nichts sagen. Nie, nie, nie würde sie erzählen, was da gewesen ist. Sie konnte das gar nicht erzählen. Sie hatte gar keine Worte für das, was da passiert war.
Sie schämte sich so, so wahnsinnig. Ihr wurde schlecht vor lauter Scham.
Anderen Mädchen passiert so etwas nicht, dachte sie. Wieso ausgerechnet mir? Was habe ich falsch gemacht? Oh Gott, ich mache alles falsch. Alles. Oh, lieber Gott. Jetzt ist auch noch Papi auf mich sauer.
Sie weinte. Sie schluchzte hemmungslos, zum ersten Mal

seit zwei Wochen, seit diese Geschichte mit Till gewesen war.

Irgendwann fühlte sie die warme Hand ihres Vaters auf dem Rücken.

»Mein Mädchen«, sagte er sanft und besorgt, »wenn wir nur wüssten, was mit dir los ist.«

Marcia schluchzte. »Mir geht es gut!«, schluchzte sie. »Wirklich. Ich bin nur ein bisschen durcheinander.«

»Das sind die Hormone«, sagte ihr Vater sanft. »Mami sagt das auch. Du kommst jetzt in die Pubertät und da schlagen die Hormone Purzelbäume.«

»In der Pubertät bin ich doch schon längst!«

»Mein Mädchen, das dauert Jahre, bis das vorbei ist. Wir reden wieder, wenn du sechzehn bist. Oder siebzehn.«

Er stand auf. Er streichelte Marcias Haare. »Aber weißt du, Liebeskummer, das kennen wir alle. Das ist im Augenblick ein ganz furchtbarer Schmerz, aber man kommt darüber hinweg. Glaub mir.«

Marcia nickte stumm. Sie wollte, dass ihr Vater endlich ging. Sie wollte allein sein.

Er wusste ja gar nicht, um was es eigentlich ging.

Liebeskummer, dachte Marcia, schön wär's.

13. Kapitel

Marcia geht zum Bahnhof.

Sie kämpft mit den Tränen. Sie will nicht weinen.

Warum sollte sie auch. Sie hat ja keinen Grund.

Es ist doch sowieso egal. Was hat sie erwartet?

Warum ist sie überhaupt gekommen?

Zu Hause hätte es ein gemütlicher Abend werden können.

Mit der Spezialspagettisoße ihrer Mutter. Und Vanilleeis mit heißen Himbeeren als Nachtisch. Das Ganze im Jogginganzug. Da muss man nicht den Bauch einziehen.
Und »Wetten, dass . . .«.
Sie heult jetzt wirklich.
Sie findet »Wetten, dass . . .« zum Kotzen.
Sie war froh gewesen, dass sie an diesem Samstag nicht zu Hause sein musste. Sie hatte eine irrwitzige Hoffnung gehabt, dass sie mit den anderen vielleicht noch irgendwo hingehen würde, dass man sie bitten würde zu bleiben, dass sie endlich das Gefühl hätte, sie gehört dazu. Aber man soll solche Hoffnungen nicht haben.
Die Tränen laufen ihr über das Gesicht.
Vorn das leuchtende S-Bahn-Zeichen. Sie geht darauf zu. Links das Riesenrad, das sich immer noch dreht. Sie schaut nicht hin, sie sieht es nur aus den Augenwinkeln.
Wenigstens, denkt Marcia, während sie die Tränen mit der Zunge aufleckt, habe ich kein Geld ausgegeben. Ich habe noch dreißig Euro. Ist doch auch was.
Und trotzig überlegt sie während der S-Bahn-Fahrt zurück nach Hanau, was sie mit dem Geld machen könnte.
Neue Sandalen? Ein T-Shirt? Eine CD?
Ihr wird schon was einfallen.
Sie lehnt die Stirn gegen das Waggonfenster. Draußen ziehen die Lichter der Großstadt vorbei. Dann ein Tunnel. Sie sieht wieder ihr Spiegelbild. Sie schließt schnell die Augen.

Elf Uhr abends. Überall Licht hinter den Fenstern. Sie ist nun schon fast zu Hause. Nur noch ein paar Schritte und sie ist in Sicherheit.
Gerettet. Kein Problem in der S-Bahn von Offenbach, alles ruhige, normale Leute.
Keiner, der so aussieht, als wenn er sie vom Internet

kennt. Manchmal hat Marcia Alpträume, dass die Leute sie auf der Straße erkennen. Dass sie womöglich all die Dinge glauben, die Till übers Netz verbreitet hatte, jedenfalls so lange, bis man ihn dabei erwischte.

Aber vergessen die Leute das? Vergessen sie es?

Marcia holt schon ihren Haustürschlüssel aus der Tasche, spielt ein bisschen mit dem Ring, an dem ihre Schlüssel baumeln. Wenn sie sich Mühe gibt, sieht sie noch das Riesenrad. Die Lichter. Wenn sie sich Mühe gibt, kann sie sich einreden, dass dies ein guter Tag war, ein guter Abend. Alles wird gut. Bestimmt.

Da löst sich plötzlich eine Gestalt aus dem Schatten der Hecke und tritt ihr in den Weg.

Marcia erschrickt so, dass ihr Herz fast stehen bleibt. Früher hatte sie nie Angst. Früher, als Kind, ist sie allein durch die Straßen gelaufen, auch am Park entlang, sie hatte nie Angst.

Sie hat sich nie vor Fremden gefürchtet. War immer voller Vertrauen gewesen.

Aber jetzt tut ihr Herz vor Schreck so weh, als wollte es platzen. Dabei ist es nur Till. Nur Till.

Till trägt eine schwarze Lederjacke und schwarze Jeans und seine Glatze leuchtet. Er lächelt.

»Na, ist das nicht ein Zufall?«, sagt er.

Marcia bleibt stehen. »Was willst du?«

»Na, was wohl«, sagt Till. »Ich hab dich gesucht. Die ganze verdammte Kirmes abgesucht. Hat man dir das wenigstens ausgerichtet? Oder ist Sandra dazu auch zu blöde?«

»Wie redest du von Sandra!«, sagt Marcia empört. Sie will an ihm vorbei. Ihre Augen saugen sich an dem Auto ihrer Mutter fest. Ein blauer Ford Fiesta.

»Die fickt jetzt André«, sagt Till. »Ihr Geschmack wird immer schlechter.«

»Ich muss nach Hause, lass mich in Ruhe.«
»Hey«, sagt Till, »wie kommt es, dass Dennis dich nicht nach Hause gebracht hat? Lässt man eine Frau allein mitten in der Nacht in Hanau rumlaufen? Tut man so was?«
»Till, ich muss nach Hause. Meine Eltern warten auf mich. Gute Nacht.«
»Gute Nacht«, sagt Till.
Marcia geht weiter. Till bleibt stehen. Marcia geht schneller.
Ein Auto fährt vorbei, langsam, mit abgeblendeten Scheinwerfern.
Bestimmt jemand, der einen Parkplatz sucht, denkt Marcia. Ihr Herz schlägt.
Bleiben Sie hier stehen, denkt Marcia. Und steigen Sie aus und dann kann ich ein Stück mitgehen. Ich müsste Sie in ein Gespräch verwickeln, ich müsste irgendetwas sagen. Was könnte ich sagen? Was wäre so . . . Oh Gott.
Till ist schon wieder neben ihr.
»Ich wusste gar nicht, dass du Dennis fickst«, sagt er.
Marcia hält sich die Ohren zu. Ihr Kopf glüht. Sie spürt, wie es in ihren Ohren rauscht, als wehre sich etwas in ihrem Kopf Tills Stimme zu ertragen, die Worte zu hören. Sie will nicht, sie will nicht.
»Seit wann geht das schon mit euch?«, fragt Till.
Marcia bleibt stehen. Hält die Hände gegen die Ohren. Reißt den Mund auf. Und schreit: »Hör auf!!!«
Till schaut sich um, fast ängstlich. Er packt Marcias Arm und zieht sie in den Schatten. Er presst seine heiße Hand auf ihren Mund.
»Spinnst du?«, schreit er. »Was ist mit dir los, Mann? Willst du die ganze Straße zusammenschreien?«
Marcia beißt in seinen Finger. Er lässt los.
»Ja!! Das will ich!!«, schreit sie.

Da hat Till sie schon wieder gepackt. Sie spürt in ihrem Rücken die Pfähle des Gartenzaunes. Eisenstangen, die hart gegen ihre Schulterblätter drücken. »Du tust mir weh!«, presst sie hervor. Till lächelt. Sie spürt seinen heißen Atem. »Ach ja? Ich tu dir weh? Wieso denn?«
»Das weißt du genau!«, nuschelt Marcia. Sie kämpft, aber Till hat Kraft. Das Auto ist um die Ecke gebogen. Marcia spürt, wie ihre Knie weich werden, aus Verzweiflung. Und Enttäuschung.
Fieberhaft überlegt sie, was sie machen soll.
Ich muss ihn beruhigen, denkt sie. Ich muss ihn beruhigen. Sandra und die anderen haben auch gesagt, er ist so komisch. Ich muss ihn wieder besänftigen.
Sie hört auf zu kämpfen. Wird ganz weich in seinen Armen. So weich, dass Till verblüfft fragt: »Hey, was ist?«
»Nichts«, nuschelt Marcia.
Till löst die Umklammerung. Marcia atmet tief durch. Sie zwingt sich zu einem Lächeln. »Warum machst du das?«, fragt sie.
»Was?«
»Warum bist du so grob. Wir können uns doch ganz normal unterhalten.«
»Ach ja?«, fragt Till misstrauisch.
Marcia lächelt ihr schönstes Lächeln. »Klar doch und es tut mir echt Leid, dass wir uns nicht getroffen haben, am Lagerfeuer.«
»Jetzt tut es dir auf einmal Leid?«
»Ja, natürlich. Wir müssen uns nur um ein paar Minuten verfehlt haben. Dennis und ich haben noch nach dir gerufen. Und dich gesucht. Aber es waren zu viele Menschen.«
»Ihr habt mich gesucht?«
»Ja, war doch eine tolle Stimmung.«
»Dennis und du – ihr habt mich gesucht? Wieso?«

Marcia lächelt immer noch. »Du hättest was mit uns trinken können.«
»Und wieso sollte ich etwas mit euch trinken?«
»Mann, Till, du bist mit diesen Leuten früher in eine Klasse gegangen!«
»Stimmt nicht, André ging schon in die Parallelklasse. Und ich hab ihn immer für einen Arsch gehalten.«
»Er ist aber nett«, sagt Marcia.
»Ist er nicht. Er hat mir mal meine Brille kaputtgemacht. Ich bin fast blind ohne meine Brille.«
»Wirklich?«, fragt Marcia erschrocken.
Till nickt. »Du hast keine Ahnung, wie die früher zu mir gewesen sind. Ein Haufen kranker Gehirne, sage ich dir. Die hatten alle was gegen mich. Alle.«
»Das stimmt nicht«, sagt Marcia. Sie versucht weiterzugehen, aber Till schafft es irgendwie, sie auf diesem Platz, mit dem Eisenzaun im Rücken, festzuhalten. Es sind immer noch zweihundert Meter bis zu ihrem Haus.
»Du warst nicht gegen mich, stimmt's?« Till schaut sie an. So, als stünde eine Fremde vor ihm. »Du warst die Einzige. Wieso eigentlich?«
»Weiß nicht mehr«, sagt Marcia. »Ich glaube, du hast mir Leid getan.«
»Ach so«, sagt Till.
»Na ja, weil die anderen alle so gegen dich waren.«
»Deshalb also«, sagt Till. Er wirft den Kopf zurück. Er lacht. »Dann ist ja alles klar.«
Marcia nutzt den Augenblick und schlüpft an ihm vorbei, sie geht schnell. Till geht neben ihr her. Ein Mann, der einen Hund ausführt, kommt ihnen entgegen.
Marcia kennt ihn nicht. Aber sie lächelt und ruft besonders, fast aufdringlich, freundlich: »Schönen guten Abend!«
Der Mann bleibt verwundert stehen, mustert Marcia, dann

Till, dann verbeugt er sich, ruft: »'n Abend«, und hastet an ihnen vorbei.
Nur noch hundertsiebzig Meter, schätzungsweise.
»Ich hab dir einen Haufen Briefe geschrieben«, beginnt Till von neuem.
»Till, darüber haben wir schon geredet.«
»Was ist mit den Briefen?«
»Hab ich dir doch gesagt: Ich habe sie weggeworfen.«
»Du hast sie überhaupt nicht gelesen?«
»Stimmt.«
»Was???« Till bleibt stehen, reißt sie am Arm zu sich zurück. »Du hast meine Briefe überhaupt nicht gelesen? Hast sie einfach in den Müll, ohne sie zu lesen?« Seine Stimme zittert.
»Die ersten habe ich gelesen«, sagt Marcia vorsichtig. Sie versucht sich aus seinem Klammergriff zu befreien. »Ich muss nach Hause, Till. Meine Mutter wartet. Ich muss noch was mit ihr besprechen.«
»Jetzt? Um halb zwölf Uhr nachts?«
»Ja«, sagt Marcia fest, »weil sie morgen wegfährt.«
Scheiße, denkt sie, das hätte ich nicht sagen sollen.
»Deine Eltern fahren morgen weg?«
»Nur meine Mutter«, lügt Marcia. »Sie kommt abends wieder. Ich muss morgen mit meinem Vater weg. Und mit Benni.«
»Ich glaube dir kein Wort«, sagt Till. Er hält sie fest, zwingt sie ihm in die Augen zu sehen. »Warum denkst du dir so beschissene Lügen aus? Nach allem, was zwischen uns war? Wieso bist du auf einmal so fett geworden? Und so gemein? Was ist mit dir los?«
Marcia spuckt ihm ins Gesicht. Er lässt sie los.
Marcia rennt. Sie rennt. Sie rennt.
Vom Laufen bekommt sie immer Seitenstiche. Sofort. Sie

presst die Basttasche in ihre Seite und läuft. Die blöden Sandalen geben ihren Füßen keinen Halt, sie würde am liebsten die Schuhe ausziehen, aber dann holt Till sie ein. Also rennt sie weiter. Bis sie vor ihrer Wohnung steht.
Da erst dreht sie sich um.
Sie kann Till sehen. Eine schwarze Gestalt, breitbeinig, auf der Straße. Mitten auf der Straße. Er steht einfach nur da.
Marcia steckt mit zitternden Fingern den Schlüssel ins Schloss. Als die Tür nachgibt, stolpert sie ins Haus.

Ihre Mutter ist noch wach, geistert in der Wohnung herum in einem weißen Nachthemd, wie ein Gespenst, mit einer Wasserflasche in der Hand.
Damit hat Marcia nicht gerechnet, dass sie ihre Mutter um Mitternacht noch im Flur trifft.
Sie hat sich für ihre Mutter noch keine Lügen ausgedacht, keine Geschichten, die ihre Mutter glauben könnte.
Jetzt sieht sie, dass Marcia weiß ist wie die Wand und schwankt. Und vollkommen aus dem Tritt.
»Mädchen!«, flüstert ihre Mutter, »was ist passiert?« Sie rennt in die Küche, stellt die Wasserflasche ab und kommt zurück.
Marcia steht, mit hängenden Armen, den Wohnungsschlüssel lose in den Fingern, vorn auf der Fußmatte.
»Ich kann nicht mehr«, flüstert Marcia.
Ihre Mutter ist bei ihr, schlingt ihre Arme um sie, als habe sie Angst, Marcia könnte jeden Augenblick zusammensacken.
»Was heißt das ›Du kannst nicht mehr‹?«
»Ich kann nicht mehr«, schluchzt Marcia und wirft sich ihrer Mutter an den Hals. »Es ist alles so schrecklich! Ich halte das nicht aus!«
»Oh Gott, oh Gott, oh Gott«, flüstert ihre Mutter. Sie küsst

Marcia auf die Haare, die Wangen, die Nase. Reibt Marcias Arme, wie früher als Kind, wenn ihr so kalt war, damit die Wärme in den Körper zurückkommt.
»Komm«, flüstert sie beschwörend, »komm ins Wohnzimmer. Und dann erzählst du mir, was dich so bedrückt, ja?« Sie gibt Marcia wieder einen Kuss.
Im Schlafzimmer geht das große Licht an. Die Tür zum Schlafzimmer steht offen.
»Heike?«, ruft Marcias Vater. »Was ist? Mit wem redest du?«
»Schlaf weiter!«, ruft Marcias Mutter.
Die Tür zu Bennis Zimmer ist verschlossen. Hinter der Tür schlafen Benni und Ansgar und träumen vielleicht von einem großen Ding, mit dem sie auch einmal eine Fernsehwette gewinnen können.
Marcia folgt ihrer Mutter ins Wohnzimmer, lässt sich auf das Sofa fallen, legt die Hände zwischen die Knie, senkt den Kopf.
Ihre Mutter nimmt neben ihr Platz, streichelt ihren Rücken. Marcias Rücken ist so tief gebeugt, dass sie mit der Nasenspitze fast ihre Knie berührt.
»Ich denke schon lange, dass etwas mit dir nicht in Ordnung ist«, sagt ihre Mutter. »Dein Vater und ich, wir warten darauf, dass du uns etwas sagst.«
Marcia schließt die Augen.
»Wieso habt ihr Till erzählt, dass ich in Offenbach bei dem Feuerwerk bin?«, flüstert sie.
Ihre Mutter lacht. »Aber Schätzchen, was soll das jetzt? Till war hier und wir haben es ihm erzählt, weil er dich gerne sehen wollte. Was ist daran so schlimm?«
»Wieso ist Till überhaupt gekommen?«, fragt Marcia.
Ihre Mutter lächelt wieder. Sie streichelt Marcias Rücken, und je länger sie das tut, desto unangenehmer ist es. Es ist

so ein mechanisches Streicheln, immer an derselben Stelle. Sie schiebt die Hand ihrer Mutter weg.
»Till und du«, sagt Marcias Mutter, »ihr seid so lange so feste, gute Freunde gewesen.«
Marcia dreht sich zu ihrer Mutter um. Ihre Augen sind nur schmale Schlitze. Geschwollene, dicke Lider, durch die sie kaum hindurchsehen kann. Sie möchte ihre Nase hochziehen, hat aber Angst, dass sie dann wie ein kleines Kind wirken könnte. Also lässt sie es. Aber die ganze Zeit hat sie diesen Druck in der Nase.
»Wie kommst du darauf?«, fragt Marcia.
»Worauf?«
»Dass Till und ich gute Freunde gewesen sind?«
»Aber Schätzchen«, nun lacht ihre Mutter wirklich erheitert, »wenn etwas klar ist, dann doch wohl, dass ihr beide richtig innige, gute Freunde gewesen seid. Ich weiß nicht, ob es Liebe war zwischen euch. Oder etwas anderes. Aber . . .«
»Du hast doch überhaupt keine Ahnung!«, schreit Marcia.
Jetzt ist ihre Mutter beleidigt. Das spürt Marcia. Ihre Mutter fühlt sich angegriffen, ihre Mutter hat das Gefühl, dass Marcia sich nicht verstanden fühlt, als habe ihre Mutter keine Gespür für das, was Marcia bedrückt, beschäftigt.
Und so ist es ja auch.
Das ganze Leben lang ist man so verdammt allein, denkt Marcia. Und könnte schon wieder losheulen.
»Ich weiß nicht, worauf du hinauswillst, Schätzchen«, beginnt ihre Mutter von neuem.
»Ich will auf nichts hinaus«, knurrt Marcia.
»Lassen wir doch einfach die Sache mit Till beiseite. Und reden wir über das, was dich bedrückt.«
Oh Gott, denkt Marcia. Sie versteht es nicht. Keiner versteht es. Ich bin so allein. Ich möchte ins Bett, mich unter

meine Decke kuscheln und nichts mehr sehen und hören und denken.
»Was ist denn hier los?«
Marcias Vater steht in der Tür, verschlafen, mit zerrubbelten Haaren, er knöpft seine Schlafanzugjacke zu. Er ist barfuß und Marcia kann seinen eingewachsenen großen Zeh sehen. Seit sie denken kann, hat ihr Vater das Problem mit dem eingewachsenen Zeh.
»Nichts«, sagt Marcias Mutter, »geh wieder ins Bett, Schatz.«
»Das werde ich ganz bestimmt nicht tun«, sagt Marcias Vater und setzt sich ihnen gegenüber, in den Sessel. »Also?«, fragt er. »Worüber wird geredet?«
»Über nichts«, sagt Marcia. Und das ist die Wahrheit. Sie reden, aber eigentlich reden sie über nichts. Aneinander vorbei über nichts. Sie steht auf. »Ich geh ins Bett«, sagt sie. »Ich bin müde.«
Ihre Mutter hält sie fest. »Jetzt bleib doch«, bettelt ihre Mutter.
Ich werde immer nur festgehalten, denkt Marcia. Erst von Till, jetzt von meinen Eltern. Warum lassen die mich nicht einfach.
»Willst du uns nicht erzählen, was heute passiert ist?«
»Es ist doch gar nichts passiert«, sagt Marcia müde.
»Und wieso hast du dann ausgesehen wie dein eigener Geist? Vorhin, an der Wohnungstür?« Ihre Mutter lässt nicht so leicht locker. Das kennt Marcia schon.
»Du siehst ja selbst wie ein Gespenst aus«, sagt Marcia. »In deinem weißen Nachthemd.« Will das Ganze ins Lächerliche ziehen, ins Unwichtige.
Ihr Vater lächelt. Er schaut Marcias Mutter an. »Stimmt«, sagt er. »Ein bisschen was von einem Gespenst hast du, Liebling.«

Marcia geht an ihnen vorbei.
»Dann reden wir aber morgen!«, ruft ihre Mutter ihr nach.
Marcia hebt nur die Hand. Das bedeutete nichts außer: Ja, oder nie. Es bedeutete nur: Ich hab verstanden.
Und morgen ist ein anderer Tag.

Am Sonntagmorgen steht Marcia mit Tills Briefen in ihrem Zimmer und überlegt, wie sie die loswerden kann. In der Nacht hat sie geträumt, dass ihre Mutter ihren Schrank ausräumt und ausräuchert, weil Motten im Schrank sind, die Löcher in ihre Pullover fressen, in die Wollpullover. Und die sind alle im oberen Schrankfach. Und da findet sie die Briefe, bevor sie aufgewacht ist. Seitdem weiß sie, dass sie einen anderen Platz für die Briefe suchen muss.
Sie hat einen Augenblick auch überlegt, ob sie die Briefe nicht einfach ihren Eltern zeigen sollte. Dabei ist ihr klar geworden, dass sie den Augenblick verpasst hat. Sie hat viel zu lange geschwiegen, hat alles viel zu lange mit sich herumgetragen. Ihre Eltern wissen gar nichts, nichts, über Tills wirklichen Charakter. Sie kennen nur die eine, die öffentliche Seite von Till. Marcia aber kennt auch den anderen Till.
Vielleicht nur sie?
Was würden ihre Eltern denken, wenn sie die Briefe lesen, Sie würden einen Schock bekommen, klar. Aber der nächste Gedanke wäre doch: Und Marcia? Was hat sie damit zu tun? Wie weit ist Marcia gegangen? Wie lange hat sie mitgemacht?
Bei so einer Geschichte, würde ihr Vater sagen, muss man immer beide Seiten hören.
Nein, ihre Eltern konnten das nicht glauben, diese ganze verdammte Geschichte. Sie konnten nicht glauben, dass Marcia vollkommen unschuldig war.

Marcia hat von Mädchen gelesen, die über Jahre sexuell missbraucht wurden und sich niemals jemandem anvertraut hatten. Aus Angst, dass man ihnen nicht glauben würde oder dass man sie für pervers hielte, für eine verdorbene Person irgendwie. Nach dem Motto »Das Opfer ist selber schuld«.
Ihre Eltern würden nicht damit fertig werden, wenn sie erführen, dass Marcia mit dreizehn schon ein Sex-Erlebnis hatte! So was, würden sie denken, passiert doch immer nur in kaputten Familien, aber doch nicht uns!
Und Marcia wäre schuld, dass ein Makel, ein dunkler Fleck auf der Familienehre lastet – sie wäre schuld.
Auch ihr würde man nicht glauben. Das wusste sie einfach.
Auf der anderen Seite: Wenn sie ihren Eltern die Briefe zeigt, dann kann sie sie auch um Hilfe bitten. Dann könnten ihre Eltern zum Beispiel dafür sorgen, dass Till nicht einfach bei ihnen aufkreuzt. Dann würden sie Till nicht mehr so freundlich behandeln. So nett. Dann wären sie auf der Hut.
Dann würden sie ihm vielleicht nächstes Mal einfach die Tür vor der Nase zuknallen, wenn er noch mal versuchte sie zu besuchen. Oder sich ihr irgendwie sonst näherte.
Marcia spielt mit den Briefen, sie schiebt sie hin und her. Drei der Briefe sind geöffnet, die anderen noch geschlossen. Sie weiß nicht mehr, in welcher Reihenfolge die Briefe gekommen sind.
Marcia steht aus dem Bett auf, holt aus der Schreibtischschublade eine Schere und schlitzt einen Brief auf. Irgendeinen.
Sie kriecht wieder unter die Decke, klopft ihr Kopfkissen und beginnt zu lesen.
Sie versucht den Brief zu lesen wie eine Fremde. Mit den Augen ihrer Eltern, zum Beispiel, die gar nichts wissen.

Oder mit den Augen von Sandra. Oder mit den Augen von Dodo, ihrem Lieblingslehrer.
Was denkt man, wenn man so einen Brief liest?

12. Oktober

Hallo Marcia,
was ist los? Wieso antwortest du mir nicht auf meine Briefe? Ich hab schon Angst, dass dir was passiert ist.
Hier gibt es keine Mädchen. Das habe ich dir schon gesagt. Das ist blöd.
Mädchen riechen anders. Mädchen laufen anders und lachen anders.
Mädchen riechen gut, irgendwie aufregend. Du riechst auch so aufregend, ich weiß noch ganz genau, wie du riechst. Ich muss nur die Augen zumachen, dann weiß ich das alles wieder.
Wenn du deine Tage hast, riechst du besonders süßlich. Das ist toll.
Da wird mir ganz schwindlig. Als du deine Tage hattest, hab ich mich an dich ganz nah gesetzt. Ist dir das überhaupt aufgefallen?
Damit mir nichts von dem Geruch entgeht.
In den Drogerien guck ich mir immer die Sachen an, die Frauen brauchen für ihre Tage. Was es da alles gibt!
Ganz schön teuer auch.
Die Tampons gibt es ja in drei Größen. Welche benutzt du eigentlich? Nimmst du nie Binden? Und was macht man mit den Binden, die benutzt worden sind? Spült man die ins Klo? Aber das verstopft doch! Oder tut man die in den Müll?
Ich verrat dir jetzt mal was: Ich hab schon mal in eurem Mülleimer geschnüffelt. Ich wollte wissen, ob deine Sachen da drin sind. Ich weiß, das findest du pervers. Aber ich habe es gemacht, als garantiert keiner mich dabei beobachten konnte.
Vielleicht sollte ich dir das gar nicht schreiben. Aber irgendje-

mandem muss ich es doch erzählen, oder? Du bist meine intimste Freundin. Du kennst alles von mir. Du kennst mich nackt. Ich weiß, es hat dir gefallen, mich nackt zu sehen.
Ich denke oft an den Augenblick bei uns zu Hause.
Das war toll.
Das war irgendwie nicht von dieser Welt.
Nie hatte ich vorher geglaubt, dass ich es schaffe, dich so weit zu kriegen, mit mir einen Porno anzugucken. Aber dann hast du gesehen, wie gut so was ist. Dass so was richtige Kunstwerke sind, nicht?
Ich begreife nicht, warum es verboten ist für Leute unter 18, solche Filme anzusehen. Ich meine, ich bin vierzehn! Da denkt man doch sowieso immer nur an Sex. Ich denke immerzu immer nur an Sex, während des Unterrichts, beim Zähneputzen, unter der Dusche, wenn ich Musik höre. Wenn die anderen quatschen, lass ich sie quatschen, stelle mir vor, dass du nackt in meinem Bett liegst. Und dann kommt mir eine Million toller Ideen, was ich mit dir machen könnte.
Aber die erzähle ich dir erst, wenn du mir zurückschreibst.
Also, schreib!

Dein Till,
der ohne dich nicht leben kann.

Marcia hört Schritte, kleine Schritte, eher ein Elefantentrampeln. Das kann nur Benni sein. Er trommelt gegen die Tür, weil Marcia ihm beigebracht hat, dass man erst anklopfen muss.
Mit fliegenden Fingern versteckt Marcia die Briefe unter dem Kopfkissen.
Da springt die Tür auf.
»Mami fragt, wann du endlich frühstücken kommst?«, fragt Benni.

Marcia versucht sich ein gequältes Lächeln abzuringen. Dabei ist ihr nur schlecht. An Frühstück kann sie überhaupt nicht denken.
»Sag ihr, ich komme gleich.«
Benni schaut sich misstrauisch in ihrem Zimmer um. »Und wieso liegst du noch im Bett?«
»Ich hab gelesen.«
»Und was hast du gelesen?«
»Ein Buch, du Klugscheißer.«
»Und wieso ist da gar kein Buch?«. Er reißt ihre Decke zurück.
Marcia zerrt daran.
»Wo ist das Buch?«, schreit Benni.
Er kichert. Es gefällt ihm, mit seiner großen Schwester zu kämpfen.
Er liebt Kissenschlachten über alles.
»Wo ist das Buch? Ich will das Buch sehen!«
Er zerrt nach ihrem Kopfkissen. Unter dem Kopfkissen liegen die verdammten Briefe von Till.
Ich werde noch verrückt, denkt Marcia. Die kleben an mir wie Uhu.
Sie packt Benni und hält ihn fest. Benni windet sich wie ein Wurm, wie ein Aal. Er kichert. Er kreischt. »Ansgar!«, schreit er. »Hilf mir!«
»Wehe!«, schreit Marcia zurück. »Wehe!«
Ansgar steht in der Tür. »Nimm ihr das Kissen weg!«, schreit Benni.
»Wenn du das tust«, sagt Marcia, »dann, dann . . .«, ihr fällt nichts ein.
Ansgar nähert sich schüchtern. Ansgar hat keine große Schwester und deshalb behandelt er Marcia mit Respekt, fast, als wär sie eine Erwachsene. »Das Kissen!«, schreit Benni.

Aber Marcia hat es geschafft, sich mit ihrem Hintern auf das Kopfkissen zu setzen, sie hockt da jetzt wie eine Babuschka.

»Kinder«, sagt sie, »ihr habt verloren. Merkt ihr das nicht?«

Benni trommelt gegen Ansgars Brust. »Weil du nicht mitgekämpft hast! Mann! Das macht einen Spaß, mit Marcia zu kämpfen!«

Ansgar lächelt verlegen. Marcia lächelt zurück.

»Geht wieder frühstücken«, sagt sie, »ich komm gleich.«

Als die Kinder das Zimmer verlassen haben, springt Marcia aus dem Bett, kriecht darunter, holt die alte Kiste mit ihren alten Kinderhörspielkassetten und verstaut die Briefe ganz unten am Boden. Dann schiebt sie die Kiste wieder zurück. Und atmet tief durch.

Das war knapp.

Beim Frühstück verkündet Marcias Mutter die Neuigkeit.

Sie verkündet die Neuigkeit aber sehr vorsichtig.

Sie sagt erst, warum diese Neuigkeit für die ganze Familie eine gute Nachricht ist.

»Wir werden den Ford Fiesta verkaufen«, sagt sie, »und uns ein neues Auto bestellen.«

»Einen Jeep?«, kreischt Benni.

Marcia tippt ihm gegen die Stirn. »Du hast sie ja nicht alle. Was sollen wir mit einem Jeep?«

»Ist in Hanau vielleicht die Wüste?«, fragt Marcias Vater.

»Wieso denn Wüste?«, fragt Benni verwirrt.

»Oder der Amazonas?«, fragt Marcias Mutter. Sie lacht.

Benni wird wütend. »Mann, was hat es mit dem Amazonas zu tun?«

»Weil man mit dem Jeep gut in der Wüste und im Dschungel fahren kann, weil er dafür gebaut ist«, erklärt Marcias Vater.

»Und jetzt frage ich dich, Benni: Siehst du in Hanau irgendwo eine Wüste oder einen Dschungel?«
»Ich dachte an einen Japaner«, sagt Marcias Mutter. »Einen, der wenig Sprit verbraucht.«
»Eine Pritsche verbraucht auch wenig Sprit!«, ruft Benni.
Marcia hält ihm einfach den Mund zu, damit Benni nicht noch weiter aufdreht.
»Und wenn wir das neue Auto haben«, sagt Marcias Mutter, dann lade ich euch zu einer Tour an die Nordsee ein.«
»Whow«, ruft Benni. Er stößt Ansgar an. »Und du kommst mit.«
Ansgar lächelt verlegen und schaut von einem zum anderen.
Marcia denkt an den Brief. Sie überlegt, ob sie ihrer Mutter den Brief zeigen soll. Ob ihre Mutter versteht, wenn sie ihr den Brief zeigt. Ob sie begreift, was mit Marcia los ist. Warum Marcia sich so krank fühlt. Warum sie alles in sich hineingefressen hat. Aus Scham, aus Ekel, aus Verzweiflung.
Kann eine Mutter so etwas verstehen? Das ist die Frage.
Oder hört sie dann einfach auf Marcia wie ihre Tochter zu lieben?
Wenn ich das wüsste, denkt Marcia.
Ihr Vater lächelt. Er reibt die Hände. »Nun spanne sie nicht länger auf die Folter«, sagt er. »Erzähl's ihnen einfach, was für ein Angebot du bekommen hast.«
Marcias Mutter lächelt, sie genießt die Spannung. Man merkt, das sie die Situation so lange wie möglich hinauszögern will.
»Also«, sagt sie und greift nach der Kaffeetasse.
Ihr Vater drückt sanft die Hand mit der Tasse wieder nach unten.
»Nun sag schon.«

Marcias Mutter holt wieder tief Luft. Dann sagt sie: »Ich habe ein Angebot von der Firma Kröger & Co.«
Als sie das sagt, fällt Marcia das Brötchen aus der Hand. Der Bissen bleibt in ihrem Hals stecken. Und wird da größer und größer. Ein Kloß, der sich nicht vorbewegt und nicht zurück.
»Ich werde«, sagt Marcias Mutter und lächelt glücklich, »die persönliche Assistentin von Dieter Kröger. Und ich verdiene bei diesem Job exakt das Doppelte, wie die Stadt mir bezahlt hat. Und ein extra Gehalt für den Urlaub und Weihnachtsgeld kommen noch oben drauf. Und Weihnachten hängen hier neue Gardinen.«
»Und wann kommt das Auto?«, schreit Benni.
»Das wird jetzt ausgesucht. Und dann machen wir Probefahrten und dann wird es bestellt«, sagt Marcias Vater.
Marcia würgt an ihrem Bissen. Er geht nicht vor und nicht zurück. Aber er wird immer größer.
»Du sagst ja gar nichts«, sagt Marcias Mutter.
»Ich hab was im Hals«, krächzt Marcia. Sofort springt Benni auf und schlägt wie ein Wilder mit seinen Fäusten gegen ihren Rücken.
»Hör auf!«, krächzt Marcia. »Du tust mir weh!«
Sie stürzt ins Bad, würgt das Brötchen wieder raus, fingert es aus dem Waschbecken, wirft es ins Klo, spült, wäscht sich die Hände, schaut sich dabei im Spiegel an.
Ich bin in einem Alptraum, denkt sie. Ich bin in einem verdammten Alptraum.
Holt mich da raus.

Als sie wieder auf ihrem Stuhl sitzen und Kaffee trinken kann, sagt Marcias Mutter: »Tills Vater war wirklich reizend bei dem Vorstellungsgespräch. So persönlich. Und offen. Er hat mich nach allem Möglichen gefragt.«

Marcia muss husten.
»Geht es schon wieder los?«, fragt Marcias Mutter besorgt.
Marcia schüttelt den Kopf. Ihre Mutter spricht weiter.
»Er gibt mir so viel Freiheit bei der Arbeit, was ich von der Stadt ja gar nicht gewöhnt bin. Ich muss auch erst eine Stunde später anfangen. Oh Gott, Kinder, wie ich mich darauf freue, nicht mehr um halb sechs aufstehen zu müssen.«
Marcia sagt nichts. Sie trinkt den Kaffee in ganz kleinen Schlucken. Ihre Speiseröhre brennt, als habe sie Säure getrunken.
»Ich glaube«, sagt Marcias Mutter, »ich hab den Job auch ein bisschen deswegen bekommen, Marcia, weil du und Till, weil ihr euch so gut versteht. Er ist so dankbar deswegen. Das hat er zwar nicht direkt gesagt, man konnte es fühlen. Ja, man konnte das deutlich spüren, dass ihm deine Freundschaft mit Till so viel bedeutet.«
Marcia hebt den Blick, sie schaut ihre Mutter an. Ihre Augen sind groß und rund und leer. Und hinter der Leere wohnt die Verzweiflung. Und hinter ihren verschlossenen Lippen wohnt ein Schrei. Und hinter der Stirn die Angst.
Aber ihre Mutter lacht und wedelt mit den Armen und spricht von einem neuen Auto und sonnengelben Gardinen und dass sie im Zoo alle eine Bratwurst essen werden und deshalb heute die Küche kalt bleibt.
»Freust du dich nicht, Marcia?«, fragt ihre Mutter.
»Doch«, flüstert Marcia.
»Aber man sieht es dir nicht gerade an«, bemerkt ihr Vater trocken.
Marcia hebt hilflos die Schultern. »Ich hatte nichts gegen den Ford Fiesta«, sagt sie.
»Aber ein großes Auto ist viel bequemer«, sagt ihre Mutter.

Marcia schaut wieder ihre Mutter an, mit dem gleichen Blick.
Ihre Mutter lacht. Und schenkt Kaffee nach. Und merkt nichts.

14. Kapitel

Als Marcia 14 wurde, war Till schon fast ein halbes Jahr im Internat. Die Briefe hatte sie alle ungeöffnet im Schrank versteckt und nach einer Weile kamen keine mehr.
Dafür fing er an sie mit E-Mails zu bombardieren. Marcia wusste nicht, wie Till ihre E-Mail-Adresse herausgefunden hatte. Aber immerhin war es leichter, die Mails zu ignorieren.
Tagsüber gelang es ihr, Till zu vergessen. Es gab Stunden, in denen sie fast wieder das Glück entdecken konnte, das Lachen. Das Licht fraß die dunklen Schatten auf und die Wolken verschmolzen vor der Intensität der Sonne, vor ihren Strahlen, ihrem Glanz.
Das waren wunderbare Tage. Und solche erlebte sie auch kurz vor ihrem Geburtstag.
Sie hatte sich angewöhnt vor dem Schlafengehen noch etwas zu lesen, Fantasy-Geschichten am liebsten, die lenkten sie vollkommen von ihrem eigenen Leben ab, und manchmal gelang es ihr, solche Bilder von fliegenden Pferden und Menschen, die in anderen Welten lebten, mit in den Schlaf hinüberzunehmen.
Dann schlief sie tief und fest, ohne Alpträume. Und so fühlte sie sich wie neugeboren.
An ihrem Geburtstag setzte sie sich noch im Nachthemd an den Computer. Ihre Eltern rumorten im Wohnzimmer,

Geburtstagskinder durften nie ins Wohnzimmer, bevor gerufen wurde.
Es hatte am Vorabend nach Käsekuchen gerochen. Marcia liebte frischen Käsekuchen. Und bestimmt steckten sie jetzt vierzehn kleine, mit Klebeblättern beklebte Kinderkerzen in den Kuchen. Das gehörte in der Familie zur Tradition.
So alt kann man gar nicht werden, dass man das albern findet, hatte ihre Mutter immer gesagt. Und sich selber auch einen Kuchen mit Kinderkerzen gewünscht.
Marcia wollte mal sehen, wer ihr alles zum Geburtstag gratulierte. Ah, Dennis hatte an sie gedacht, total süß.
Marcia lächelte, schob die Haare aus der Stirn und las, was Dennis ihr schrieb.

E-Mail ans Geburtstagskind:

Hallo Marcia,
heute bist du vierzehn. Der Wahnsinn, wie schnell die Zeit vergeht. Wenn man bedenkt, dass du gestern noch dreizehn warst!
Ich drück dir die Daumen, dass dich in der Schule heute keiner an die Tafel schickt, sondern dass du eine Eins bekommst, einfach nur, weil du da bist und weil es dich gibt.
Bis nachher.
Viele Grüße
Dennis

Marcia stützte den Kopf in die Hände und las immer wieder die Botschaft von Dennis. Dass Leute so total süß und nett sein konnten und etwas so Unwichtiges wie ihren Geburtstag einfach im Kopf haben.
Marcia guckte, wann Dennis die Botschaft abgeschickt

hatte. Null Uhr zwei Minuten. Vielleicht war er extra aufgeblieben und hatte gewartet, bis es Mitternacht war. Lächelnd schaute sie weiter.
Eine E-Mail aus Birmingham, von Cynthia, einer Brieffreundin, mit der sie sich seit zwei Jahren nicht mehr geschrieben hatte.

Hi, Marcia,
happy birthday!
I found my old notebook and saw that today is your birthday!
Enjoy yourself!
Cynthia

Ich muss ihr sofort antworten, dachte sie.
Sie hörte, wie Benni pfeifend im Bad verschwand und ihr Vater etwas aus der Küche rief.
Sie zog ihren Stuhl näher an den Computer heran. In diesem Augenblick blinkte es. Eine Nachricht lief ein.
Marcia war richtig aufgeregt. Was für ein klasse Geburtstag. Auf einmal hatten alle an sie gedacht!
Aber plötzlich verschwand ihr Lächeln. Und es kam ihr vor, als würde sich ein Schatten über den Bildschirm legen.
Sie las eine E-mail von Till:

Hallo Geburtstagskind, liebste Marcia, guten Morgen!
Ich muss gleich in den Unterricht, aber kann natürlich nicht weg, bevor ich dir gesagt habe, wie toll ich es finde, dass du jetzt vierzehn bist, und dass wir das unbedingt zusammen feiern müssen. Heute kann ich das nur alleine feiern, aber ich weiß schon, wie . . .
Unter meiner Bettdecke bin ich allein. Mit dir. Dann zeig ich dir, wie scharf du mich machst und wie wahnsinnig toll es ist, dass wir zusammengehören. Auf immer und ewig.

Letztes Jahr wolltest du mich an deinem Geburtstag nicht dabeihaben, weißt du noch? Ich war ein bisschen sauer. Aber jetzt ist es egal. Jetzt gehörst du mir und der ganzen Welt. Und ich kann dich küssen, so oft ich will.
Dein dich liebender Till.
Übrigens, ich hab eine Seite ins Netz gestellt. Ich mail sie dir rüber, damit du siehst, wie ernst es mir ist.
Du bist für mich die schärfste, tollste Frau der Welt. Ich finde, das müssen alle wissen. Das Foto ist doch klasse, oder?
Das hab ich gemacht auf der Rückfahrt, als wir von Hamburg kamen. Weißt du noch? Auf der Autobahnraststätte. Du erinnerst dich bestimmt. Also, diese Seite ist mein Geburtstagsgeschenk an dich. Ich habe sie genau um Mitternacht ins Netz gestellt. Ich bin gespannt, wie oft die angeklickt wird. Wer weiß, du wirst noch berühmter als Madonna!

Marcia spürte, wie in ihren Schläfen das Blut pochte. Sie presste die Hand in den Magen. Sie konnte kaum atmen. Fassungslos schaute sie auf den Bildschirm.
Da lief eine Schrift.
www.till.liebt.marcia.de
Und dann ein Bild von ihr. Wie sie ihr Gesicht gegen den Wind hält und wie man ihren Busen sieht, durch die Bluse.
Marcia bekommt einen feuerroten Kopf. Unter dem Bild steht:
So scharf wie ihr Busen ist die ganze Frau.

Sie hörte ihre Mutter im Wohnzimmer. Ihre Mutter rief nach Benni. Benni riss die Badezimmertür auf und brüllte, mit Zahnpastaschaum im Mund: »Ich putz mir gerade die Zähne!«
In der Wohnung war alles wie sonst. Marcia hatte Geburts-

tag, die Familie bereitete sich vor auf das Ständchen, das man ihr singen würde: »Happy birthday, dear Marcia . . . happy birthday to you . . .«
Es gab immer ein Ständchen. Marcias Vater war früher mal im Chor. Er sang gern und laut.
Marcia las unter *www.till.liebt.marcia.de* folgenden Text:

Hallo Leute,
schaut auf diese geile Frau. Dieser scharfe Zahn heißt Marcia und ist süße vierzehn Jahre alt. Eben geworden! Sozusagen knackfrisch vierzehn! Sie sieht schön und unnahbar aus, aber das Tollste ist: Ich habe sie gehabt! Und ich kann sie immer wieder haben. Sie ist im Bett das Schärfste, was man sich denken kann. Es ist der Himmel. Und es ist die Hölle, weil man immer mehr will und mehr und mehr und weil man sich auf nichts sonst konzentrieren kann. Versteht ihr das? Schaut auf ihren Busen. Und ihr wisst noch längst nicht alles.
Ich hab sie nackt gesehen. Ich kenn jeden Zentimeter. Sie ist scharf wie eine Rasierklinge. Und sie frisst mir aus der Hand.
Wenn ich sagen würde: Hey, Baby, fick mal meinen Freund.
Wisst ihr, was? Sie würde es machen!
Weil sie mich liebt! Blind! Und voller Leidenschaft!

Die Tür flog auf. Marcia fuhr herum. Mit glasigen Augen sah sie ihre Mutter in der Tür. Sie trug ein rotes Kleid und hatte die Haare hochgebunden. Ihre Mutter streckte ihr die Arme hin und lächelte, dieses feierlich-fröhliche Geburtstagslächeln, und rief: »Mein Schätzchen! Liebstes Geburtstagskind . . .«
Und brach ab.
Marcia erhob sich. Aber sie taumelte, sie musste sich am Schreibtisch festhalten, musste sich zusammenreißen.
»Aber Schätzchen!«, rief ihre Mutter. »Was ist? Wieso bist

du noch nicht angezogen? Bist du krank . . .? Was ist los . . .«

Ich muss sie aus dem Zimmer bringen, dachte Marcia. Sie muss hier raus, bevor sie die E-Mail entdeckt. Scheiße, ich muss das Ding abstellen. Aber ich darf mich nicht umdrehen . . . kein Verdacht! Nur kein Misstrauen wecken!

Marcia lachte, sie warf ihrer Mutter die Arme um den Hals, küsste sie.

»Ich muss schnell ins Bad. Ich hab verpennt. Oh Mann, seid ihr schon fertig? Ich hab heute Geburtstag, stimmt's? Was krieg ich? Ich bin so rasend gespannt . . .«

Sie zog ihre Mutter aus dem Zimmer in den Flur.

Benni stand im Wohnzimmer. Er war schon angezogen.

»Mein Geschenk kriegst du morgen!«, rief er. »Ich hab's nicht vergessen, es ist bloß noch nicht fertig. Bist du jetzt sauer? Ja? Ich hab's wirklich nicht vergessen . . .« Benni weinte fast. Er vergaß ihren Geburtstag regelmäßig, egal, wie oft ihre Eltern ihn daran erinnerten. Das war einfach so.

Marcia lief zu ihm, bückte sich, umschlang ihn und küsste ihn. »Macht doch nichts«, flüsterte sie, »macht doch überhaupt nichts. Gib mir einfach einen Kuss und sag, dass du mich lieb hast.«

Banni riss verwundert die Augen auf. »Hey, was ist denn jetzt?«

»Nichts«, flüsterte Marcia. Sie rannte ins Bad und schlug die Tür hinter sich zu. Die Tränen liefen ihr übers Gesicht. Sie hätte sterben mögen vor Verzweiflung.

15. Kapitel

Marcias Mutter hat sich zwei neue Hosenanzüge gekauft, einen in braunem Tweed, mit einem Samtkragen, und einen in Moosgrün, beide machen Marcias Mutter, wie alle finden, mindestens zehn Jahre jünger.
Heike Broders promeniert vor ihrer Tochter auf und ab. »Was meinst du«, sagt sie, »passt dazu besser ein schwarzes T-Shirt oder die gestreifte Bluse?«
»Passt doch beides«, sagt Marcia.
Ihre Mutter bleibt vor ihr stehen. Marcia sitzt im Schlafzimmer ihrer Eltern auf dem Ehebett, ihre Mutter geht zwischen Schrank und Bett hin und her und dreht sich dabei vor dem Kippspiegel in der Ecke.
»Aber welches ist schöner?«, fragt Marcias Mutter.
»Die gestreifte Bluse«, sagt Marcia.
Marcias Mutter lächelt und gibt ihr einen Kuss. »Okay, dann zieh ich das morgen an.«
»Was ist denn morgen?«, fragt Marcia.
»Weißt du doch«, sagt Marcias Mutter. »Morgen ist der große Tag.«
Marcia weiß es wirklich nicht. Marcia hat einfach vergessen, was für ein großer Tag am 1. September ist.
»Da fang ich doch meinen neuen Job an«, sagt Marcias Mutter, »im Vorzimmer von Herrn Kröger.« Sie lacht. Sie tut, als halte sie ein Telefon in der Hand und sagt: »Bauunternehmen Kröger & Co., mein Name ist Heike Broders. Was kann ich für Sie tun?« Sie wirbelt herum. »Wie klingt das?«
Marcia will nicht sagen, wie das klingt. Sie kann es nicht sagen. Sie geht einfach aus dem Zimmer, hockt sich an ihren Schreibtisch.
Ich werde noch verrückt, denkt sie, ich werde noch verrückt.

Seit dem Feuerwerk hat Dennis wieder nur vier Worte mit ihr gewechselt. Wieder ist so eine Wand zwischen ihnen, aus Plexiglas, undurchdringlich. Da geht nichts durch, keine Wärme, kein Blick, keine Stimme, kein Lächeln. Marcia ist wie erstarrt. Jedes Mal, wenn sie Dennis anschaut, krampft sich in ihr etwas zusammen.

Ihr Magen ist schon ganz klein geworden, sie hat auf nichts mehr Appetit. Selbst darüber kann sie sich nicht freuen. Die Jeans vom Feuerwerk sind schon zu groß. Sie braucht neue Hosen, eine Nummer kleiner als die letzten.

»Ist doch super!«, jubelt ihre Mutter. »Das wolltest du doch immer. Nun hast du es geschafft, aus eigener Kraft!«

Aus eigener Kraft schaffe ich gar nichts, denkt Marcia, nichts.

Till hat sich nicht mehr gemeldet. In Baden-Württemberg fängt im September die Schule wieder an. Und Till ist wahrscheinlich schon unterwegs nach Stuttgart. Dafür ist Marcia dankbar.

Sandra und André haben sich getrennt. Sandra sagt: »Der Typ langweilt mich. Der hat keine Ideen. Der hockt immer nur zu Hause vor der Glotze. Dabei kann man so viel machen!«

»Was denn?«, fragt Marcia.

»Oh, da fallen mir hundert Sachen ein! Tausend!« Sandra konnte lachen mit den Augen.

Und Marcia muss plötzlich daran denken, dass Till geschrieben hat, dass ihm hundert, nein tausend Sachen einfallen, was er und sie alles machen können, wenn sie nackt in seinem Bett liegt. Und sie denkt: Glaub ich nicht, dass Sandra so eine schmutzige Phantasie hat. Aber sie will lieber nicht fragen. Sie fürchtet sich neuerdings vor den Antworten. Sie weiß ja überhaupt nicht mehr, was die Leute eigentlich denken. Was in ihren Köpfen vorgeht.

In einer deutschen Stadt verhandeln sie gerade über einen Mann, der Pornofilme übers Internet verkauft. Filme, in denen Kinder vergewaltigt werden. Sie berichten abends in den Nachrichten darüber und Marcias Mutter sagt immer: »Grausam. Stell das ab!«
Und ihr Vater sagt: »Damit ist das Problem auch nicht aus der Welt.«
Dann steht Marcias Mutter von ihrem Fernsehsessel auf und stellt selber den Apparat ab. Und blickt Marcias Vater vorwurfsvoll an. »Denk wenigstens an die Kinder.«
»An die denke ich die ganze Zeit«, sagt Marcias Vater. »Und ich kann nur sagen, ich bin heilfroh, dass wir hier in so einer ruhigen Gegend leben.«
»Strolche gibt es überall. Und Perverse auch«, sagt Marcias Mutter.
Marcia sagt gar nichts. Sie hat ein Glas mit Limo in der Hand und nuckelt an dem Strohhalm. Manchmal schlürft sie und dann rufen beide, ihre Mutter und ihr Vater: »Nicht schlürfen! Das klingt ja furchtbar!«
Und dann tut sie es trotzdem. Bis sie keine Lust mehr hat.

Fahrids Gitarre ist geklaut worden. Eine Supergemeinheit. Fahrid ist einen Tag ganz bleich in die Schule gekommen, vollkommen apathisch. »Ich kann das nicht fassen«, hat er immer nur gesagt, »dass Leute so was tun!«
Er hat in einem Jugendtreff gespielt. Und er war nur mal auf dem Klo. Und dann war er noch draußen, eine rauchen, und dann hat er ein Mädchen getroffen, die er früher schon mal gesehen hatte, eine, deren Eltern auch aus dem Iran gekommen sind. Und mit der hat er sich eine Weile unterhalten, bis er gehört hat, dass sie jetzt einen Discjockey hatten, der CDs auflegt. Und da hat er gedacht: Okay, dann kann ich mich mit Jasmin noch ein bisschen unterhal-

ten. Und als er dann endlich in den Raum zurückkam, hatten sie seine Gitarre geklaut. Zuerst hat er gedacht, jemand hat die Gitarre einfach zur Seite gelegt und ein anderer hat sie weggeräumt, weil sie im Weg war oder weil er Angst hatte, jemand würde drauftreten und sie beschädigen. Es wussten ganz viele im Jugendtreff, dass Fahrids Gitarre ein wertvolles Stück war. Vielleicht deshalb.
Fahrid ist untröstlich.
Marcia versteht, wie er sich fühlt.
Sie geht mit ihm über den Schulhof, er schüttelt immer nur erbittert den Kopf und kickt die Steine weg. »So eine Gemeinheit!«, flucht er immer wieder. »Wenn ich den Typ zwischen die Finger kriege. Ich schwör dir . . .« Er schaut Marcia an.
Marcia lächelt. »Tu's lieber nicht.«
Fahrid stopft seine Hände in die Hosentaschen. »Weißt du, dass ich später aufs Konservatorium wollte? Musik studieren?«
Das wusste Marcia nicht. »Aber das kannst du doch immer noch«, sagt sie.
Fahrid schüttelt den Kopf. »Kann ich nicht.«
»Aber klar, wieso nicht?«
»Weil mein Urvertrauen weg ist«, sagt Fahrid.
Marcia versteht nicht und Fahrid versucht es ihr zu erklären: »Es ist so, als wenn du immer glaubst, ja, wenn du ganz genau weißt, dass die Erde eine Scheibe ist. Und plötzlich sagt jemand: ›Nein, sie ist rund‹. Dann ist auch dein Urvertrauen weg. Weil alles auf einmal anders ist. In Australien stehen die Leute auf einmal auf dem Kopf. Vorher standen sie auf einer Scheibe.«
»Das ist ein blöder Vergleich«, sagt Marcia. »Denn seit Galileo weiß man doch, dass die Erde rund ist. Aber ich weiß, was du mit Urvertrauen meinst.« Sie zögert einen Augen-

blick, lässt zwei Mädchen aus der fünften Klasse vorbei und sagt: »Ich habe früher geglaubt, dass niemand mir irgendetwas Böses antun könnte.«
Fahrid lacht. »Was hast du geglaubt?«
Marcia wird rot. »Ich meine, ich hab geglaubt, dass so richtig schlimme Dinge nur im Fernsehen passieren oder anderen.«
Marcia spürt Fahrids forschende Blicke. Sie bekommt einen heißen Kopf.
»Was ich sagen will, ist: Ich war sicher, dass mir niemals jemand weh tun könnte.«
Fahrid nickt. Er schaut sie an. Ernst. »Und?«, fragt er. »Was ist passiert?«
»Ich hab mein Urvertrauen verloren«, sagt Marcia.
»Wann?«
»Spielt keine Rolle.«
»Doch, tut es. Wann?«
»Da war ich dreizehn«, sagt Marcia.
Es klingelt. Die Deutschstunde fängt an, automatisch gehen sie in Richtung Eingang.
»Was ist da passiert, als du dreizehn warst?«, fragt Fahrid.
Marcia seufzt. Sie beißt sich auf die Lippen und kratzt an ihrem Handrücken herum. »Hab ich vergessen.«
»Das ist gelogen«, sagt Fahrid.
Marcia lächelt. »Stimmt, aber ich habe keine Lust, darüber zu reden. Ich hab das ja sowieso nur gesagt, um dir zu zeigen, dass ich verstehe, was du meinst. Du hast gemeint, dass alle Leute, die etwas mit Musik zu tun haben, alle Leute, die Musik lieben, nie im Stande zu so einer Gemeinheit wären. Du hast gedacht, dass alle Menschen, die Musik mögen, deine Freunde sind. Und jetzt siehst du, dass es unter diesen Typen auch Diebe gibt. Kriminelle. Was weiß ich.«

Fahrid nimmt Marcias Hand. Einfach so. Marcia bleibt stehen, sie schaut verwundert auf Fahrids Hand und auf ihre Hand in seiner Hand. »Weißt du, was?«, sagt Fahrid. »Ich hätte das nicht so gut sagen können wie du. Niemand hätte das so gut sagen können. Jetzt geht es mir auf einmal viel besser. Komisch nicht?«
Marcia zieht ihre Finger aus seinen Fingern. »Freut mich, wenn es dir besser geht«, sagt sie.
Fahrid geht neben ihr. Die anderen drängeln an ihnen vorbei. Im Schulgebäude herrscht ein infernalischer Lärm. »Aber dir soll es auch besser gehen«, sagt er.
»Mir geht es doch gut.«
»Gar nicht wahr«, sagt Fahrid.
Sie schauen sich an, aus den Augenwinkeln. »Okay, du hast Recht.«
»Irgendwann«, sagt Fahrid, »reden wir darüber.«
Marcia lächelt, hebt die Schultern. »Okay.«
»Und wenn ich eine neue Gitarre habe«, sagt Fahrid, »dann kommst du zu mir und dann spiel ich für dich schöne Lieder. Persische Liebeslieder. Ich wette, die gefallen dir. Und ich wette weiter, dass es dir dann besser geht.«
Sie stehen jetzt vor der Klasse. Sie schauen sich an. »Ich fand schon immer, dass du das tollste Mädchen in unserer Klasse bist«, sagt Fahrid, »aber ich hatte keinen Beweis für meine These. Jetzt hab ich den Beweis.«
Sie trennen sich und jeder geht an seinen Platz.
Marcia sitzt im Augenblick neben Annika, und weil sie weiß, dass Annika total verliebt in Fahrid ist, wundert es sie auch nicht, dass Annika sofort fragt: »Was hattet ihr denn Wichtiges zu bereden?«
Marcia holt ihre Deutschhefte und Bücher aus der Tasche und legt sie auf den Tisch. Annika mustert sie, ungeduldig. »Wir haben über Vertrauen geredet«, sagt Marcia.

»Was? Über Vertrauen? Wieso denn über Vertrauen? Kommt das heute in Deutsch dran?«, fragt Annika.

Marcia wirft Annika einen langen Blick zu. Annika hat blonde, glatte Haare, die sie mit einem Band aus der Stirn trägt. Sie hat ein Nasenpiercing und Sommersprossen auf der Stirn. Sie ist eigentlich ziemlich hübsch.

Und ganz freundlich. Aber Marcia entdeckt plötzlich, dass sie Annika nicht leiden kann.

»Hast du Fahrids Gitarre geklaut?«, fragt sie.

Annikas Gesicht wird puterrot. »Sag mal, spinnst du?«

»Ist ja nur eine Frage. Seine Gitarre ist nämlich weg.«

»Und du glaubst im Ernst, ich würde so was tun? Ausgerechnet ich?«

»Nein«, sagt Marcia, »eigentlich nicht. Ich habe ja auch nur gefragt.«

»Du drehst langsam durch«, sagt Annika. Sie ist immer noch empört. Und Marcia hat ein schlechtes Gewissen. Sie schaut sich verstohlen nach Fahrid um, genau in dem Augenblick, in der auch er die Augen hebt und zu ihr hinschaut. Mal sehen, ob er lächelt, denkt Marcia.

Und da lächelt er schon.

Und Marcia lächelt zurück.

Und so ist es die erste Deutschstunde seit langem, in der es ihr gut geht. So gut, dass sie nicht an Till denkt, nicht an Dennis, nicht an zu Hause, nicht an die Briefe, die sie immer noch nicht verbrannt hat, an gar nichts eigentlich, außer daran, dass die Welt auch schöne Seiten hat. Selbst wenn sie rund ist.

Am Abend nach dem ersten Arbeitstag schwärmt Marcias Mutter von ihrem neuen Chef. »Wenn ich früher gewusst hätte, Kinder«, schwärmt sie, »was für ein reizender Mann Dieter Kröger ist! Also, wenn ich das gewusst hätte . . .«

»Dann hättest du ihn geheiratet«, sagt Marcias Vater trocken.
Benni lacht. Marcia ist stumm.
»Unsinn.« Marcias Mutter lacht auch und strubbelt Bennis Haare. »Aber, wenn ich das gewusst hätte, dann hätte ich den Job bei der Stadtverwaltung früher gekündigt. Also, so ein wunderbares Arbeitsklima, Kinder. Da hilft jeder jedem und alle mögen den Chef, das spürt man richtig. Der ist wie ein großer Vater. So umsichtig. Und er hat Verständnis. Heute ist, zum Beispiel, eine der Sachbearbeiterinnen gekommen, die ist schwanger. Und sofort hat Herr Kröger gesagt: Sie können natürlich zu Hause bleiben, wenn Sie sich nicht gut fühlen.«
»Ist das Kind von ihm?«, fragt Marcias Vater und Marcia lächelt. Ihr Vater ist klasse. Aber ihre Mutter wird wütend.
»Du hast immer so eine schlechte Meinung von den Menschen!«, ruft sie.
»Nur eine realistische«, sagt er.
Sie schweigen. Marcias Mutter lächelt in sich hinein, wahrscheinlich, weil sie darüber nachdenkt, wie wunderschön ihr Arbeitstag gewesen ist.
Und ganz unvermittelt wendet sie sich an Marcia und fragt: »Und du?«
Marcia fährt vor Schreck zusammen. »Wieso und ich?«, fragt sie zurück.
»Was hast du heute erlebt?«
»Ich war in der Schule«, sagt Marcia. »Das hab ich erlebt.«
»Und sonst? Irgendetwas Nettes?«
»Wenn du es nett findest, dass sie Fahrid die Gitarre geklaut haben.«
»Oh nein!«, ruft Marcia Vater mitfühlend. »Der arme Junge! Er hat seine Gitarre doch so geliebt.«

»Woher weißt du, dass Fahrid seine Gitarre geliebt hat?«, fragt Marcias Mutter.
»Weil ich einmal auf einer Schulvorführung gesehen hab, wie er sein Instrument behandelt hat, wie einen Schatz. Und er ist sehr begabt. Das spürt man.«
Marcia findet, das ihr Vater ganz toll ist.
»Er will später aufs Konservatorium«, sagt sie, »Musik studieren.«
»Das ist gut so«, sagt ihr Vater. »Man soll das studieren, was einem wirklich eine Herzensangelegenheit ist.«
Marcia denkt, gleich fragen sie mich, was ich später mal machen will. Und dann muss ich zum hundertsten Mal sagen, dass ich noch keine Ahnung habe.
Aber sie fragen es nicht.
Ihre Mutter sagt: »Übrigens hat Herr Kröger mich gefragt, warum du Till die kalte Schulter zeigst.«
Marcia wird rot. »Das hat er gefragt?«
»Ja, hat er und er hat auch noch gesagt, dass er sehr traurig darüber ist, dass du offensichtlich keine Lust mehr hast, deine Zeit mit seinem Sohn zu verbringen.«
»Und was hast du da gesagt?«, fragt Marcias Vater.
»Ich hab gesagt, ich versteh das auch nicht.« Marcias Mutter zerkrümelt ein Brot. Sie sitzen beim Abendbrot. »Ich hab ihm versprochen, dass ich dich frage, Marcia. Also?« Sie schiebt ihren Stuhl ein bisschen zur Seite. »Was hast du gegen Till Kröger?«
»Hab ich gesagt, dass ich was gegen ihn habe?«
»Warum triffst du dich nicht mit ihm?«
»Ich gehe zur Schule, Mami. Ich hab Schularbeiten zu machen. Wir haben Workshops. Ich geh schwimmen. Zum Jazzdance. Wann soll ich mich mit Till treffen? Und außerdem ist er doch längst wieder im Internat.«
»Das ist er eben nicht«, sagt Marcias Mutter.

Marcia spürt einen Stich. »Nicht? Wieso nicht?«
»Ich glaube, seine Eltern suchen ein neues Internat. Sein Vater sagt, dass das letzte Internat nicht den Anforderungen seines Sohnes gerecht wurde.«
»Was heißt das denn?«, fragt Marcias Vater. »Dass Till schlauer ist als seine Lehrer?«
Marcias Mutter ist gereizt. Die Richtung, die das Gespräch genommen hat, passt ihr nicht. »Ich habe jedenfalls zu ihm gesagt, natürlich kann Till jederzeit kommen.«
»Ohne Marcia zu fragen?«, sagt ihr Vater.
Oh danke, Papi, denkt Marcia.
»Ja«, sagt Marcias Mutter, »ich habe mir erlaubt das zu sagen, ohne meine Tochter vorher um Erlaubnis zu bitten.«
Marcia steht auf.
»Was ist los?«, fragt Marcias Mutter.
»Nichts«, sagt Marcia. »ich muss noch Vokabeln lernen.«

16. Kapitel

Marcias Mutter arbeitet nun schon eine Woche bei der Firma Kröger & Co. Und sie ist immer noch begeistert. Jeden Abend kommt sie beschwingt nach Hause und schwärmt.
Sie schwärmt von ihrem Chef. Von den Kollegen. Von der Betriebskantine und schon wieder von ihrem Chef.
Manchmal tauschen Benni, Marcia und ihr Vater einen langen Blick. Dann lächelt ihr Vater, wischt den Bierschaum vom Mund und sagt zu Marcias Mutter: »Wenn man dich so reden hört, könnte man meinen, du bist in deinen Chef verliebt.«
Das schneidet Marcia das Herz. Aber ihre Mutter lacht das

weg und sagt: »Ach Gott, Kinder, ich in meinem Alter. Ich bin doch für so einen wie Dieter Kröger nicht mehr attraktiv.«
»Wieso bist du nicht mehr attraktiv?«, fragt Marcias Vater. »Du hast eine Figur wie ein junges Mädchen, und wenn du mit deinen Bermudas auf dem Fahrrad sitzt, pfeifen dir die Jungs von der Baustelle hinterher.«
Dann lacht Marcias Mutter wieder, so ein hohes, irgendwie giggelndes Lachen, das Marcia wieder ins Herz schneidet – sie erträgt diese Gespräche nicht. Sie sitzt nur noch minutenlang am Tisch. Sie hat sowieso nicht mehr so viel Hunger wie früher. Der Speck geht allmählich weg.
Von ihrem Taschengeld kauft sie sich neue Hosen, zwei Nummern kleiner als vor einem Jahr.
Das ist ein richtiger Triumph.
»Alles wird gut«, flüstert sie ihrem Spiegelbild zu. Und möchte es gerne glauben.

Noch einmal ist der Sommer heftig zurückgekehrt. Es herrscht wieder Badewetter. Und eitel Sonnenschein. Die Mädchen tragen wieder trägerlose Tops und Sandaletten.
Marcia geht jetzt nicht mehr zu den verschwiegenen Plätzen am Mühlteich. Auch wenn das noch so schön war.
Sie bleibt immer vorn, beim Sprungturm. Da, wo die anderen sind. Wo sie sich sicher fühlt.
Es ist Dienstag und eine strahlende Sonne brennt vom Himmel. Die Luft ist klar wie lange nicht.
In der Nacht hat es geregnet und den Schmutz einfach weggewaschen. Man riecht wieder das Gras, die Erde, die Blumen, den See. Der See riecht wunderbar nach den grünen Farnen, die unterirdisch wachsen und einen manchmal streifen, wenn man flach darüber schwimmt. Marcia hat das gerne.

Sandra nicht. Sandra findet es eklig, wenn die Farne so groß sind, dass sie vom Grund bis an die Oberfläche wachsen. Sandra mag auch keine Fische, die vor ihr herflitzen. Sie geht auch nur mit Gummilatschen ins Wasser, wegen der runden Kieselsteine.
An diesem Tag ist Sandra nicht zum Baden gekommen, wegen ihrer Sommergrippe.
Susi und Frederik waren da, sind aber schnell wieder verschwunden. Zwischen den beiden bahnt sich etwas an. Frederik ist im Sommer sitzen geblieben, aber er hat sich an seine neue Klasse noch nicht gewöhnt. Er hängt immer noch mit seinen alten Leuten herum. Und zwischen Susi und ihm spinnt sich was an.
Fahrid ist auch nicht da.
Fahrid kommt überhaupt nie zum Baden, das ist Marcia früher gar nicht aufgefallen. Früher hat sie nicht darauf geachtet, was Fahrid macht, wann er kommt und wann er geht.
Jetzt findet sie es interessant. Sie findet es auch interessant, wenn er seine Haare geschnitten hat oder eine neue Hose trägt. Ihr fällt alles sofort auf. Aber natürlich sagt sie nichts. Natürlich sagt sie nicht zum Beispiel: »Hey, gute Klamotten.« So eine ist sie nicht. Sie lächelt ihn nur manchmal an, wenn er dicht an ihrem Platz vorbeigeht. Manchmal schlägt er kurz mit der flachen Hand auf ihren Tisch, als Gruß sozusagen, und dann spürt sie, dass sie ein bisschen rot wird. Und sich freut.
Sie weiß eigentlich nicht viel über ihn. Dennis sagt, Fahrid habe extrem strenge Eltern. Fahrids Mutter gehe immer nur in Begleitung ihres Mannes zum Einkaufen.
Und wenn seine Mutter krank ist, muss Fahrid sich um sie kümmern. Niemals würde jemand in Fahrids Familie die kranke Mutter alleine zu Hause lassen. Auch wenn sie nur

eine Grippe hat. So etwas tut man in seiner Familie nicht, sagt Dennis.
Marcia hat keine Ahnung, ob das stimmt. Aber wenn, findet sie es schön. Fahrid macht den Eindruck eines ernsten Jungen, obwohl er so viel lächelt und so schöne Musik spielt. Aber seine Augen lächeln meistens nicht mit, die sind immer ernst.
Er hat eine kleine Schwester, die ist erst sieben oder acht. Ein unheimlich hübsches Mädchen mit rabenschwarzem Haar und Kohleaugen.
Marcia trifft die beiden oft in der Stadt. Wahrscheinlich muss er nachmittags auf seine kleine Schwester aufpassen. So wie sie immer auf Benni aufpassen musste, bis er sich mit Ansgar angefreundet hat.
In Fahrids Familie muss man kleine Geschwister offenbar länger behüten und betreuen. Marcia hat schon gesehen, wie Fahrid auf der Straße gekniet hat, um seiner Schwester die Schuhbänder zuzumachen.
Und wie er sie, wenn sie über die Straße gingen, immer fest an die Hand genommen hat. Einmal haben sie zusammen ein Eis gegessen, in der Fußgängerzone. Da haben sie auf einer der Bänke gesessen, und als Marcia vorbeiging, haben Fahrid und sie sich zugelächelt, und Marcia hat ihren Schritt ein bisschen verzögert, weil sie dachte, vielleicht sagt er ja was. Aber er hat nichts gesagt. Fahrid sagt nie etwas zu ihr, wenn seine kleine Schwester dabei ist.
Vielleicht hat er Angst, dass sie zu Hause petzt, dass sie auf einmal sagt: Fahrid hat eine Freundin.
Das will er vielleicht nicht.

Marcia liegt auf dem See und spielt toter Mann. Die Augen geschlossen und trotzdem spürt sie durch die Lider das

Flimmern des Lichtes. Einmal brummt eine Hummel auf sie zu, aber dreht wieder ab.
Marcia ist fast bis mitten auf den See geschwommen.
Sie hat sich morgens gewogen und festgestellt, dass schon wieder ein Kilo runter ist. Auf einmal geht es so schnell. Ganz komisch.
Es ist, als würde sie leichter von Tag zu Tag.
Sie möchte zum Fasching eine tolle Figur haben. Vielleicht lädt ja jemand sie zum Faschingsball ein. Obwohl sie erst in die zehnte Klasse geht.
Sie denkt da zum Beispiel an Arne. Arnes Vater arbeitet auch bei der Post. Marcias Vater und er treffen sich immer vor den Betriebsratsversammlungen. Und besprechen die Lage. Und wenn es Änderungen in der Chefetage gibt, dann wird das auch beredet.
Manchmal laden Arnes Eltern sie abends alle zum Grillen in ihren Garten ein. Da sitzt Marcia dann mit Arne in der Hollywoodschaukel und sie reden über die Schule, und die Väter über den drohenden Stellenabbau bei der Post und die Mütter unterhalten sich über irgendwas. Marcia hört nicht zu.
Sie findet Arne nicht besonders aufregend, aber es gefällt ihr, dass er schon in die zwölfte Klasse geht. Seine Stimme ist ganz tief und er hat ein bisschen Bartwuchs. Darauf ist er stolz. Er rasiert sich nur einmal in der Woche, immer montagmorgens. Er hat eine Menge komischer Angewohnheiten. Aber keine feste Freundin.
Deshalb malt Marcia sich aus, während sie auf dem See toter Mann macht, dass Arne sie vielleicht zum Fasching einladen könnte.
Aber was würde sie dann anziehen?
Etwas Schwarzes. Das macht die beste Figur. Besonders wenn man nicht richtig schlank ist. Aber Schwarz macht

sie irgendwie traurig. Und blass. Der Faschingsball ist im Februar, da ist man von Natur aus blass.
Während sie so im Wasser schaukelt und eine leichte Brise über dem Gesicht spürt, ballen sich am Himmel die Wolken zusammen. Die harmlosen weißen Schäfchenwolken schieben sich so untereinander und über- und aufeinander, dass sie auf einmal von unten richtig schwarz aussehen, wasserhaltig.
Aber die Sonne hat noch die Oberhand. Die Sonne brennt die Ränder der Wolken einfach weg.
Marcia blinzelt in die Sonne. Sie hebt den Kopf ein bisschen aus dem Wasser und sieht, dass die Wasseroberfläche sich kräuselt. Die Windböen werden heftiger, unregelmäßige Wellen entstehen.
Marcia blickt zum Ufer zurück. Sie kann Frau Meiers Kiosk erkennen, den Wohnwagen mit gestreifter Markise und ein paar Sonnenschirme mit Marlboro-Logo. Die wackligen Plastiktische mit den Plastikstühlen. Kinder laufen kreischend mit ihren Eimerchen zwischen dem seichten Ufer und ihrem Liegeplatz hin und her.
Auf dem Sprungbrett stehen ein paar Typen. Alles ist wie immer.
Marcia will gerade zurückkraulen, da sieht sie das Boot. Ein Ruderboot, aus Holz.
In dem Ruderboot sitzt jemand mit einer Baseballkappe und einem blauen T-Shirt.
Vielleicht der Fischer. Eigentlich gibt es auf dem Teich nur ein einziges Boot, das gehört dem Fischer. Es ist immer an dem Bootssteg vertäut, der zur Fischerkate gehört, einer kleinen Räucherkate. Dort fließt ein Bach in den See und in dem Bach leben Forellen.
Und der Fischer fängt die Forellen und hängt sie in die Räucherkammer. Und an jedem Sonntag zwischen acht

und zwölf Uhr kann man bei ihm geräucherte Forellen kaufen.
Marcia mag keine geräucherten Forellen. Und den Geruch mag sie auch nicht.
Aber der Fischer, der alte Peter Hansen, ist ein netter Mann.
Marcia hebt den Arm aus dem Wasser und winkt.
Die Tropfen, die von ihrem ausgestreckten Arm ins Wasser perlen, glitzern wie Edelsteine. Der Mann im Ruderboot hebt das Ruder aus dem Wasser und winkt damit zurück.
Marcia beginnt zu kraulen.
Wenn sie Kraftschwimmen macht, wandern ihre Gedanken nicht mehr. Dann konzentriert sie sich, wie sie es gelernt hat, auf die Atmung, auf die Koordinierung von Armen und Beinen. Auf den angespannten Bauch, die Rückenmuskulatur. Auf die Gleichmäßigkeit der Schläge. Dass sie immer gleich viel Wasser mit beiden Armen verdrängt, mit den Beinen. So bleibt man gerade auf Kurs.
Als ihr Arm gegen die Bordwand schlägt, geht sie vor Schreck unter. Sie schluckt Wasser, kommt prustend wieder hoch, schüttelt die Haare und blinzelt.
Das Boot ist direkt vor ihr. Hat ihr den Weg abgeschnitten.
»Ich hätte dich gar nicht erkannt«, sagt Till.
Er sitzt in dem Boot, er trägt Badehosen und darüber ein blaues T-Shirt und seine blaue Baseballkappe trägt er falsch rum auf dem kahl rasierten Kopf. Er hat eine Schwimmbrille auf, eine mit Gummilaschen, die man über die Ohren ziehen kann. Er sieht ein bisschen aus wie ein Alien, findet Marcia.
»Erst als du den Arm gehoben hast«, sagt Till, »habe ich gedacht, Mensch, das ist sie ja.« Er strahlt. »Tolles Wetter, was? Jeden Tag Badewetter. Und das im September, ein Wahnsinn.«

Marcia schwimmt, den Kopf aus dem Wasser. Sie schwimmt, ruhig, kein Kraftschwimmen mehr, aber immer in Richtung auf Frau Meiers Kiosk. Sie kann die rot-weiß gestreifte Markise schon deutlich erkennen.
»Komm doch rein«, sagt Till. »Hier im Boot ist es toll.«
»Ich will noch ein bisschen trainieren.«
Till lacht. »Und wofür trainiert man? Für die Olympiade?«
Auf so etwas antwortet Marcia gar nicht erst. Sie versucht das Boot ein bisschen zur Seite zu drängen. Till schiebt einfach sein Ruder direkt vor ihren Kopf, sie muss ihn ansehen.
»Das Boot ist echt bequem«, sagt Till. »Guck wenigstens mal rein. Ich hab's ausgepolstert.«
»Ich will aber nicht«, sagt Marcia.
Till beugt sich vor, holt ein Gartenkissen, ein grünes mit buntem Blumenmuster, und zeigt es ihr.
»Hier, davon haben wir sechs Stück. Das ist wie eine dicke Matratze, echt geil.«
Marcia taucht. Sie taucht unter dem Boot durch und kommt auf der anderen Seite wieder hoch. Als sie die Augen öffnet, hat Till sich schon über den Bootsrand gebeugt. »Der Fischer hat natürlich keine Ahnung. Ich hab mir das Bötchen einfach ausgeborgt. Geile Idee, oder?«
»Viel Spaß!«, sagt Marcia und schwimmt los.
Aber es geht nicht. Till haut mit seinem Ruder immer dazwischen. Till kann, wenn er sich anstrengt, das Boot schneller vorwärts bringen als sie sich mit ihrem Freistil. Die Ruderschaufeln können enorm viel Wasser verdrängen und das Boot liegt flach im Wasser. Ist gelenkig. Viel gelenkiger, als sie gedacht hat.
»Hau ab!«, ruft Marcia, als Till wieder das Boot quer stellt. Till deutet auf den Himmel. »Da kommt gleich was runter«, sagt er. »Guck mal. Da baut sich eine Wahnsinnsgewitterfront auf.«

Marcia schaut. Und in der Tat: Es sieht auf einmal fast gespenstisch aus. Eine Hälfte des Himmels ist schwarz, die andere leuchtend blau. Die Sonne verschwindet gerade endgültig hinter der Wolkenwand und im gleichen Augenblick peitscht ein Wind das Wasser auf. Marcia sieht, wie am Ufer ein Marlboro-Schirm durch die Luft fliegt.
»Du denkst, ich phantasiere«, sagt Till stolz.
Marcia taucht wieder unter dem Boot durch. Dieses Mal bleibt sie länger unter Wasser und ändert unter Wasser die Richtung. Als sie wieder auftaucht, hat sie sich mehr als zehn Meter vom Boot entfernt. Sie hört, wie Till flucht. Hört das Klatschen der Ruder ins Wasser.
Sie schwimmt konzentriert, kraftvoll. Sie versucht ruhig zu atmen. Aber das ist ein Problem, wenn man aufgeregt ist.
»Warte doch!«, schreit Till. »Warte!«
Der Wind kommt direkt von vorn und der Regen peitscht in Marcias Gesicht.
Marcia versucht an gar nichts zu denken, außer an das eine Ziel: Ich will das Ufer erreichen. Ich will zu dem Kiosk. Sie hält den Kopf lange im Wasser, wenn sie auftaucht, schaut sie kurz zum Ufer hin. Sieht Bewegung da, Hektik. Immer mehr Sonnenschirme werden eingeklappt, immer mehr Mütter rennen mit ihren Kindern und den Badesachen zu den parkenden Autos.
Till rudert neben ihr. Marcia schwimmt.
Wenn sie den Kopf nach links dreht, schimmert da das Boot. Rechts ist der schwarze Himmel. Vorn das Ufer.
Gleich, denkt Marcia, gleich bin ich da.
Da stößt ihr Kopf hart gegen das Ruder. So hart, dass sie einen Augenblick vergisst den Mund zu schließen.
Das Wasser läuft in ihre Kehle, sie verschluckt sich, sie prustet, geht unter, kommt wieder hoch, schüttelt sich,

weiß nicht, wo rechts ist und wo links, und da hat Till sie gepackt, hart, am Arm hat er sie gepackt und jetzt unter den Schultern, und er hat Kräfte, er zieht sie einfach aus dem Wasser, obwohl sie sich wehrt, und zerrt sie ins Boot und Marcia kippt schließlich hinein wie ein nasser Sack. Auf die Gartenpolster mit dem Blümchenmuster.
Sie sieht Tills zusammengerollte Hose in der Ecke, eine Decke, ein Handtuch. Alles schön ordentlich verstaut.
Sie schließt die Augen.
Till rudert nicht. Till sitzt auf der Ruderbank, die Hände zwischen den Knien und schaut sie an.
»Siehst du«, sagt er sanft, »ist doch viel schöner.«
Marcia dreht sich um, presst die Knie fest zusammen, starrt ihn an. »Was?«, fragt sie.
»So«, sagt Till. Er breitet die Arme aus, lächelt in die Gegend. »Wir zwei. Hier. Allein. Auf dem See. Die anderen hauen alle ab. Siehst du?« Er deutet auf den Parkplatz. Marcia sieht sturmzersauste Leute, die zu ihren Autos rennen, Autos, die sich gegenseitig den Weg abschneiden, sich in der Ausfahrt verkeilen. Till lacht.
Der erste Blitz fährt aus dem schwarzen Himmel herab und Marcia wartet mit angehaltenem Atem auf den Donner, der folgen muss.
Till lacht. »Du hast ja Angst! Das finde ich geil.«
Marcia hält sich die Ohren zu, um den Donner nicht zu hören und um Tills blöde Sprüche nicht zu hören.
»Was ist?«, schreit sie. »Wieso ruderst du nicht?«
»Ist doch schön hier. So allein. Wir zwei. Der ganze See – für uns allein.«
Marcia nimmt die Hände von den Ohren. »Was sagst du?«
Er lächelt. »Du weißt, was ich meine.«
Er rutscht von der Bank und legt sich auf die Gartenpolster. Er streckt die Beine, räkelt sich und gähnt.

»Mann, ich könnte glatt hier die Nacht verbringen«, sagt er. »Ist doch super.«
»Ja, super. Bei Blitz und Donner in einem Boot mitten auf dem See!«, schreit Marcia. »Und wenn uns ein Blitz trifft?«
»Vielleicht zieht das Gewitter ja vorbei.«
Till dreht sich auf die Seite, zu ihr hin. Marcia hat die Knie an den Körper gezogen, die Arme um die Knie geschlungen. Sie hockt da wie eine kleine Kugel. Wie ein Igel. Sie wünschte, sie hätte Stacheln, überall am Körper.
Till streckt die Hand aus und streichelt sie, ihre Schulter.
»Lass das!«, faucht Marcia.
Till zieht eine Grimasse. »Hey, entspann dich doch mal, was ist denn los?!«
Er berührt ihren Oberschenkel und es durchzuckt Marcia wie ein Stromschlag.
Sie schlägt ihm auf die Finger.
»Au! Verdammt!« Till steckt die Finger in den Mund und flucht.
Marcia ist aufgesprungen. Sie setzt sich auf die Ruderbank, packt die beiden Ruder und beginnt zu rudern. Marcia ist nicht gut im Rudern. Praktisch hat sie keine Ahnung, wie man es richtig macht. Sie fuhrwerkt mit den Rudern herum, schafft es nicht, die Ruderblätter gleichzeitig ins Wasser zu bringen und das Blatt quer zum Wasser zu stellen.
»Bist du immer so grob?«, schreit Till. »Das tat eben verdammt weh! Das war genau die scharfe Kante hier!«
Marcia reagiert nicht. Was meinst du, denkt sie, wie weh mir das tat. Damals, bei euch zu Hause. In diesem verdammten Zimmer. Was meinst du, wie weh mir das tat, nachher . . .
Aber sie sagt es nicht. Sie arbeitet, mit zusammengebissenen Zähnen.

Wieder flammt ein Blitz über den Himmel und ein paar Sekunden später rollt ein Donnergrollen. Vom Horizont her zu ihnen herüber. Es hört sich bedrohlich an. Aber kein Regentropfen.
Marcia zittert. Sie ist noch nass, der Wind jagt kalte Schauer über ihre Haut.
Till hockt vor ihr auf dem Boden und schmollt. Er hat die Stirn in Falten gezogen. Erzürnt wie ein kleines Kind.
»Du machst immer alles kaputt«, knurrt er.
»Aber du«, ruft Marcia wütend, »du machst alles heil, oder?«
»Ich hab mir das so schön vorgestellt«, sagt Till schmollend. »Ich hab gedacht, du freust dich, wenn ich dich mit dem Boot abhole. Was meinst du, wie schwierig das war, das Boot zu klauen. Und die Polster hier. Mann, ich hab an der Sache gearbeitet. Scheiße, scheiße.« Er schlägt mit der Faust auf die Gartenpolster. »Wieso machst du nie das, was ich will?«
»Weil *ich* nicht will!«, schreit Marcia.
Marcia haut das Ruder auf das Wasser, dass eine Fontäne ins Boot kommt. Till duckt sich unter dem Wasserschwall.
»Mann! Ich werde nass!«
»Ich bin auch nass«, schreit Marcia.
Sie schaut sich verzweifelt um. Der Uferplatz sieht verlassen aus. Die Autos fahren mit aufgeblendeten Scheinwerfern vom Parkplatz weg. In einer langen Schlange passieren sie die Brücke des Mühlenteichs. Dahinter beginnt die Chaussee. Rechts neben der Kreuzung ist die Bushaltestation. Marcias Fahrrad liegt im Gebüsch neben dem Kinderspielplatz. Da haben auch Sandra und Susi und Dennis ihre Fahrräder immer abgelegt.
Sie überlegt, wie viele Schritte es wohl sind, vom Ufer bis zu dem Gebüsch.

Wie sie Till abschütteln kann.
Till hat sich aufgerichtet. Er starrt auf die Gewitterwand.
»Das geht gleich los«, sagt er. »Da sieht man schon den Regen.«
Links vor ihnen fällt ein schräger Streifen aus den Wolken, wie ein Vorhang fällt der Regen auf das Land.
Till lacht. »Na ja, wir sind schon nass. Macht ja auch nichts.«
Marcia hat Seitenstiche. Sie hält erschöpft inne.
»Ich kann nicht mehr«, sagt sie.
Till lacht. »Siehst du, wusste ich doch. Komm her. Einen Kuss. Und dann ruder ich dich ans Land. Okay? Einen Kuss, so wie ich mir das vorstelle. Ja? Du hast meine Briefe nicht beantwortet. Wie soll ich wissen, ob du mich überhaupt noch liebst?«
Marcia starrt ihn an. »Bist du verrückt?«, flüstert sie.
Er schüttelt den Kopf. Er erhebt sich und setzt sich neben sie auf die Bank. Der Wind ist auf einmal kalt und scharf.
Marcia schlottert. Er will seinen Arm um sie legen, aber sie rutscht von ihm weg.
»Für mich«, sagt Till, »gibt es auf der ganzen Welt nur eine einzige Frau: Und das bist du. Ich will keine andere. Ich will nur dich. Ich bin aus dem Internat geflogen wegen dir, weißt du das?«
Marcia schüttelt wie benommen den Kopf. Das Boot treibt ab. Es entstehen Strudel in dem umlaufenden Gewitterwind.
Sie weiß nicht, was sie tun soll. Sie hat auf einmal Angst, dass sie sterben wird.
Hier, auf dem Boot.
Mit einem Jungen, der langsam verrückt wird.
»Mann! Mach was!«, schreit sie. »Wir müssen vom See runter! Das ist gefährlich! Wir können sterben!«

Till lächelt. Er schaut sie an. Er beugt sich vor, um sie zu küssen. »Sie haben mich vom Internat geschmissen, weil der verdammte Nikolas gepetzt hat, weil der mich einmal gesehen hat, wie ich im Internet gesucht hab. Du weißt schon, die richtigen Geschichten vom richtig geilen Sex.«
»Ich will das nicht hören!«, schreit Marcia.
»Ich hab das doch nur für uns getan«, sagt Till. Sein Mund ist ganz dicht an ihrem Ohr. Weiter kann sie sich nicht von ihm wegbeugen. »Ich wollte doch, dass es etwas Besonderes ist mit uns. Ich wusste ja, dass du es auch willst.
Du willst genau das Gleiche wie ich. Das ist ja das Tolle. Ganz genau das Gleiche. Ich weiß es. Da kannst du machen, was du willst. Da kannst du schreien, wie du willst. Ich weiß es einfach. Und diese Idioten schmeißen mich von der Schule.«
Er lacht wütend. »Und jetzt wollen meine Eltern mich zwingen eine Lehre zu machen. Ich, Till Kröger, soll eine Lehre machen, wie irgendso ein Spasti, wie irgendein Idiot. Mann, ich mach doch keine Lehre. Eher hau ich mit dir ab. Eher klau ich meinen Eltern das Geld. Ich weiß, wo sie ihr Geld haben. Ich kenn den Code vom Safe. Und dann packen wir ein paar Sachen und hauen einfach ab. Egal, wohin.
Wozu hast du Lust? Italien? Spanien? Marokko?«
Marcia springt auf. Sie sagt nichts.
Sie stürzt sich einfach ins Wasser, sie taucht, sie schwimmt. Schwimmt, ohne Luft zu holen. Sie schwimmt so lange, bis sie glaubt, dass ihre Lunge platzt. Dann taucht sie auf, holt tief Luft und geht wieder unter, taucht und schwimmt.
Schwimmt, holt nicht Luft, so lange, wie es geht. Es geht lange.
Ihr Kopf glüht wie ein Ballon, der zu weit aufgepumpt ist.

Sie kommt wieder hoch, schnappt nach Luft, einmal, zweimal, das Luftholen ist wie ein Jaulen. Sie sieht hinter dem Wasserschleier ihrer Wimpern das Ufer. Sie sieht den Kiosk mit den heruntergelassenen Läden. Alles liegt einsam da. Der Himmel hat sich verdunkelt, die ganze Welt wird schwarz. Und durch das Schwarz zucken die Blitze und grollen die Donner.

Ich muss es schaffen, denkt Marcia. Ich muss es schaffen. Ihr Kopf dröhnt, die Lungen pfeifen. Sie spürt das Seitenstechen und einen Muskelkrampf in der rechten Wade. Vor Schmerz presst sie die Zähne zusammen. Sie schwimmt, wie sie noch nie geschwommen ist.

Plötzlich spürt sie die Farne unter ihrem Bauch. An ihren Beinen. Sie taucht noch tiefer und fühlt die Kieselsteine. Sie schaut sich nicht um. Nur nicht verzögern, keine Hundertstelsekunde verlieren.

Sie taumelt aus dem Wasser, stößt sich an den Steinen, rennt im Storchengang durch das seichte Wasser, achtet nicht auf spitze Steine, auf Farne, die sich um ihre Fesseln kringeln.

Sie hat es geschafft!

Sie hat es geschafft!

Sie steht auf dem künstlich angeschütteten Sand. Um sie herum ist niemand mehr. Einsam liegt ihr Badetuch da. Ihre Sachen.

Jetzt schaut sie sich um.

Till ist noch immer im Boot, noch weit vom Ufer entfernt. Er sitzt gekrümmt da, als hantiere er mit irgendetwas im Boot. Es ist ihr egal. Er schaut nicht zu ihr hin.

Sie läuft zu ihren Sachen, rafft alles zusammen, stolpert in das Gebüsch.

Gott sei Dank, das Fahrrad ist noch da.

Sie klemmt die Sachen auf den Gepäckträger und schiebt

das Rad durch die Brombeerhecken, durch die Brennnesseln auf den Weg. Nur nicht wieder zurück an den Strand.
Der Regen fällt mit einem wilden, gleichmäßigen Rauschen. Der Regen hüllt sie ein. Der Regen ist kalt und die Tropfen sind scharf. Ein Blitz zuckt und erhellt die große Buche am Ende der Koppel, an deren Rand sie gerade vorbeifährt.
Die Brücke über den Mühlenteich. Die Asphaltstraße. Das Bushaltehäuschen. Die Chaussee.
Marcia sitzt im Badeanzug auf dem Fahrrad und der Regen strömt auf sie herunter. Sie fährt. Und ihr Herz schlägt.
Aber sie fährt. Sie weiß, dass sie das schaffen wird.

17. Kapitel

Das Gewitter zieht so schnell ab, wie es gekommen ist. Als Marcia in ihre Straße einbiegt, dampft der Asphalt noch vor Nässe, aber der Regen hat schon aufgehört.
Im Rinnstein läuft das Wasser gurgelnd in die Gullys. Die Leute öffnen schon wieder ihre Fenster und besichtigen den Schaden an den Balkonblumen.
Nur Benni ist zu Hause, als Marcia die Wohnungstür aufschließt. Er hat das Radio auf volle Lautstärke gedreht und hört Britney Spears. Marcia findet es blöd, wenn ein so kleiner Junge schon Popmusik hört. Aber Benni sagt, Ansgar stehe auch auf Britney Spears.
Marcia lässt ihre nassen Sachen auf den Fußableger fallen und stürzt ins Bad.
Aus dem Spiegel guckt ihr ein Geist entgegen.
Ich werde noch wahnsinnig, denkt sie, als sie mit einem

Handtuch ihre tropfnassen Haare rubbelt. Ich seh schon aus wie eine Wahnsinnige.
Benni hat sie trotz der lauten Musik gehört.
Er trommelt gegen die Badezimmertür. »Wieso schließt du immer ab?«, schreit er. »Ich will auch rein!«
Marcia öffnet die Tür. »Kann man in dieser verdammten Wohnung nicht mal fünf Minuten allein im Bad sein?«
Benni wirft ihr eine Kusshand zu. Er geht zum Klo. Er klappt die Klobrille hoch und schaut Marcia an.
»Bist du so Fahrrad gefahren?«, fragt er. »Im Bikini?«
»Ich hab mir ein Handtuch übergehängt«, sagt Marcia. »Das liegt draußen auf der Matte. Das ist klitschnass.«
»Wieso hast du nicht gewartet, bis das Gewitter vorbei ist?«
»Das ging nicht.«
»Und wieso nicht? Guck mal raus!« Benni deutet auf die kleine Luftklappe über der Dusche. Man sieht ein viereckiges Stück klaren Abendhimmel.
»Ich wär nicht so blöd mitten im Regen nach Hause zu fahren.«
»Du bist ja sowieso so superschlau«, knurrt Marcia und knallt die Tür hinter sich zu.
Sie nimmt ein frisches Handtuch aus dem Schrank und trocknet sich ab.
Benni steht schon wieder vor ihr. »Du sollst Mami anrufen«, sagt er. »Sie hat schon zweimal angerufen und gefragt, wo du bist. Wieso hattest du dein Handy nicht mit.«
»Ich war schwimmen«, sagt Marcia. »Trainieren.«
»Mmh«, sagt Benni. »Und ich hatte niemanden zum Spielen.«
»Hast du denn deine Schularbeiten gemacht?«
»Mhmh.«
»Ist das Ja oder Nein?«

»Ich hab ein bisschen gemacht«, brummt Benni. Er tritt den Rückzug an. Es gibt nur eine sichere Methode, Benni aus dem Zimmer zu vertreiben: Man muss ihn nach den Schularbeiten fragen.

»Und was ist mit Mathe?«

»Das hab ich nicht kapiert. Da musst du mir helfen.«

Marcia seufzt. Das hat ihr gerade noch gefehlt.

»Papa soll dir das erklären.«

»Nein, ich will aber, dass du es mir erklärst.«

»Und wieso?«

»Weil Mama gesagt hat, dass du es mir erklärst.«

»Dann sag wenigstens Bitte.«

Benni bleibt stehen, wirft den Kopf in den Nacken und prustet verächtlich. »Ich soll Bitte sagen? Wegen dem Scheiß-Mathe?« Er verschwindet in seinem Zimmer.

Die Musik wird noch lauter.

Marcia geht zum Telefon. Neben dem Telefon hängt eine Pinnwand und an der klebt ein Zettel: »Mami. Büro. Neu«, steht da.

Marcia wählt die Nummer. Sie lehnt sich an die Wand und schließt die Augen.

Sie hört, wie es in diesem Büro der Firma Kröger & Co. klingelt. Dann nimmt jemand ab. »Ja?«

Eine männliche, forsche Stimme.

Marcia öffnet die Augen, räuspert sich. »Oh, hallo, ich . . ., ich wollte eigentlich meine Mutter sprechen. Entschuldigung. Ich glaube, ich hab mich verwählt.«

Sie will gerade wieder auflegen, da sagt die männliche Stimme: »Marcia? Bist du das?«

Marcia schluckt. »Ja«, wispert sie.

»Na, das ist aber schön! Du sprichst mit Tills Vater. Dieter Kröger.«

Weiß ich doch schon längst, denkt Marcia.

Dieter Kröger lacht. »Und? Geht es gut?«
»Ja«, sagt Marcia tonlos, »danke.«
»Schönen Tag gehabt?«
Marcia sagt nichts. Sie denkt nur eine Sekunde an den Mühlenteich und das Ruderboot, in dem Till vielleicht immer noch sitzt.
»Deine Mutter und ich«, dröhnt Dieter Kröger, »sind schon ein richtig eingeschweißtes Team. Echt prima. Ich bin froh, dass sie da ist.«
Marcia räuspert sich. »Schön«, sagt sie schließlich.
»Ihr seid überhaupt eine klasse Familie«, dröhnt Dieter Kröger. »Schade, dass man sich so selten sieht.«
Marcia schweigt. Schweißperlen bilden sich auf ihrer Oberlippe.
Benni steckt den Kopf aus der Tür. »Redest du mit Mama?«
Marcia schüttelt wild den Kopf und Benni schlägt die Tür wieder zu.
»Weißt du, was«, dröhnt Dieter Kröger, »wir sollten mal grillen bei uns im Garten. Das wär doch was, he? Till redet die ganze Zeit davon, dass wir diesen teuren, gemauerten Grill haben und ihn nie benutzen. Hey, wie findest du das?«
»Ich . . . ich . . . weiß . . . nicht«, stammelt Marcia. »Meine Eltern . . .«
»Ach! Das wird geregelt! Kein Problem. Da kommt die Mutter gerade.«
Marcia hört, wie Tills Vater zu ihrer Mutter sagt: »Heike, hier ist deine Tochter, Marcia. Nettes Mädchen. Ich hab gerade gesagt, wir sollten bei uns im Garten mal grillen. Die schönen Tage ausnutzen, bevor der Herbst kommt. Was sagst du?«
Marcia hört, wie ihre Mutter im Hintergrund sagt: »Oh, das kommt überraschend.«

»Überraschungen sind doch was Tolles«, sagt Dieter Kröger. Und dann wird seine Stimme wieder ganz laut in Marcias Ohr. »Also, abgemacht. Ihr kommt Samstagabend. Sagen wir sieben Uhr? Magst du lieber Fisch oder Fleisch?«
»Ich ... ich ... weiß nicht ...«, stammelt Marcia.
Sie denkt, er duzt meine Mutter. Wieso sagt er Du? Seit wann sagt er Du zu ihr?
Das ist ja alles grauenvoll. Ich will da nicht hin. Ich will nicht in diesen Garten, zu diesem Grillabend.
»In Ordnung!«, dröhnt Tills Vater aufgeräumt. »Ich bespreche das mit deiner Mama. Und jetzt geb ich sie dir. Aber macht kurz, ich muss ihr noch ein paar Briefe diktieren.«
Dann ist die Stimme von ihrer Mutter in ihrem Ohr.
»Schätzchen?« Ihre Mutter spricht leise, weil es privat ist. Vielleicht geht Dieter Kröger ja aus dem Zimmer. Marcia hat keine Ahnung, ob ihre Mutter im Sekretariat ist oder in dem Arbeitszimmer des Chefs. Sie war noch nicht in dem Büro. Als ihre Mutter bei der Stadtverwaltung gearbeitet hat, ist Marcia oft mal hingefahren und hat Hallo gesagt. Sie kannte alle Kollegen auf dem Flur. Und sie fand die Leute nett. Marcia versteht nicht, warum in der Stadtverwaltung auf einmal alles so doof und bei Kröger & Co. alles so toll sein soll.
Marcia versucht ihre Stimme kühl und knapp klingen zu lassen.
»Benni sagt, ich soll anrufen.«
»Ja, ich wollte dich bitten einzukaufen. Ich komme heute ein bisschen später.«
»Und wieso?«, fragt Marcia trotzig. Sie denkt: Ich will nicht, dass meine Mutter später kommt, dass sie so lange mit diesem Typen im Büro ist.
Ich will das nicht!

»Hier ist unheimlich viel Arbeit liegen geblieben«, sagt Marcias Mutter. »Und ich hab mich angeboten in der nächsten Zeit ein paar Überstunden zu machen.«
Marcia schweigt trotzig.
»Also, Schätzchen«, sagt ihre Mutter, »schau mal nach, ob wir genug Spagetti haben und Tomatenmark oder eine Dose geschälte Tomaten. Olivenöl ist bestimmt noch da. Dann brauchen wir noch einen frischen Salat und Brot.«
Plötzlich ist es still und dann dröhnt die Stimme von Tills Vater wieder an Marcias Ohr. »Klingt so, als würde bei euch jeden Abend richtig geschlemmt. Da wird man ja neidisch, ha, ha, ha!«
Und wieder Marcias Mutter. »Schätzchen? Kannst du Benni bei den Schularbeiten helfen?«
»Ja«. Marcia knallt den Hörer auf.

»Marcia? Schätzchen?«
Marcia liegt in ihrem Zimmer auf dem Bett und rührt sich nicht.
»Bist du fertig, Schatz?«
Keine Antwort. Marcia liegt flach auf dem Rücken und beobachtet einen Schuster, der mit seinen langen, geknickten Beinen an der Zimmerdecke entlangwandert. Sie ekelt sich eigentlich vor diesen Tieren, die nur aus Beinen bestehen und überhaupt kein Geräusch machen, weder wenn sie fliegen noch wenn sie gehen. Die einen mit ihren langen Beinen aber manchmal streifen, im Schlaf, wenn sie so dicht über dem Gesicht hingleiten.
Im September, mit den Altweibersommertagen, kommen sie ins Haus, wenn die Nächte draußen kühler werden, dringen sie in die Wohnungen ein, suchen sich einen schönen windstillen Platz, wo es nicht zieht, schön warm und ein bisschen feucht ist.

Sie sind gern im Bad, in der Küche, aber auch sonst überall.
Marcias Mutter hat eine Phobie gegen Spinnen und Insekten. Sie wird geradezu hysterisch.
In diesem Sommer hat es, wegen der vielen Niederschläge, eine richtige Mückenplage gegeben. Marcias Mutter hat eine sehr helle, sehr empfindliche Haut. Sie war manchmal übersät mit roten Flecken, wie kleine Pusteln. Wenn ich mich nicht ständig zusammenreißen würde, hat ihre Mutter gesagt, könnte ich mir die ganze Haut aufkratzen.
Die Schuster in der Wohnung findet sie so eklig, dass sie sie mit dem Staubsauger aufsaugt.
Wenn sie Schuster in der Badewanne oder im Waschbecken findet, lässt sie sie durchs Abflussrohr gurgeln.
Marcia könnte das nicht. Marcia hat irgendwie eine heile Ehrfurcht vor diesen Tieren. Die tun doch nichts, sagt sie, reg dich doch nicht so auf. Was tun die denn?
Sie hat gelernt, dass diese Tiere, Kohlschnaken genannt, für Menschen vollkommen harmlos sind, da sie überhaupt nicht stechen können.
»In zehn Minuten müssen wir los!«
Es ist immer die Stimme ihrer Mutter, die durch die Wohnung schallt. Ihre Mutter ist seit vier Uhr nachmittags auf Trab.
Total aufgeregt, weil sie mitsamt ihrer Familie beim Chef zum Grillabend eingeladen ist.
Am Samstag, bei ihrem üblichen Einkauf, haben sie vom Wochenmarkt noch einen Abstecher in die Fußgängerzone gemacht und für Marcias Mutter einen neuen Pulli gekauft. Als wenn sie nicht genug hätte.
Aber keiner war offenbar passend genug für diesen Anlass. Ihre Mutter hat den Pulli samstagabends vorgeführt, er-

wartungsvoll, aber Marcia hat nur kurz aufgeschaut und »mhm« gebrummt. Und weitergelesen. Sie hat gerade ein Buch, das ihr gut gefällt. »Der Fänger im Roggen«. Das lesen sie in der Schule. Eigentlich für Englisch. Auf Englisch heißt es »The Catcher in The Rye«.
Aber alle in der Klasse haben sich sofort die deutsche Übersetzung gekauft. Das Buch gilt so ziemlich als Kultbuch. »Da will ich mir doch nicht den Spaß verderben lassen«, hat Susi gesagt, »und immer jedes zweite Wort im Lexikon nachgucken. Erst sich einmal das ganze Ding reinziehen und dann auf Englisch noch mal, im Schneckentempo.« So macht Marcia es auch.
Das Buch liegt jetzt auf dem Fußboden neben ihrem Bett.
Marcia trägt ihren alten Trainingsanzug, Jogginghosen, ausgeleiert, und dazu ein verwaschenes, ausgeleiertes T-Shirt. Es sind ihr gemütlichstes Shirt und ihre gemütlichste Jogginghose. Für die kommende Nacht haben sie Nebel angekündigt. Der soll von jetzt an jeden Tag dichter werden. Und unmerklich einen Herbst einläuten, mit grauem Himmel, nass-kalten Fluren, mürrischen Gesichtern im Bus.
Marcia hat keine Lust auf den Herbst, auf schlechtes Wetter und Winter.
Eigentlich ist es eine gute Idee, den Sommer bis zum letzten Tropfen zu genießen.
Grillpartys fand sie früher immer gut. Aber eine Grillparty bei Tills Familie – undenkbar.
»Schätzchen? Was machst du eigentlich?«
Ihre Zimmertür fliegt auf. In der Tür steht ihre Mutter. Ein Hauch eines neuen Parfüms weht Marcia entgegen. Ihre Mutter zieht sich gerade die Lockenwickler aus dem Haar. Dicke, selbst klebende Wickler, die ihrer Frisur mehr »Volumen« geben sollen. Sie hat ihre weiße Bluse angezogen,

die Khakihose und den neuen Pulli irgendwie salopp und lässig über die Schultern gelegt. Dazu flache hellbraune Mokassins. Eigentlich sieht Marcias Mutter richtig gut aus. Und wie sie lächelt.

Und wie das Lächeln plötzlich erstirbt, als sie sieht, dass Marcia gar nicht umgezogen ist.

Ihre Lippen werden schmal, die Augen auch. »Sag bitte nicht, dass du so gehen willst«, sagt sie und deutet anklagend auf Marcias Jogginghosen.

»Will ich auch nicht«, sagt Marcia.

»Also, dann aber los.« Marcias Mutter tippt auf das Zifferblatt der Armbanduhr. »In acht Minuten müssen wir los. Ich will wirklich nicht zu spät kommen, wenn ich bei meinen Chef eingeladen bin, privat.« Sie schreit das PRIVAT so hinaus, als sei es das achte Weltwunder.

Marcia schließt die Augen.

»Was willst du anziehen?« Ihre Mutter öffnet die Schranktür.

Marcia springt hoch. »Lass meinen Schrank in Ruhe. Bitte! Mami«, ruft sie zornig und knallt die Schranktür wieder zu.

Ihre Mutter wird blass, runzelt die Stirn, holt tief Luft.

»Kannst du mir bitte sagen, mein Kind, was dieser Ton soll?«, fragt sie scharf.

»Nein«, sagt Marcia. »Kann ich nicht. Tut mir Leid.« Sie erhebt sich, schlurft zu ihrem Schreibtisch und lässt sich auf den Stuhl fallen. Sie schließt die Augen.

»Dein Bruder ist bereits fertig und wartet draußen neben dem Auto«, sagt Marcias Mutter.

»Ist gut«, murmelt Marcia.

»Und dein Vater wickelt nur noch den Wein in Geschenkpapier. Und dann geht es los. Und wer ist nicht fertig? Meine Tochter!«, ruft Marcias Mutter. »Soll das eine Demonstration sein oder was?«

Marcia hebt den Kopf, öffnet die Augen, schaut ihre Mutter an. Ein großer, langer, verzweifelter Blick.
Einen Augenblick denkt Marcia, sie hat es kapiert, aber nur für den Bruchteil einer Sekunde.
Dann ändert sich das Gesicht ihrer Mutter, sie schüttelt sich, als müsse sie einen bösen Traum abschütteln und ruft: »Ich gehe nicht aus dem Zimmer, bevor du dich umgezogen hast, mein Kind. Auf dieses Fest freuen wir uns alle. Und du hättest wahrhaft Grund, dich auch zu freuen.«
»Warum?«, fragt Marcia.
Ihre Mutter antwortet nicht. Sie greift die Jeans, die über Marcias Stuhllehne hängen und hält sie ihr hin. »Die sind doch gut. Ganz neu. Das sind doch deine neuen Jeans, oder? Die du erst neu gekauft hast.«
»Ja.«
»Okay, dann ziehst du die an. Das passt doch zu einer Grillparty. Das muss dir doch Spaß machen, in den schicken, neuen Jeans. Und wie Till staunt, wenn er sieht, dass du so schlank geworden bist.«
Hätte sie nur nicht Till erwähnt, denkt Marcia, die bereits ihre Jogginghose auszieht.
Sie hebt wieder den Kopf. »Mami«, sagt sie.
»Ich will nichts hören!«, ruft ihre Mutter und reißt schon wieder die Schranktür auf. »Bluse oder Pulli oder T-Shirt?«
»Mami«, sagt Marcia noch einmal.
Marcias Mutter wirbelt herum. »Marcia, nein, nein und nein! Ich will jetzt nichts mehr hören. Du ziehst dich schön an und machst ein freundliches Gesicht, und basta. Die ganze Woche kannst du tun und lassen, was du willst. Und wenn deine Eltern einmal so eine schöne Einladung haben und du auch eingeladen bist, dann erwarten wir von dir einfach, dass du ein nettes Gesicht machst. Und nicht rumläufst wie Sauerbier.«

»Ich lauf überhaupt nicht rum wie Sauerbier!«, brummt Marcia empört. Sie schnappt sich irgendeinen Pulli und zieht ihn über den Kopf.
Zwirbelt ihre Haare nach hinten, ohne in den Spiegel zu gucken.
»Fertig«, sagt sie.
»So willst du gehen? Mit den wirren Haaren? Glaubst du nicht, du bist es unseren Gastgebern schuldig, wenigstens gekämmt zu erscheinen?«
Ich bin diesen Leuten gar nichts schuldig, denkt Marcia. Aber gehorsam trottet sie ins Bad. Sie will nicht, dass Ihre Mutter sauer wird. Sie weiß aus Erfahrung, dass so etwas immer schlecht endet.
Aber wenn sie es jetzt nicht sagt, dann sagt sie es nie.
Sie kämmt ihre Haare, zieht Schuhe an, sprüht ihre Füße mit Mückenspray ein, weil ihre Mutter das vorgeschlagen hat, zieht einen Gürtel durch die Jeanslaschen, bürstet ihre Augenbrauen, fletscht die Zähne und entdeckt noch einen Petersilienstängel am Zahnhals.
Dann ist sie fertig.
Ihr Vater steht noch neben dem Auto, trommelt auf das Autodach. Ihre Mutter sitzt bereits am Steuer.
»Das war aber wirklich buchstäblich die letzte Sekunde«, sagt ihr Vater, »wir sind schon zehn Minuten zu spät.«
»Steig ein«, ruft ihre Mutter.
Marcia steht vor dem Auto.
Sie zögert. Sie spürt, dass sie nicht einsteigen kann, und gleichzeitig weiß sie, dass sie doch nachgeben und in dieses Auto steigen wird, zu dieser Grillparty fahren und sich fühlen wird wie ein Stück Scheiße.
»Ich glaube«, sagt sie und räuspert sich zweimal und gibt ihrer Stimme einen harten, fast metallenen Klang, »es ist besser für alle, wenn ihr alleine fahrt.«

»Waaas?«, ruft ihre Mutter.
»Das ist nicht dein Ernst!«, brüllt ihr Vater.
»Marcia spinnt!«, kreischt Benni.
»Und wieso?«, fragt ihr Vater.
»Marcia holt tief Luft. »Weil es besser ist, darum. Ich möchte wirklich nicht mit, Mami. Ich hab schon vorhin versucht es dir zu erklären.«
»Du hast überhaupt nichts versucht«, ruft ihre Mutter gereizt, »du hast dich nur auf dem Bett rumgelümmelt und sonst gar nichts.«
»Ja, weil ich nicht mitwollte. Ich will nicht mit, kapiert das doch endlich.«
»Mädchen«, sagt ihr Vater, packt ihren Arm. »Du steigst jetzt einfach ein. Schluss mit den Faxen. Gott bewahre einen vor einer Tochter in der Pubertät.«
Marcia wird wütend. »Was hat das denn damit zu tun!«, schreit sie.
Oben im Haus geht ein Fenster auf.
»Siehst du!«, zischt Marcias Mutter, »jetzt gucken sie schon. Und denken, wir haben wer weiß was für einen Streit.«
Marcia steigt ins Auto. Auf den Rücksitz. Sie zwängt sich dicht an den Rand und starrt aus der Seitenscheibe. Ihre Mutter startet den Motor. Ihr Vater zerrt am Kragen seines Polohemdes. Erst jetzt fällt Marcia auf, dass ihr Vater auch ein neues Hemd trägt. Dunkelblaues Polo. Baumwolle.
Das sieht eigentlich richtig gut aus.
»Du hast ein schönes Hemd, Papa«, sagt sie. Nur um einmal etwas Nettes zu sagen.
Ihre Mutter wirft ihr durch den Rückspiegel einen spöttischen Blick zu. »Ist das jetzt Ironie?«, fragt sie.
»Nein«, sagt Marcia ruhig. »Das hab ich ehrlich gemeint. Aber glaubt doch, was ihr wollt.«

Sie schwört sich, dass sie an diesem Abend nichts mehr sagen wird.
Benni spielt mit seinem Gameboy.
Ihn langweilt es immer, wenn Familienkrach ist, dann reißt er betont den Mund auf und gähnt und macht irgendwelche komischen Geräusche, nur um zu zeigen: Leute, ihr nervt.
Heute macht er es genauso.
Die Stimmung ist verdorben, das weiß Marcia. Und sie weiß, dass ihre Mutter ihr daran die Schuld gibt.
Wütend fährt ihre Mutter, hupt, bremst, zieht den Wagen durch die Kurven, dass sie hin und her geschleudert werden.
»Fahr bitte langsam!«, zischt Marcias Vater.
»Ich fahr, wie ich will!«, zischt Marcias Mutter zurück.
Marcia denkt: Vielleicht haben wir einen Unfall. Dann können wir nicht zu dieser Party. Dann müssen wir neben dem Auto auf den Krankenwagen warten und auf die Polizei, die den Unfall aufnimmt.
Dann passiert irgendetwas. Jedenfalls könnten wir dann nicht auf die Party.
Sie denkt: Hoffentlich haben wir einen Unfall. Nur einen kleinen.
Aber ihr Wunsch geht nicht in Erfüllung.
Sie stehen schon vor der Villa.
Ihre Mutter dreht sich um, fixiert Marcia und sagt: »Ich möchte dich nur noch kurz an eines erinnern, Marcia: Herr Kröger ist mein Chef. Er zahlt fast doppelt so viel wie ich vorher verdient habe. Er ist ein netter Mensch. Er hat einen netten Sohn. Und eine nette Frau. Diese netten Leute laden uns an einem Samstagabend zum Essen ein, obwohl sie weiß Gott etwas anderes machen könnten.
Also, mach bitte ein anderes Gesicht.«

Marcia sagt nichts.
»Hast du mich verstanden?«, fragt ihre Mutter. Ihre Stimme ist leise, aber scharf. Marcia kennt diese Stimme. Es ist höchste Alarmstufe.
»Ja«, sagt Marcia.
Ihr Vater lächelt versöhnlich. Er streichelt Marcias Schultern. »Na, siehst du, mein Mädchen, es ist doch alles okay. Die Liebe kommt, die Liebe geht. Das passiert dir noch hundertmal im Leben.«
Marcia bekommt einen roten Kopf. »Das hat doch damit nichts zu tun!«, ruft sie. »Denkt ihr etwa, ich bin in Till verliebt? Oder was?«
Sie sieht, wie ihre Eltern vor dem Aussteigen sich einen Blick zuwerfen, konspirativ.
Ihr Blut kocht. »Ich war in meinem Leben noch keinen einzigen Tag in Till verliebt!«, zischt sie. »Noch keine einzige Stunde. Wenn ihr das meint!«
»Komm, Benni, steig aus und lass den blöden Gameboy da.«
»Ich will den Gameboy aber mitnehmen«, sagt Benni, »sonst langweile ich mich.«
Und Marcias Vater sagt: »Warum hat Gott mich mit so einer Familie gestraft?«

18. Kapitel

Und dann gehen sie auf den Haupteingang der Villa zu, einer weißen Villa mit Säulen über dem Haupteingang, aber Frau Kröger steht schon im Garten und winkt und ruft: »Gleich hier herum. In den Garten! Wir sind hinten im Garten!«

Und Marcias Mutter beugt sich zu Marcias Vater und flüstert: »Sag bloß, sie zeigen uns nicht ihr Haus.«
»Wir sollen nicht neidisch werden«, flüstert Marcias Vater zurück.
Marcia trottet mit eisern verschlossener Miene hinter ihren Eltern her über den frisch gemähten Rasen, auf dem man geht wie auf Polstern, zwischen Koniferen und Hortensienbüschen hindurch in den hinteren Teil des Gartens.
Da steht Till. In weißer Hose und weißem Hemd.
Mit einer Grillzange in der Hand. Sein Vater hat einen öligen Pinsel in der Hand, mit dem er die Steaks einreibt, und eine karierte Baumwollschürze vor dem Bauch. Und ein Glas Wein neben sich auf dem Tisch. »Da sind Sie ja endlich!«, ruft er. Und strahlt.
Der Garten, der von der Terrasse hin abfällt zu einem kleinen Bachlauf, sieht aus, als habe ein Dutzend Gärtner jeden Tag darin gearbeitet.
Die Hecken sind gestutzt, die verwelkten Rosenblüten entfernt, das Kastanienlaub geharkt und über dem Kompost liegt eine Schicht von Stroh, wahrscheinlich, um den Modergeruch zu dämmen.
Zu dem Bach führt ein schmaler Kiesweg durch Holunder- und Jasminsträucher. Es gibt einen kleinen Bootssteg und dort ist ein Paddelboot vertäut, ein schmales, hölzernes Boot, das leise in der Strömung schaukelt.
Marcia wandert durch den Garten.
Unter ihrer weiten Bluse, im Hosenbund, knistern die Briefumschläge.
Ihr Herz macht schreckliche Saltos, vor denen sie selber erschrickt. Sie spürt das Blut in ihren Schläfen und sie kann sehen, wie es fließt, wenn sie auf die Schlagader an der Innenseite ihres Handgelenks schaut.
Im Hintergrund lachen Benni und Herr Kröger. Benni ist

von Dieter Kröger begeistert, seit er seinen eigenen Stockfisch braten kann.
Herr Kröger hat Benni gezeigt, wie es geht. Wie man die Forelle einölt und salzt und auf einen Holzspieß steckt und dann dicht über die Glut hält. Bennis Arme sind so kurz, dass sein Gesicht von der Glut erleuchtet wird. Und heiß ist. Aber er steht da, ein kleiner Mann in kurzen Hosen und Sandalen, und kommt sich unheimlich wichtig vor.
Hin und wieder bückt er sich und schlägt mit der flachen Hand eine Mücke oder eine Stechfliege tot.
Es wimmelt von Insekten an diesem Abend. Als wüssten die Mücken, dass sie nicht mehr lange leben.
Die Motten flattern um die Fackeln und verbrennen sich die Flügel. Marcia wandert zu einer Fackel, bleibt in geringer Entfernung stehen und sieht zu, wie die Motten mit ihren angesengten Flügeln taumeln, versuchen Höhe zu gewinnen und dann ins taufeuchte Gras abstürzen.
Sie empfindet nichts, wenn sie das sieht.
Die Fackeln stecken in den Rosen und Blumenrabatten. Es blühen noch Dahlien, gelb und orange, und blauer Frauenschuh.
Einmal hat Marcia gedacht, sie würde später vielleicht Gärtnerin werden. Das war, als Heidrun Gebhard ihre Biolehrerin war, Heidrun Gebhard liebte die Pflanzen. Sie war Mitglied in einem »Verein zum Schutz bedrohter Pflanzenarten in Mitteleuropa«. Jeden Tag brachte sie wunderbare Orchideen mit, die irgendwo im Wald blühten, und radelte mit der Klasse zu einem Moor, in dem Wollgras blühte. Und konnte ins Schwärmen geraten, wenn sie einen Frauenschuh fand, einen wilden, im Unterholz des Birkenwaldes. Marcia mochte diese Lehrerin und war ziemlich traurig, als sie an eine andere Schule in Hessen versetzt wurde.

Es hatte etwas mit ihrem Mann zu tun, der in Kassel einen neuen Job gefunden hatte, deshalb musste sie auch nach Kassel umziehen. Der nächste Lehrer interessierte sich nicht für Pflanzen, sondern nur für Biochemie. Für die chemische Umsetzung von Sauerstoff und Licht in Chlorophyll und so weiter. Marcia gewöhnte sich an während seines Unterrichts von etwas anderem zu träumen.
»Möchtest du nichts essen, Marcia?«
Till Krögers Mutter taucht wie aus dem Nichts hinten im Garten auf. Marcia hat gehofft, dass sie so versteckt ist zwischen Büschen und Blumen, dass niemand sie dort findet. Und keiner sie vermisst.
Frauke Kröger hielt einen Teller in der Hand, einen Pappteller, der sich bog unter der Last der Fleischstücke.
Marcia wurde ganz übel beim Anblick von so viel Fleisch. Frau Kröger lächelte. »Das hat mein Mann alles für dich aufgeschichtet. Sieht ein bisschen viel aus, nicht?«
Marcia lächelt. Frau Kröger ist eigentlich nett. Wenn sie nicht diesen schrecklichen Sohn hätte, denkt Marcia, wär sie eine richtig gute Person. Aber kann sie etwas dafür, dass Till so eklig ist? Damals, als sie mit dem Mega-Mercedes nach Hamburg ins Musical gefahren waren, mochte Marcia Tills Mutter richtig gerne.
Sie redete ein bisschen viel von Boutiquen und Shopping und konnte außer sich vor Begeisterung geraten, wenn sie vor einem Schmuckgeschäft stehen blieb und dort einen Ring entdeckte, einen besonderen, den sie offenbar schon lange im Auge hatte, dann mussten alle kommen und den Ring bewundern. So lange, bis Dieter Kröger sagte »Sag das dem Weihnachtsmann« und sie weiterzog.
Frauke Kröger hat Marcia in der Pause von *Cats* ihren Lippenstift geliehen, das fand Marcia besonders nett. Sie hat ihren Lippenstift vor Aufregung abgebrochen und Frauke

Kröger hat es bemerkt und wortlos aus ihrem Abendtäschchen einen Lippenstift gezaubert. Das fällt Marcia plötzlich wieder ein und sie lächelt.
»Ich hab heute gar nicht so einen Hunger«, sagt sie ausweichend.
»Aber willst du wenigstens zu uns an den Tisch kommen?«, bettelt Tills Mutter.
»Klar«, sagt Marcia. »Ich hab mir nur den Garten angesehen.«
»Ja, der ist schön, nicht? Das ist mein Hobby, der Garten. Ich habe immerzu Erde unter den Fingernägeln. Das entspannt mich so schön.«
»Sie machen das alles allein?«, fragt Marcia verblüfft. Sie stellt sich vor, wie viele Stunden in der Woche man damit zubringen musste, allein den Rasen zu mähen und das Unkraut aus den Blumenbeeten zu jäten.
»Es macht mir Spaß«, sagt Marcias Mutter. »Es entspannt mich von meiner Arbeit.«
Marcia wusste nicht, dass Tills Mutter arbeitete. Sie dachte, eine so reiche Frau sitzt zu Hause auf dem Sofa und isst den ganzen Tag Konfekt.
»Was machen Sie denn?«, fragt Marcia.
Frau Kröger lächelt. »Das ist kompliziert.«
»Macht doch nichts«, sagt Marcia. Sie stehen immer noch vor dem Beet mit den Dahlien. Hier und da steht noch eine eingeknickte Gladiole, die nicht glauben kann, dass ihre Zeit vorbei ist. Und Schleierkraut blüht, duftig und weiß.
»Ich habe Psychologie studiert«, sagt Frau Kröger. »Ich wollte mal in einem Therapiezentrum für Kinder arbeiten.«
Marcia versucht nur geradeaus zu schauen. »Aber dann habe ich meinen Mann kennen gelernt und bin gleich schwanger geworden.« Frau Kröger lächelt wieder und

streicht sich eine Strähne aus der Stirn. An ihrem Finger blitzt der Ring. Marcia glaubt, es ist der Ring, den sie damals im Schaufenster des Hamburger Juweliers gesehen haben. Aber sie ist nicht sicher.

»Und mein Mann hat gemeint, wenn ich so am Seelenleben der Kinder interessiert bin, sollte ich mich hauptsächlich um unser eigenes Kind kümmern. Deshalb habe ich damals den Job wieder aufgegeben. Na ja«, sie hebt die Schultern.

»Aber seit Till groß ist, seit er elf ist, habe ich angefangen Gutachten zu schreiben. Fürs Gericht, weißt du.«

Marcia nickt. Sie kann sich ungefähr vorstellen, was Frau Kröger macht.

»Und geht es um Jugendliche?«, fragt sie.

»Nein, meistens um Erwachsene. Es geht um Täter, die ein Verbrechen begangen haben und bei denen man herausfinden will, warum das passiert ist. Und ob eine Wiederholungsgefahr besteht.«

Marcia nickt.

»Also«, sagt Frau Kröger, »zum Beispiel sexueller Missbrauch. Das ist ein typischer Fall.«

Marcia blickt auf, schaut Frau Kröger an. Aber sie sieht nur ihr Profil.

Die Stirn, die ein bisschen vorsteht, sodass man einen kleinen Höcker sieht, vielleicht auch nur, weil das Haar so straff zurückgekämmt ist. Ganz straff von der Stirn weg. Aber das Haar ist dünn und fein und löst sich immer hinten aus den Kämmchen. Tills Mutter hat eine schmale, vollkommen gerade Nase. Und schmale Lippen. Das Kinn steht ein bisschen vor, und wenn sie spricht, tritt es noch mehr vor. So, als brauche sie für ihre Sätze immer extra viel Mut, einen Schwung irgendwie.

Tills Mutter spürt offenbar Marcias aufmerksamen Blick.

Sie lacht plötzlich. Sie hält immer noch den Teller mit dem Fleisch in der Hand.
»Das ist blöde, diese Pappteller. So unpraktisch. Die lösen sich ja direkt unter den Händen auf.«
Marcia denkt, für andere Gäste haben sie vielleicht richtige Teller genommen.
Sie weiß, dass sie ungerecht ist.
Aber sie traut es Herrn Kröger zu, dass er gesagt hat: »Wir machen es einfach. Wie auf dem Campingplatz. So leben solche Leute doch.«
Bei Tills Vater fühlt Marcia sich immer wie ein Mensch zweiter Klasse, obwohl er nett ist. Und großzügig. Aber immer hat sie das Gefühl, sie müsse diesem Mann dankbar sein. Und sie will nicht dankbar sein.
Sie will nicht dankbar sein, dass Tills Vater sie mit nach Hamburg genommen hat, dass er ihr ein teures Hotelzimmer und eine teure Karte für das Musical gekauft hat. Sie will ihm nicht dankbar sein, dass ihre Mutter jetzt diesen tollen Job hat. Oder, womöglich, dass sie hier abends im Garten dicke Steaks essen dürfen.
»Komm«, sagt Tills Mutter, »ich trag den Teller da drüben hin.« Sie deutet auf eine Gartenbank vor einem kleinen Tisch. Die anderen sitzen an einem Biertisch auf zwei Bänken ohne Lehne. Herr Kröger erzählt gerade einen Witz.
Man hört, wie er redet und wie er die Geschichte zum Höhepunkt treibt und einen Augenblick innehält, bevor er die Pointe bringt, und wie dann alle in rührendes Gelächter ausbrechen. Das hohe, schrille Lachen ihrer Mutter hallt in Marcias Ohren.
Marcia setzt sich auf den Platz, den Tills Mutter ihr zuweist. Sie sitzt, die Hände zwischen den Knien, und starrt auf den Fleischberg auf ihrem Teller. Tills Mutter steht am

Tisch, auf dem Salatschüsseln aufgebaut sind, und schaufelt aus jeder Schüssel einen Löffel Salat auf einen anderen Pappteller.
Dann kommt sie zurück, stellt den Salatteller vor sie hin. »Und was trinkst du?«
»Ich weiß nicht«, sagt Marcia, »vielleicht Apfelschorle?«
»Kommt sofort.«
»Aber das kann ich mir doch selbst holen!«, ruft Marcia, doch Tills Mutter ist schon wieder unterwegs, schüttet Apfelsaft in einen Pappbecher, gießt mit Mineralwasser auf, kommt zurück und setzt sich Marcia gegenüber.
Sie schweigen einen Augenblick. Dann sagt Marcias Mutter: »Till ist traurig, aber das weißt du bestimmt.«
Marcia verschluckt sich. Tills Mutter springt auf. »Ich hol eine Serviette.«
Sie läuft weg und Marcia schiebt die Briefe, die sich in ihrem Hosenbund nach oben gearbeitet haben, verstohlen wieder runter.
»Hier, die Serviette.« Tills Mutter setzt sich wieder.
»Also, wir haben über Till gesprochen.«
Marcia zerschneidet das Fleisch, es ist innen noch ein bisschen blutig. Sie schiebt den Teller verstohlen einen Zentimeter von sich weg. »Till hat das Internat aufgegeben. Das weißt du bestimmt?«
»Er hat es mir erzählt«, sagt Marcia.
Tills Mutter lächelt. »Ach, ihr habt miteinander gesprochen? Wann denn?«
Marcia spürt das Pochen ihres Herzens, spürt das Blut in den Schläfen, wie es rauscht.
»Ich weiß nicht mehr«, sagt sie hilflos. »Irgendwann neulich.«
Vom andern Tisch schaut Till zu ihnen hin. Sie kann sein Gesicht nicht richtig sehen. Sie will es auch nicht.

Haben Till und seine Mutter sich abgesprochen? Ahnt er, worüber sie reden?
Marcia kommt sich vor wie ein Reh, das von den Treibern einem Jäger vor die Flinte gejagt wird. Ohne Ausweg. Hilflos.
Sie hat das Gefühl, es wird etwas passieren, aber sie weiß nicht, was. Herr Kröger, am anderen Tisch, erzählt wieder einen Witz. Als könne man Leute wie Marcias Familie nur mit blöden Witzen unterhalten. Marcias Gesicht wird rot vor Scham. Und vor Wut. Und Panik.
»Das hat Till mir gar nicht erzählt, dass ihr euch getroffen habt«, sagt Frauke Kröger.
»War auch nur zufällig«, murmelt Marcia. Sie schiebt sich eine Gabel Gurkensalat in den Mund. Wenn sie kaut, muss sie nicht antworten. Sie kaut bedächtig, der Salat schmeckt nach frischem Dill und Zucker.
Marcia mag keinen Zucker im Salat. Aber sie kaut. Und kaut.
»Das Internat war für Till nicht das richtige«, sagt Frau Kröger. »Man hat ihn da nicht verstanden. Seine besondere Art, weißt du.« Sie lächelt. »Du hast ihn ja immer gemocht. Ich weiß nicht, warum die anderen Kinder ihn nicht mögen. Ist es nur wegen seiner Augen? Wegen dieser Brille?«
»Ach, Quatsch«, sagt Marcia.
Frau Kröger lächelt erleichtert. »Ich bin froh, dass du das sagst. Du kannst dir gar nicht vorstellen, wie viele Ärzte wir schon besucht haben. Der arme Till. All die Operationen. Wenn er dann nach der Operation daliegt, im Krankenhaus, und beide Augen sind verbunden und er sieht nichts, tagelang, einmal wochenlang, das ist schwer für ein Kind, da baut er sich eine eigene Welt.«
Marcia schneidet das Kotelett. Das ist nicht blutig. Sie

meißelt ein Stückchen ab und steckt es in den Mund. Das Fleisch ist zart. Und gut gewürzt. Es schmeckt richtig gut.
»Wir haben immer versucht an allen Schulen die Lehrer darauf aufmerksam zu machen, dass ein Kind wie Till eine besondere Zuwendung braucht.«
»Bei uns in der Schule waren die Lehrer nett zu ihm«, sagt Marcia. Und weiß im gleichen Augenblick nicht, warum sie das gesagt hat.
»Till hat mir etwas anderes erzählt«, sagt Frauke Kröger. »Das ist ja interessant. Er hat behauptet, die Lehrer würden ihn schikanieren.«
»So was sagt man doch immer, wenn man schlechte Zensuren nach Hause bringt«, sagt Marcia.
»Meinst du?« Tills Mutter legt den Kopf schief. Sie beobachtet Marcia beim Essen, und das macht Marcia verlegen. Einmal rutscht eine Kartoffelscheibe, in Majonäse gebadet, vom Teller auf ihre Jeans. Das ist schrecklich peinlich. Tills Mutter schiebt ihr die Serviette hin, als Marcia endlich mit den Fingern die Kartoffelscheibe ergriffen und zurück an den Tellerrand gebracht hat.
»Das geht mit Wasser raus«, sagt sie. »Jeans sind ja praktisch.«
Herr Kröger steht schon wieder am Grill. Er hebt einen Teller mit Grillwürstchen hoch. »Jetzt eine Runde Würstchen!«, ruft er. »Wer will, hebt die Hand.«
Marcia sieht, dass Benni beide Hände hochhebt. Seinen Fisch hat er offenbar schon vertilgt. Oder es schmeckte ihm nicht. Dann hat Benni ihn vielleicht heimlich in den Büschen »entsorgt«. Ihm ist so was zuzutrauen.
»Wir haben für Till jetzt eine Lehrstelle. Im Inneneinrichtungshaus Jülich«, sagt Frauke Kröger. »Die haben damals auch dieses Haus eingerichtet. Sehr gute Fachleute. Sehr stilvoll. Ich denke, es wird Till Spaß machen.«

»Denke ich auch«, sagt Marcia.
Tills Mutter lächelt. »Wollt ihr nicht mal wieder was zusammen machen? So wie früher?«
»Was denn?«, fragt Marcia. Ihr bleibt der Bissen im Hals stecken.
»Ich weiß nicht, eine Fahrradtour, einen kleinen Campingausflug, irgendwas.«
Marcia schiebt den Teller zur Seite. Sie rutscht auf der Bank hin und her.
»Ich muss viel für die Schule arbeiten«, sagt sie.
»Ja, das weiß ich.« Die Augen von Tills Mutter betteln geradezu.
»Aber immerzu kann man auch nicht arbeiten! Man muss sich doch auch mal einen Spaß gönnen! Du kannst jederzeit zu uns kommen. Das weißt du doch. Wir haben eine Sauna im Keller. Und eine Tischtennisplatte. Till würde sich so freuen, wenn du öfters kämst.«
Marcia hat einen glutroten Kopf. Sie kann nichts antworten.
Tills Mutter steht auf. »Jedenfalls«, sagt sie warm und herzlich, »ich wollte nur, dass du weißt: Unser Haus steht dir immer offen.«
Als sie sich umdreht und weggeht, würgt Marcia das Fleischstück wieder aus dem Hals.
Sie kann auf einmal nichts mehr herunterbringen.
Sie sieht auf einmal wieder diesen Teppich, diesen Tisch mit der chinesischen Vase aus dem elften Jahrhundert. Sie sieht den nackten Till. Und sich. Auf dem Teppich. Sie stolpert von der Bank weg in den Garten, ins Dunkle des Gartens, in Richtung zum Bach, zum Bootssteg. Übergibt sich. Sie keucht und ihr Hals ist wie Galle, bitter und scharf und der Schweiß läuft über ihr Gesicht.
Sie möchte sterben, so elend fühlt sie sich. Sie möchte unsichtbar sein, so furchtbar ist alles.

Ich komm hier nie wieder raus, denkt sie verzweifelt. Ich bin wie in einem Netz. Das zieht sich langsam zu.
Sie stellt sich vor, dass sie zum Bahnhof läuft, eine Fahrkarte kauft und in den nächsten Fernzug springt. Und sieht gleichzeitig, wie der lange Arm von Dieter Kröger sie wieder aus dem Abteil holt und auf den Bahnsteig zurückbefördert.
Sie lehnt sich gegen einen Baum. Die Rinde ist schorfig und kantig. Sie fühlt diese Rinde mit den Händen. Sie schließt die Augen.
Sie wartet, bis ihr Magen sich wieder beruhigt, fährt mit dem Blusenärmel über den Mund, riecht an der Bluse, riecht das Erbrochene und spürt wieder, wie ihr Bauch revoltiert.
Sie atmet tief und ruhig. Mit geschlossenen Augen.
Dann ebbt der Schmerz ab. Und das Gefühl von Ekel. Es riecht wieder nach klarem Bachwasser und Holunderbeeren.
Sie hört das Lachen aus dem Garten. Das Lachen ihres Vater ist wie eine sanfte, ruhige Stimme aus einem Traum.
Sie presst ihre Hand auf den Magen. Sie fühlt das Knistern der Briefe unter ihrem Gürtel.

Marcia hockt mit ihrem kleinen Bruder auf dem Rasen. Sie haben einen kleinen Frosch gefunden, der erschreckt im Gras hockt, Luft in seine Lungen pumpt. Man sieht, dass er Angst hat. Und flüchten will. Marcia will dem Frosch helfen und Benni dazu bringen, dass er das Tier in Ruhe lässt, aber Benni ist fasziniert. Mit einem Stock berührt er immer wieder den Rücken des Tieres und das reagiert, als habe es einen Elektroschock bekommen: Es springt einen halben Meter in die Höhe.
»Komm«, sagt Marcia, »lass den armen Kerl.«

»Ich will aber mit ihm spielen«, mault Benni, »sonst langweile ich mich. Wann gehen wir endlich nach Hause?«
»Hier ist es doch schön«, sagt Marcia, obwohl sie das überhaupt nicht so empfindet.
Till ist im Haus verschwunden, um die Zigarrenkiste seines Vater zu holen.
Dieter Kröger will mit Marcias Vater eine echte »Monte Christo« rauchen. Dieter Kröger sagt: »Das sind die besten Zigarren der Welt. So was muss man einmal im Leben geraucht haben. Kosten Stück 50 Euro. Aber heute soll es uns nicht drauf ankommen, was?« Er schlägt Marcias Vater rauf den Rücken, bis der anfängt zu husten. Marcias Mutter wird von Frau Kröger durch das Haus geführt. Also geht ihr großer Wunsch doch in Erfüllung.
Dieter Kröger schlendert zu dem Platz, an dem Marcia und Benni hocken.
»Na, ihr beiden«, sagt er jovial, »alles im grünen Bereich?«
»Klar«, sagt Benni. Und Marcia zuckt nur mit den Schultern.
Tills Vater geht neben Marcia in die Hocke. Er reißt ein paar Grashalme ab und lässt sie durch die Finger gleiten.
»Till hat noch eine Überraschung für dich«, sagt er.
Marcia hebt den Kopf, argwöhnisch. Tills Vater lächelt.
»Hast du das Boot gesehen, das wir unten vertäut haben? Till will mit dir eine Bootstour machen, den Bachlauf entlang. Manchmal muss man den Kopf ein bisschen einziehen, weil die Zweige der Büsche fast bis zum Wasser reichen. Aber es ist romantisch. Er hat schon Fackeln am Boot montiert. Gesehen?«
Marcia schüttelt den Kopf.
Wenn ich etwas bestimmt nicht tue, denkt sie, dann das. Mit Till eine Bootsfahrt machen – nein danke, das hatte ich schon.

Sie sieht Till, der aus dem Haus kommt. Das Wohnzimmer ist erleuchtet. Till springt die Treppenstufen herunter. In der Hand hält er eine braune Zigarrenkiste. Er kommt zu ihnen. Er guckt an Marcia vorbei, als er seinem Vater die Kiste zeigt.
»Ist es die? Ich hab nur die gefunden.«
»Die ist goldrichtig, Junge«, sagt Tills Vater. Er nimmt die Kiste, steht auf und geht zu dem Tisch.
Er setzt sich Marcias Vater gegenüber. Beide nehmen sich jeder eine Zigarre aus dem Kasten und drehen sie zwischen den Fingern. Das ist ein Ritual. Beide halten die Zigarre unter die Nase, quer, und riechen daran. Mit geschlossenen Augen. Das ist auch ein Ritual. Dann schauen sie sich an und nicken. Die Zigarren sind gut.
Marcia überlegt, wie lange es dauert, bis man so eine dicke Zigarre aufgeraucht hat. Bestimmt Stunden. Aber sie weiß, dass sie es nicht mehr so lange hier aushält.
Benni hüpft wie ein Frosch quer über den Rasen, der richtige Frosch ist längst entkommen.
Till lagert sich neben Marcia ins Gras. »Klasse Party, oder?«, sagt er.
»Ja, ganz schön«, murmelt Marcia. Sie will aufstehen und weggehen, aber Till hält sie fest.
»Ohne Eltern wär's natürlich besser. Aber manchmal ist es ganz gut, wenn man die Alten mit einbindet. Was meinst du?«
»Ich hab keine Ahnung, wovon du redest«, sagt Marcia abweisend.
»Das stärkt das Vertrauen zwischen Eltern und Kindern«, sagt Till.
»Meine Mutter jedenfalls findet das. Was habt ihr eigentlich geredet, Mami und du?«
»Hab ich vergessen«, lügt Marcia.

Till lacht ungläubig. »Das nehm ich dir nicht ab. Ihr habt über mich geredet, stimmt's?«
Marcia sagt nichts. Till robbt ein bisschen dichter zu Marcia heran. »Meine Mutter macht sich Sorgen um mich.« Er lacht. »Irgendwie geil, oder? Sie macht sich Sorgen, weiß aber eigentlich nicht, warum und wieso.«
»Weil sie dich auf dem Internat rausgeschmissen haben«, sagt Marcia.
»Ah«, Till nickt. Er reißt einen Grashalm ab und kaut drauf herum.
»Und warum haben sie dich rausgeworfen?«, fragt Marcia.
»Hat Mami dir das nicht erzählt?«
Marcia schüttelt den Kopf.
»Ich hab dem Schulpsychologen gesagt, was ich von ihm halte. Das war schon alles.« Till lächelt. Als wäre er immer noch stolz auf seine Leistung.
»Sie wollten, dass ich einmal in der Woche mit dem Schulpsychologen rede.«
»Und wieso?«
Pause. Till atmet heftig, schweigt, atmet wieder, zuckt mit den Schultern. »Da sind so ein paar Sachen vorgefallen.«
Marcias Herz schlägt heftiger. Sie fühlt sich sicher, solange die anderen in der Nähe sind. Sicher Fragen zu stellen, die sie sonst vielleicht nicht stellen würde.
»Und was sind das für Sachen?«
Jetzt lacht Till so laut, dass die Väter zu ihnen hinschauen. Dieter Kröger schreibt mit großer Geste Kreise mit seiner glühenden Zigarre in die Luft. »Ihr amüsiert euch, das gefällt mir!«, ruft er.
Till hört sofort auf zu lachen. »Du weißt doch Bescheid«, sagt er. »Wieso fragst du? Das sind die Sachen, über die wir in unseren Briefen immer geredet haben. Ich finde eben, dass es auf der Welt nichts Wichtigeres und Größe-

res gibt als Sex. Und blöderweise waren die auf dem Internat anderer Meinung.« Er räuspert sich, als Marcia immer noch schweigt.
»Die haben meine Videosammlung gefunden, dabei hatte ich die versteckt. Richtig geiles Versteck, im Holzschuppen. Weiß der Teufel, wie die das herausgefunden haben. Danach gab es einen Höllenkrach. Ich wollte ja nicht, dass meine Eltern davon erfahren. Ich hab gesagt: Ich tu alles, wenn Sie meinen Eltern nichts davon sagen. Deshalb musste ich zu diesem Schizo.«
»Was für ein Schizo?«
»Der Schulpsychologe. Der war echt der Hammer. Ein Wahnsinniger. Ich kam mit dem nicht klar. Ich meine, meine Mutter ist selber Psychologin. Ich könnte mich doch von der therapieren lassen, oder? Wenn die denken, dass ich einen Sexzwang habe oder so was – ich meine, das ist doch normal in der Pubertät?«
Die Mütter kommen aus dem Haus. Marcias Mutter ist ganz erfüllt von der Schönheit der Dinge, die sie im Haus gesehen hat. Sie läuft zu Marcia und Till, küsst Marcia auf den Kopf und sagt: »Ich durfte mir das Haus ansehen, Schätzchen. Einfach herrlich!«
Das Schätzchen sagt nichts. Das Schätzchen kennt das Haus.
Marcia spürt die Blicke von Till. Sie fühlt sich unbehaglich. Sie will weg.
Aber Till weiß immer ganz genau, wann sie sich davonstehlen will. Er hält sie fest. Dabei lächelt er.
»Meine Eltern haben diesen Grillabend nur meinetwegen gemacht«, sagt er. »War mein Wunsch. Damit wir uns wieder ein bisschen näher kommen. Ich könnte das nicht aushalten, weißt du, hier in Hanau die Lehre zu machen. Und dann wissen: Marcia wohnt nur zehn Straßen weiter. Und

wenn ich nicht immer zu dir könnte, wann und wie ich will. Ich würde mich umbringen, weißt du.«
Marcia fasst sich an den Hals. Es ist ihr, als müsse sie ersticken. Mühsam sucht sie nach Worten.
»Du hast das mit der Schule noch nicht zu Ende erzählt, mit dem Psychologen.«
»Ach«, Till schnaubt verächtlich, »ich hab dem einfach mal gesagt, was ich von ihm halte. Ich sollte zweimal in der Woche eine Sitzung bei ihm haben. Aber nach der dritten Sitzung war für mich das Ende der Fahnenstange erreicht. Ich meine: Was der wissen wollte! Was der mich alles gefragt hat! Ich meine, wer bin ich denn, dass ich dem so was antworten muss, das war echt pervers, was der gefragt hat. Echt.« Till schlägt sich an den Kopf, als würde er sich immer noch darüber aufregen.
»Dann bin ich einfach nicht mehr dort hingegangen, hab die Stunden beim Schulschizo geschwänzt und mich anders amüsiert – das kam übrigens raus. Und da haben die gesagt: ›Es reicht.‹ Du kannst wieder da hingehen, wo du hergekommen bist. Und haben meine Eltern angerufen und ihnen gesagt: ›Holen Sie bitte Ihren Sohn wieder ab. Wir können nichts mehr für ihn tun.‹« Er lacht in sich hinein. »Stell dir vor: Das haben sie wortwörtlich gesagt: ›Wir können nichts mehr für ihn tun.‹«
»Und deine Eltern wissen das von den Videos bis heute nicht?«
Till schüttelt den Kopf, er grinst. »Mein Alter sieht das ganz locker. Hat selber jede Menge Pornos geguckt, als er in meinem Alter war.« Er steht auf und zieht Marcia hoch.
Marcia wirft einen flehenden Blick zu ihrer Mutter, aber die reagiert nicht. Sie schenkt sich gerade Wein nach. Marcia erlebt es selten, dass ihre Mutter Wein trinkt. An diesem Abend ist es bestimmt schon das fünfte Glas. Die

Stimme ihrer Mutter hat sich verändert, das Lachen auch. Und ihre Bewegungen.
Mami hat einen Schwips, denkt Marcia.
Und findet das überhaupt nicht lustig. Eher peinlich.
Ihr Vater lehnt gemütlich im Gartensessel, dreht die dicke Zigarre zwischen den Fingern und genießt den Abend. Das spürt man richtig. Er genießt.
Benni hat ein altes Krocketset entdeckt und baut gerade einen Parcours auf dem Rasen auf. Marcia überlegt, ob sie zu ihm gehen und ihm helfen soll.
Sie spürt Till hinter sich, sie spürt seine heiße Hand auf ihrem Rücken. »Kleine Bootstour?«, fragt Till.
Marcia schüttelt den Kopf. »Ich helf Benni mit dem Krocket«, sagt sie.
»Ich hab aber alles fertig für die Tour«, sagt Till, fleht Till, drängt Till.
Marcia dreht sich um, schaut ihn an. Und sagt sehr langsam und ruhig, aber bestimmt: »Ich steig nie wieder mit dir in ein Boot, Till.«
Till zwinkert unsicher. »Und wieso nicht?«
»Dreimal darfst du raten«, sagt sie. »Außerdem muss ich aufs Klo.«
Sie geht zu Tills Mutter, beugt sich höflich vor und fragt: »Darf ich einmal auf Ihr Klo?«
Tills Mutter lächelt. »Aber natürlich! Was für eine Frage!« Sie winkt Till. »Zeig deiner Freundin unser Gästeklo. Und guck nach, ob genug frische Handtücher da sind.«
Till ist mit einem Satz bei Marcia. Er nimmt ihre Hand. »Komm«, sagt er.
Marcia zögert. Sie dreht sich zu ihrem Vater um, zu Dieter Kröger. »Aber ich finde den Weg allein!«, ruft sie.
Niemand hört ihr zu. Till zieht Marcia ins Haus. Die erleuchteten Treppen hoch, ins erleuchtete Wohnzimmer.

Honiggelbe Sessel, honiggelbe Gardinen, ein Couchtisch mit Orchideen und kleinen Marmor-Elefanten. Alles so wie aus »Schöner Wohnen«.

»Lass mich los«, sagt Marcia scharf.

Till lässt sie sofort los. Er lacht. »Klar, du weißt, wo das Klo ist?«

»Ich weiß es«, sagt Marcia.

Till schlägt sich gegen den Kopf. »Mensch, klar, ganz vergessen: Du kennst dich hier ja aus. Ist ein paar Jahre her, was?«

»Ja«, sagt Marcia, »ist ein paar Jahre her.«

Till folgt ihr. Sie schlängelt sich an den Sesseln und kleinen Tischen und Stehlampen vorbei in die Diele. Zögert.

Till steht neben ihr.

»Na?«, fragt er fröhlich. »Doch vergessen?« Er deutet auf eine schmale, weiß lackierte Tür. »Da ist es. Oder warte.« Er rennt an ihr vorbei, öffnet die Klotür, wirft einen Blick hinein, zieht sie wieder zu.

»Nimm lieber mein Bad. Hier hat jemand schon rumgesaut. Das war bestimmt dein kleiner Bruder.«

Marcia kann sich nicht erinnern, dass Benni im Haus gewesen wäre. Aber Till hat schon ihre Hand gepackt und zieht sie die Treppe in den ersten Stock hoch. »Mein Bad ist übrigens neu«, sagt er. »Ich hab sogar eine Power-Dusche. Die zeig ich dir.«

»Mich interessiert deine Power-Dusche nicht«, sagt Marcia, »ich will nur aufs Klo.«

Sie denkt: Die anderen sitzen unten im Garten, keine zwanzig Meter weg, höchstens fünfzig Meter.

Es ist alles in Ordnung. Es ist sicher. Es kann nichts passieren. Ich muss nicht immer so viel Angst haben.

Till wird es nicht wagen, irgendetwas Blödes zu machen, wenn seine Eltern in der Nähe sind . . .

Till stößt eine Tür auf und breitet einladend die Arme aus. »Mein Badezimmer. Bitte, zu deiner Verfügung.«
Das Badezimmer ist weiß gekachelt und in Hightech eingerichtet. Cool und edel und teuer. Marcia bleibt fast das Herz stehen. Für eine Sekunde beschleicht sie ein kleiner Neid.
In ihrer Wohnung gibt es nur ein Badezimmer für vier Leute. Und das Klo ist im Bad. Ein ständiger Kampf und ein ständiges Gerangel morgens nach dem Aufstehen.
Dieser Typ hat ein Bad ganz für sich allein. Total ungerecht, denkt Marcia, als sie Till die Tür vor der Nase zuschlägt.
Sie will abschließen, aber sie sieht, dass es keinen Schlüssel gibt.
Sie lauscht an der Tür. Man hört nichts.
Sie geht auf Zehenspitzen zum Klo, zieht die Jeans herunter, den Slip.
Da fallen die Briefe auf den Boden. Drei Briefe, alle ungeöffnet. Marcia hebt im Sitzen die Briefe auf, hält sie fest. Und fragt sich im gleichen Moment: Warum hab ich die mitgenommen? Was wollte ich mit den Briefen? Ich bin so ein Idiot! Sie setzt sich auf die Klobrille. Lauscht. Sie hört nichts. Draußen ist es vollkommen still.
Ihre Blase brennt beim Wasserlassen, so dringend musste sie. Sie beugt sich vor und schließt die Augen.
Da sieht sie, wie die Türklinke leise heruntergedrückt wird. Millimeter für Millimeter. Marcia hält die Luft an.
Sie hockt auf dem Klo. Die Jeans ringelt sich um ihre Füße und sie sieht, wie die Tür langsam aufgeht.
»Raus!«, schreit sie.
Die Tür bewegt sich aber immer noch.
Hektisch zerrt Marcia, immer noch im Sitzen, ein Handtuch vom Halter und schleudert es gegen die Tür. »Hau ab, sag ich!«

Aber Till steht schon da, lehnt an der Tür und schaut sie an. Sein Gesicht ist ganz ruhig. Die Augen flackern.

»Brauchst du noch lange?«, fragt er. »Ich muss nämlich auch mal.«

»Hau ab, sag ich!«, kreischt Marcia.

Sie springt auf, zieht ihre Jeans hoch. Nicht so einfach bei so hautengen Jeans. Die Briefe gleiten ihr wieder aus den zitternden Händen.

»Was ist das?«, fragt Till. Er wirft nur einen flüchtigen Blick auf die Briefe. Er erkennt sie nicht. Marcia bückt sich, er hält ihren Arm fest. Mit der einen Hand hält er sie fest, mit der anderen öffnet er seinen Gürtel. Langsam. Seine Augen flackern irre.

Marcia will an ihm vorbei.

Er verstellt ihr den Weg.

»Ich schrei!«, schreit Marcia.

»Wehe«, zischt Till.

Marcia schaut sich fieberhaft um. Was soll sie machen? Wie soll sie reagieren?

Auf dem Sims über der Badewanne steht eine Sprühdose mit einem Reinigungsmittel.

Marcia springt vor, greift nach der Sprühdose und zischt Till eine Ladung ins Gesicht.

Till schreit auf, legt die Hände vors Gesicht, taumelt.

Marcia nimmt die Briefe, rennt an Till vorbei, flüchtet die Treppen herunter, knöpft sich im Laufen die Hosen zu, rennt weiter durch das Wohnzimmer auf die Terrasse. Die Steintreppen der Terrasse sind indirekt beleuchtet. Von unten wird sie angestrahlt.

Das Lachen verstummt im gleichen Augenblick, als alle Marcia sehen, da oben auf der Treppe, zitternd, hell erleuchtet.

Marcias Mutter spürt als Erste, dass etwas passiert ist, sie

wirft erschrocken das Weinglas um, springt auf. »Schätzchen! Was ist . . .?«
Dann hört Marcia, wie ihr Vater sagt: »Ach, verdammt.« Die Zigarre ist auf seine Hose gefallen.
Tills Eltern sitzen ganz starr, vollkommen steif und reglos, wie Puppen, während Marcias Mutter zur Treppe läuft, die Arme ausgebreitet.
Marcia kann Benni nicht sehen, aber das ist vielleicht gut so. Sie zittert am ganzen Körper. Sie kann kaum sprechen, das weiß sie, sie muss sich fünfmal räuspern und Luft holen, und dann hält sie die drei Briefe hoch. Und sagt:
»Die hat Till mir geschrieben. Aus dem Internat. Ich weiß nicht, ich glaube, sie sind zwei Jahre alt. Ich habe sie nicht aufgemacht, weil ich weiß, was drinsteht, und weil ich das nicht lesen wollte. Aber jetzt mache ich sie auf und lese laut vor, was da drinsteht.«
Vollkommene Stille. Man hört nur die Grillen zirpen, als halten alle den Atem an.
Marcia bohrt einen Finger in den Briefumschlag und reißt ihn auseinander, wild, sie zerrt den Briefbogen heraus, geht näher an eine Lampe.
Jetzt steht Tills Mutter auf. »Marcia!«, ruft sie. »Nicht! Tu das nicht! Das ist das Briefgeheimnis. Das muss geschützt werden!«
»Und unser Sohn muss geschützt werden!«, ruft Tills Vater.
Marcia faltet mit zitternden Fingern den Brief auseinander, liest zuerst das Datum.
»Der hier ist vom 12. Oktober vor zwei Jahren«, sagt sie.
»Bitte!«, ruft Tills Mutter. Ihre Stimme ist nur ein heiserer, verzweifelter Schrei. »Was auch immer da drinsteht, wir wollen es nicht wissen!«
»Wo ist Till überhaupt?«, ruft Tills Vater. »Wo ist unser Sohn?«

»Er ist oben«, sagt Marcia, »in seinem Badezimmer. Keine Sorge, der kommt schon wieder.«
Tills Mutter dreht sich verzweifelt zu Marcias Mutter um. »Sie müssen das verhindern!«, ruft sie verzweifelt. »Sie müssen ihre Tochter überzeugen, dass sie etwas unmenschlich ist! Unseren Sohn, den Till ... einfach so ... an den Pranger ... – so etwas tut man doch nicht!«
Marcias Mutter schaut Marcia an, dann Tills Mutter, dann atmet sie tief durch. »Wissen Sie denn, was in dem Brief steht?«
Frau Kröger schüttelt heftig den Kopf. »Und ich will es auch nicht wissen. Das geht nur Marcia und Till etwas an, wenn die beiden sich ...«
»Schätzchen«, ruft Marcias Mutter, »warum machst du nur dieses Theater? Wir hatten so einen schönen Abend!«
»Tut mir Leid«, sagt Marcia, »wenn ich euch den Abend verderbe. Wo doch alles so schön und harmonisch angefangen hat, nicht?«
»Dann hör doch auf!«, ruft Marcias Mutter. Sie wirkt richtig verzweifelt. Sie schämt sich für mich, denkt Marcia. Sie schämt sich vor ihrem neuen Chef, vor Tills Vater, dafür, dass ich hier so einen Aufstand mache. Aber ich hör nicht auf. Dieses Mal nicht. Ich habe angefangen und ich bringe das jetzt auch zu Ende. Egal, wie. Ich schaff das. Ich schaff das ...
»Ich möchte, dass ihr euch das anhört.« Marcia muss sich zweimal räuspern, bevor sie weitersprechen kann. »Von diesen Briefen gibt es jede Menge. Das, was Till hier schreibt, das hat er mir auch als E-Mail geschickt. Und er hat mir meinen Anrufbeantworter mit so was voll gequatscht. Er hat sogar eine Seite ins Netz gestellt, mit meinem Foto ...« Sie spürt, dass ihre Stimme versagt. Sie schweigt, holt tief Luft und fängt wieder an. Ihre Stimme

wird ruhiger, etwas tiefer. Sie hasst es, dass sie bei Aufregungen so eine hohe, quietschige Stimme bekommt. Sie muss ihre Stimme runterbringen, muss ruhiger werden. Ganz klar.

Ich muss ganz klar sein, denkt sie.

Erst als die Hände, die den Brief halten, nicht mehr zittern, redet sie weiter.

»So was wie das hier musste ich zwei Jahre lang alleine aushalten. Ich hab immer geschwiegen. Aber jetzt kann ich nicht mehr. Und ich will nicht mehr. Ich verlange von euch allen, dass ihr euch das anhört:

Hallo Marcia, du kleine Schlampe, hast du wieder mal keine Klebe für eine Briefmarke gefunden? Oder warum krieg ich keine Post?

Da haben es Mädchen leichter, die eine feuchte Muschi haben. Die brauchen die Briefmarke nur dranzuhalten.

Ich wünsch mir von dir so einen Brief. Da könnte ich an der Briefmarke schnüffeln und mir vorstellen, dass du nackt neben mir liegst, dass ich dich rieche, weißt du, alles von dir. Ich bin total wild auf deinen Geruch.

Ich frag mich immer noch, warum du damals einfach abgehauen bist. Es war gerade so schön. Wir hätten alles machen können, weißt du, alles. Wir waren doch total alleine. Du hast dir nicht mal das Video angeguckt. Obwohl das die geilste Sex-Szene hat, die ich kenne. Und ich kenne viele, hunderte Videos. Ich bin ein Spezialist in Sachen Sex, Baby, ich könnte dir Sachen beibringen. Ich weiß, dass du kreischen würdest. Du brauchst mich, Marcia, du brauchst mich ganz dringend, du weißt es nur noch nicht. Aber mein Schwanz weiß es. Der sagt es mir jeden Abend, wenn ich ihn angucke. Dann sagt er: ›Hey, wo ist die kleine Fotze Marcia? Wieso darf ich da nicht rein?‹ . . .«

Marcias Stimme versagt. Die Tränen laufen ihr über das Gesicht. Sie stockt, wischt mit der Hand über den Mund und schaut auf die Leute, die ein paar Treppenstufen tiefer stehen. Ihre Gesichter sind weiß beleuchtet, mit bunten Flecken von den Fackeln, die kurz vor dem endgültigen Erlöschen noch einmal aufflackern.

Marcias Mutter hält die Hände vor das Gesicht. Ihre Augen sind sperrangelweit geöffnet.

Ihr Vater drückt zitternd die Zigarre im Aschenbecher aus. Er schiebt Tills Eltern zur Seite und stürmt nach vorn. Die Stufen hoch.

Marcia lässt den Brief fallen. Er flattert auf den Boden.

»Oh Gott, was ist das für ein Alptraum!« Er umfängt Marcia mit den Armen. »Was für ein Alptraum!«, schreit er noch einmal.

In diesem Augenblick erwacht Tills Mutter aus ihrer Erstarrung.

»Ist das wirklich von Till?«, fragt sie. Sie zieht die Strickjacke enger um den Körper. »Sag was! Dieter, bitte! Das ist doch nicht mein Sohn!«

Dieter Kröger räuspert sich. Er knöpft sein Sakko zu. Er sieht auf einmal aus wie ein Unternehmer, wie ein erfolgreicher Geschäftsmann, der Befehle gibt und Anordnungen, der Entscheidungen fällt. Und der erwartet, dass ihm keiner widerspricht.

»Worüber regt ihr euch auf!«, ruft er. »Das kann man doch heute in jeder BRAVO lesen! Meine Güte! Till ist siebzehn! Der hat sich einen Jux gemacht!«

»Aber damals war er fünfzehn und Marcia noch vierzehn!«, ruft Marcias Mutter.

»Ja, und?«, brüllt Tills Vater. »Das ist der Beginn der Pubertät! Jungs denken nun mal an Sex, wenn die Hormone schießen. Was ist denn Schlimmes dabei? Ich wollte als

Junge auch meine Freundin nackt sehen. Ich hab auch von so was fantasiert. Das geht auch wieder vorbei.«

»Dieter! Sei bitte still!«, zischt Tills Mutter. Sie presst die Hände gegen den Bauch. Sie schaut Marcia an, die sich aus den Armen ihres Vaters gelöst hat und den Brief wieder aufhebt. »Marcia«, sagt Tills Mutter, »darf ich dir eine Frage stellen?«

Marcia zuckt mit den Schultern. Sie kann keine Fragen mehr beantworten, kann nichts mehr sagen.

Aber Tills Mutter war immer nett zu ihr. Auch vorhin noch, als sie geredet haben . . . war doch immer nett . . .

»Und?«, flüstert Marcia.

»Warum hast du mir vorhin nichts darüber erzählt? Wir haben doch miteinander gesprochen? Warum musstest du das vor der ganzen Familie . . . vor allen . . .« Ihre Stimme ist nur noch ein verzweifeltes Flüstern. »Du hast meinen Sohn an den Pranger gestellt. Merkst du nicht, was du getan hast?«

»Ich musste es tun«, sagt Marcia. »Ich konnte nicht anders. Ich habe es nicht mehr ausgehalten.«

»Was hast du nicht ausgehalten?«

»Dass er mich verfolgt hat. Er hat mir aufgelauert, er hat mir Sachen gesagt . . . er wollte . . .« Marcia schluckt, richtet ihre Augen auf einen Stern, der im klaren Nachthimmel blinkt. »Wenn er nicht zurückgekommen wäre, hätte ich nichts gesagt. Aber so. Er ist wieder da. Und ich weiß, er wird mich nicht in Ruhe lassen. Er ist wie besessen. Ich versteh das nicht. Ich . . . ich . . . ich wusste einfach nicht weiter.«

»Aber du hättest mit mir reden können.«

»Ich wusste doch nicht, dass Sie von so etwas was verstehen.«

»Jetzt weißt du es.«

Marcias Mutter nimmt Marcia den Brief ab und hält ihn mit

zitternder Hand hoch. »Sie haben das studiert!«, ruft sie. »Psychologie und alles! Sie wissen alles über die anderen Menschen! Aber über ihren eigenen Sohn wissen Sie gar nichts! Nichts!«

Tills Vater wischt mit einer wütenden Handbewegung die Plastikbecher, die Pappteller, die Flaschen vom Tisch. »Verdammt noch mal, jetzt aber Schluss!«, schreit er. »Ihr tut ja gerade so, als würde der Himmel einstürzen wegen ein paar Briefen, die Till geschrieben hat! Geht das nicht in euren Schädel, dass dieser Junge sich nur einen Spaß gemacht hat? Wem tut das weh, wenn er so einen Brief schreibt?«

Marcia schaut Tills Vater an. Ihre Stimme bebt. »Mir tut das weh«, sagt sie leise. »Mir tut das sogar sehr weh. Und das war überhaupt kein Scherz.«

»Aber hat er dir je etwas getan? Etwas, das du nicht wolltest?«, fragt Tills Vater. Er kommt näher. Er ist groß, kräftig, elegant gekleidet. Er sieht aus wie jemand, der immer eine dicke Brieftasche mit sich herumschleppt.

Marcia muss tief Luft holen, um gegen ihre innere Panik zu kämpfen, ihre Angst, ihre Schüchternheit.

Sie muss vergessen, dass Dieter Kröger der Chef ihrer Mutter ist.

»Er ist hinter mir her seit damals, seit *Cats*«, sagt sie. »Da hat er sich schon nachts in mein Zimmer geschlichen und mich angefasst . . .« Sie schließt die Augen. Tills Vater steht vor ihr, drohend, die Hände vor dem Bauch verschränkt. Es ist, als versuche er ihre Worte in ihren Mund zurückzudrängen, als versuche er mit der Kraft seines Willens, sie daran zu hindern, das auszusprechen, was unbedingt gesagt werden muss. Aber Marcia nimmt die Hand ihres Vaters. Eine trockene, feste Hand. Und sie holt noch einmal tief Luft und sagt:

»Zwei Wochen bevor er ins Internat kam, hat er mich fast vergewaltigt.« Sie macht eine Kopfdrehung zum Haus hin. »Da, in dem Esszimmer, auf dem Fußboden. Ich hab versucht vor ihm wegzulaufen. Dabei ist die chinesische Porzellanvase kaputtgegangen.«

»Nein!«, flüstert Tills Mutter entsetzt.

Und Marcias Mutter krümmt sich wie hinter einem plötzlichen furchtbaren Schmerz.

Marcia sieht das alles mit der Gerührtheit eines Regisseurs oder eines Kameramannes, der die Gesichter von entsetzten Zuschauern filmt.

»Es tut mir Leid wegen der teuren Vase«, sagt sie.

»Vergiss doch die Vase!«, ringt Tills Vater. »Die war doch nichts wert!«

Marcia schluckt. In ihrem Kopf rauscht es. »Aber . . . sie . . . – das ist doch ein Kunstschatz aus dem elften Jahrhundert . . .«

Dieter Kröger lacht. Er wirkt verzweifelt in seinem Lachen, verzweifelt und trotzig und fassungslos. Er weiß nicht weiter. Er ist mit seinem Latein am Ende. Die Dinge nehmen ihren Lauf und er kann sie nicht aufhalten. Das spürt er.

»Das Ding kannst du in Hongkong in jedem Kaufhaus bekommen. Das ist nichts! Gar nichts!«, sagt er wegwerfend.

Oh, denkt Marcia, gut. Das musste ja auch noch kommen. Damit hat Till mich erpresst. Hat mir ein schlechtes Gewissen gemacht. Er wusste bestimmt, dass die Vase nichts wert war.

Plötzlich, aus dem Dunkel des Gartens, kommt ein jämmerliches Weinen. Ein Schluchzen. Alle schauen sich um. Benni steht mitten auf dem Rasen, in der einen Hand hält er einen Krocketschläger, in der anderen die Holzkugel.

»Was macht ihr denn da?«, ruft er schluchzend. »Wieso spielt keiner mit mir? Ich will nach Hause, Mami!«

Marcias Mutter, hin- und hergerissen, stürzt zu ihrem Sohn, kniet neben ihm und nimmt ihn in die Arme.
»Und Till?«, ruft Dieter Kröger. »Wo ist er?«
Er läuft ins Haus, man hört seine dröhnende Stimme. »Till! Wo bist du? Junge! Komm runter! Ich hab ein paar Fragen an dich! Komm sofort hierher, Junge.«
Aber Till kommt nicht. Till hat sich in seinem Zimmer eingeschlossen und reagiert auf gar nichts.
Tills Mutter läuft nach oben, spricht durch die verschlossene Tür mit ihm.
Marcias Mutter sammelt die Krocketschläger und Holzkugeln ein und verstaut alles wieder in dem großen Kasten.
Sie nehmen ihre Strickjacken, ihr Mückenspray und gehen durch den Garten zur Vorderseite des Hauses.
Sie öffnen die Gartentür und überqueren die Straße. Das Auto steht noch da.
Wortlos schließt Marcias Vater auf, öffnet die hintere Wagentür. Marcia und Benni steigen ein. Benni legt seinen Kopf sofort in Marcias Schoß und nimmt ihre Hand. Seine Hand ist eisig kalt und feucht.
Marcias Vater setzt sich ans Steuer.
»Wieso willst du fahren?«, fragt Marcias Mutter.
Aber er gibt keine Antwort. Sie fahren wortlos nach Hause.
Sie steigen wortlos aus, gehen wortlos ins Haus, steigen stumm die Treppen hoch.
Marcias Mutter schließt auf.
»Ein Alptraum!«, flüstert Marcias Mutter.
»Aber er ist vorbei«, sagt Marcias Vater. Seine Stimme ist sicher, fest. Er fasst Marcias Schultern.
»Und ich schwöre dir, meine Kleine, dass dir nie wieder so etwas passiert. Dafür werde ich sorgen. Ich pass auf dich auf, meine Kleine.«
»Ich glaube, ich kann jetzt selber auf mich aufpassen, Pa-

pi«, sagt Marcia leise. Sie küsst ihren Vater. »Aber, danke schön.«
Sie fühlt in sich einen tiefen Frieden. Eine Ruhe wie lange nicht. Sie weiß, das sie zum ersten Mal gut schlafen wird. Traumlos und tief. Und ohne Ängste.
Sie hat sich befreit. An diesem Abend, als sie all ihren Mut zusammengenommen hat, ist eine Tür aufgesprungen in ihrem Käfig aus Angst.
Und aus dieser Tür konnte ihre Seele einfach hinaustreten, -schweben vielleicht.
Ganz merkwürdig fühlt Marcia sich an diesem Abend. Ihre Eltern kommen zu ihr ins Zimmer, sitzen eine Weile an ihrem Bett, streicheln ihre Schulter, ihr Haar.
Das fühlt sie, ist aber zu träge und zu müde, um irgendeine Reaktion zu zeigen.
Als die Eltern das Zimmer verlassen, hört sie das schon nicht mehr.

19. Kapitel

Am Morgen wacht Marcia ohne Kopfschmerzen auf. Aus dem Wohnzimmer hört sie »Ordinary me«, gesungen von Matthias Berger, der Gruppe Brockman. Die sind seit kurzem Marcias Lieblingsband.
Besonders dieses Lied: »I show my ordinary me, I'm feeling free . . .«
Bestimmt hat Mami das extra für mich aufgelegt, denkt sie. Ihre Tür steht einen Spalt offen, sie hört Schritte im Flur und Bennis Schnaufen beim Zähneputzen. Benni macht nie die Tür zu, wenn er im Bad ist.
Es riecht nach Kaffee und aufgebackenen Croissants.

Marcia liegt im Bett und bestaunt die Sonnenkringel an ihrer Gardine.
Das sieht so schön aus, denkt sie.
Sie steht auf, zieht die Gardine zur Seite und schaut in einen wolkenlosen Himmel.
Das Gewitter muss woanders runtergegangen sein.
Sie öffnet das Fenster. Es riecht nach Herbst, ganz plötzlich, nach trockenem Laub, das an den Zweigen raschelt, vom Kastanienbaum fallen die Früchte und zerplatzen.
Marcia breitet weit die Arme aus, reckt sich, atmet tief durch. Benni erscheint in ihrer Tür. Er hat die Zahnbürste noch im Mund, die Lippen sind voller Schaum.
»Hey, machst du Gymnastik? Das ist cool. Ich mach mit.«
Er hüpft auf bloßen Füßen in ihr Zimmer. Der Zahnpastaschaum verteilt sich gleichmäßig über ihre Klamotten, den Teppich, die Bücher, die auf dem Fußboden liegen. Aber Marcia lacht nur.
»Okay«, sagt sie, »wir beide. Arme kreisen und Rumpf beugen. Aber ohne Zahnbürste im Mund.«

Am Montag geht sie mit Fahrid über den Pausenhof. Fahrid macht Faxen und Marcia albert herum. Sie fühlt sich so leicht.
Marcias Mutter hat Makronen gebacken, Marcias Lieblingskekse, und Marcia trägt die Makronentüte spazieren. Fahrid und sie bedienen sich aus der Tüte, erst der eine, dann der andere.
An der Tischtennisplatte, die aus Beton ist, und trotzdem kaputt, lehnt Dennis. Er schaut zu ihnen rüber. Dennis hat einen neuen Haarschnitt, viel kürzer. Marcia findet, dass er noch besser aussieht als vorher.
Vor ihm tänzeln drei Mädchen aus der sechsten Klasse herum. Dennis ist der Schwarm. So ist es eben.

Marcia und Fahrid gehen in einiger Entfernung an ihm vorbei. Da ruft er: »Was ist in der Tüte?«
Marcia bleibt stehen, hebt die Tüte hoch. »Makronen, hat meine Mami gebacken.«
»Schmecken klasse«, sagt Fahrid.
Dennis lässt die Tischtennisplatte los und kommt zu ihnen. »Eigentlich mag ich nichts Süßes«, sagt er.
»Du musst ja auch nicht«, meint Fahrid. »Wir kriegen die schon alleine auf.«
Marcia hält ihm die Tüte hin. »Probier mal.«
Dennis nimmt eine Makrone, betrachtet das hellbraune Häubchen von allen Seiten. Unten klebt die Oblate. Sieht aus wie vom Konditor. »So was kann deine Mama?«, fragt er. Und schon ist die Makrone verschwunden.
Marcia schaut zu, wie er kaut. Und die Augen verdreht und lächelt, wie in einem Werbefilm.
Schade, denkt sie, dass Mami das nicht sieht.
»Echt«, sagt Dennis, während seine Zunge die letzte Kokosraspel von den Lippen leckt, »die sind ziemlich gut.«
Die drei Mädchen haben begriffen, dass Dennis für sie keine Zeit mehr hat. Sie trennen sich.
»Und?«, fragt Dennis. »Worüber amüsiert man sich so?« Er nimmt noch eine Makrone. Er isst. Er schaut Marcia in die Augen.
Marcia sieht in seinen Augen etwas, das sie erröten lässt. Vor Freude. Irgendwie.
»Kannst du heute Nachmittag mit in den Park kommen?«, fragt Dennis.
Fahrid schüttelt den Kopf. »Was ist denn im Park?«
»Kleine Überraschung«, sagt Dennis. Er wendet sich an Marcia. »Und du?«
»Ich weiß nicht«, sagt Marcia. »Vielleicht. Ich weiß nicht.«
»Und wieso weißt du nicht?«

Dennis und Fahrid schauen sie an.
Und Marcia lacht, verlegen, aber auch ein bisschen amüsiert. »Also, wenn ich ehrlich bin«, sagt sie, »will ich mir heute Nachmittag neue Schuhe kaufen.« Sie hebt ihr rechtes Bein. Und zeigt ihre Schuhe vor. »Guckt euch diese Treter an. Ist doch unmöglich.«
»Wieso denn? Drücken die? Sind die zu klein?«
»Nein, aber wie die aussehen! So was trägt man doch heute nicht mehr.«
»Du siehst doch immer gut aus«, sagt Dennis, »egal, was du anhast. Besonders wenn du so gut drauf bist wie heute.«
Marcia wird feuerrot.
Fahrid schaut von einem zum anderen. Argwöhnisch. »Hey«, sagt er, »was läuft denn da?«
»Überhaupt nichts«, sagt Dennis cool. »Was soll denn laufen?«
Und dreht sich um und schlendert davon.

Am Nachmittag trifft sie Dennis in der Stadt. Ob so was Zufall ist?
Genau, als sie das Schuhgeschäft verlässt, blockiert Dennis ihr den Weg. An der Leine führt er einen Hund, einen kleinen senfgelben Welpen, mit tapsigen Pfoten und einem Gesicht zum Abknutschen. Braune Knopfaugen unter langen, seidigen Wimpern.
»Marcia lässt sofort die Plastiktüte mit den neuen Turnschuhen fallen und stürzt sich auf den Hund, der um sie herumwieselt.
»Ist der süß! Gehört der dir? Woher hast du den?«
Dennis grinst. Er freut sich, dass Marcia so begeistert ist. Marcia möchte den Welpen auf den Arm nehmen, aber er windet sich immer wieder heraus, er kläfft und hechelt, bellt und wedelt mit dem Schwanz, springt hoch und

macht halbe Drehungen in der Luft. Er ist total ausgelassen.
»Ich hab ihn seit Samstag«, sagt Dennis. »Dieses hier ist sein erster Ausflug in die Stadt. Sonst sind wir immer nur im Park.«
»Und warum seid ihr in der Stadt?«
Dennis zuckt, ein bisschen verlegen, mit den Schultern. »Er muss sich an alles gewöhnen, oder? Hast du Schuhe gefunden?«
»Ja«, sagt Marcia, die die Augen nicht von dem Hund lässt. »Turnschuhe. Woher hast du den Kleinen? Wie heißt er?«
»Er heißt Mustang und ich hab ihn von einem Bauern aus Kladersee«, sagt Dennis. »Der verschenkt nämlich einen ganzen Wurf.«
Marcia hockt noch immer auf dem Boden. Von unten schaut sie zu Dennis auf. »Er verschenkt solche süßen Hunde? Was ist das für eine Rasse?«
»Labradors gemischt mit Collie«, sagt Dennis, der absolute Supermix.«
Marcia streichelt den Hund. »Ich hab mir immer einen Hund gewünscht.«
»Ja, und? Wieso hast du keinen?«
»In unserer alten Wohnung war Hundehaltung nicht erlaubt, deshalb haben meine Eltern mir ja Romeo geschenkt, ein Kaninchen. Aber der ist gestorben. Das war tragisch.«
»Was hatte er?«
»Er ist erstickt. An einem Karottenstück. Kein Mensch begreift, wie das passieren konnte. Es war einfach furchtbar. Danach wollte ich nie wieder ein Tier. Hast du keine Angst, dass Mustang etwas passiert?«
»Was soll ihm passieren? Er ist geimpft, er ist gesund. Und wenn er groß ist, beißt er die anderen Hunde weg.« Dennis lacht und Marcia muss auch lachen.

»Wenn ich einen Hund hätte«, sagt sie, »würde er mich beschützen. Da hätte ich keine Angst, abends allein auf der Straße oder allein in der Wohnung. Das wär toll.«
»Mustang mag dich«, stellt Dennis fest. »So verrückt ist der mit anderen Leuten nicht.« Er bückt sich und hebt Mustang hoch, klappt seine Schlappohren nach hinten und tut, als wolle er ihm was ins Ohr flüstern. »Sag mal, wie wär das? Wenn dein Bruder oder deine Schwester zu Marcia kämen? Und wir nachmittags immer im Park zusammen Blödsinn machen können? Wie würdest du das finden?«
Marcia reißt ihre Augen auf. Sie holt ganz tief Luft. Sie schaut Dennis an.
»Glaubst du, der Bauer hat noch welche aus dem Wurf?«
»Ich weiß es genau«, sagt Dennis, »ich hab heute mit ihm telefoniert. Und ihm versprochen, dass ich für den Wurf Reklame mache. Dies ist sozusagen ein Bewerbungsgespräch.«
Sie gehen zusammen zum Park. Mustang darf von der Leine und Schmetterlinge jagen. Oder Bienen. Oder andere kleine Hunde. Vor den großen Hunden hat er Angst, da kneift er den Schwanz ein und rennt zu Marcia und Dennis zurück und versteckt sich zwischen Dennis' Beinen.
Er ist so süß, dass es Marcia fast das Herz bricht ihn anzufassen. Er hat seidenweiches Fell. Und viel zu große, tapsige Pfoten. »Wie ein Löwenbaby«, sagt Marcia.
Einmal, als sie zehn war, durfte sie in einem Tierpark ein Löwenbaby in den Arm nehmen. Das war der größte Augenblick in ihrem Leben.

Marcias Mutter hat bei Kröger & Co. gekündigt. Sie hat eine großzügige Abfindung bekommen.
»Schweigegeld«, hat das Marcias Vater verächtlich genannt. Aber Marcias Mutter sagt: »Die Krögers können einem

auch Leid tun. Die sind ja alle völlig verzweifelt. Sie würden dir das gerne selber sagen, Marcia.«
Aber Marcia bekommt schon Magenschmerzen, wenn sie nur das Wort »Kröger« hört.
»Ich kann nicht«, sagt sie.
»Das muss man aber auch lernen«, sagt ihr Vater, »Entschuldigungen anzunehmen.«
»Tills Eltern haben mir doch nichts getan«, sagt Marcia, »was soll ich da für Entschuldigungen annehmen.«
»Sie sprechen für Till«, sagt Marcias Mutter.
Marcia legt die Hände an die Ohren. Ihre Eltern wechseln einen Blick über ihren Kopf hinweg.
Marcia sieht das wohl. »Es ist mir scheißegal, was aus Till wird!«, schreit sie. »Von mir aus kann er Millionär werden oder vom Hochhaus springen. Ich will nur nie wieder seinen Namen hören!«
Dennoch ist die Stadt voller Gerüchte. Dieter Kröger will sein Unternehmen verkaufen und nach Spanien ziehen. Tills Mutter ist schon in Spanien und sucht eine Villa. Es heißt, dass Till in Amerika eine Therapie macht.
Und dass sie danach versuchen wollen wieder alles neu aufzubauen. Ihren guten Ruf. Das Image, das sie mal hatten. Und die großen Hoffnungen für Tills Zukunft.

Marcias Hündin hat den Namen Jolly bekommen. Sie ist jetzt drei Monate alt.
Marcia findet den Namen Jolly fröhlich und optimistisch und sie findet, er passt irgendwie zu dem weichen Fell und Jollys hübschem Kopf.
Jolly und Mustang spielen jetzt immer nachmittags im Park. Manchmal, am Sonntag, holt Dennis Marcia ab und dann fahren sie mit der Bahn in den Spessart und machen ausgedehnte Touren mit den Hunden.

Ohne Jolly ist Mustang ganz verloren. Und wenn die beiden sich wieder treffen, fast jeden Nachmittag, freut Jolly sich so, als habe sie ihren Bruder monatelang nicht gesehen, und schleckt sein Gesicht ab.
In der Schule gelten Dennis und Marcia jetzt als Pärchen. Möglich, dass Fahrid ein bisschen enttäuscht ist. Möglich, dass er gehofft hatte, es könnte was zwischen ihnen werden. Aber Marcia hat eben immer Dennis geliebt. Und eigentlich kann sie es gar nicht fassen, dass ihr Wunsch sich tatsächlich erfüllt hat.
Nach allem, was gewesen ist: Auf einmal so viel Glück ist. Marcias Mutter sagt: »Die Zeit ist der beste Doktor. Die Zeit heilt alle Wunden. Auch die Wunden der Seele. Nur brauchen die ein bisschen länger.«
Und Marcia glaubt diesmal, dass ihre Mutter Recht hat.